ベリーズ文庫

薬指の約束は社内秘で

逢咲みさき

Starts Publishing Corporation

目次

prologue

夢を見た――。

ゆらゆらと揺れる意識の片隅で、小さな女の子が膝《ひざ》を抱えている。

それは六歳になったばかりの私だった。

鬱蒼《うっそう》とした林道を抜けて辿り着くその場所は、月明かりと眩《まばゆ》い星の光だけが降り注ぐ、とても暗く寂しい場所だった。

でも、ちっとも怖くはなかったし、心細くもなかった。

誰かの骨張った指先が、私の胸まであるセミロングの髪を梳《す》くように撫《な》でてくれる。

ぼんやりと薄目を開くとオフホワイトの天井が視界に入り、夢から覚めたことに気づいた。

最近よく見るなぁ。あのときの夢……。

そんなことを思う間も、いたわるように髪に触れる指先から、あの頃と変わらない彼の優しさを感じることができる。

嬉しさに思わず顔を綻《ほころ》ばせると、髪に触れていた手が離れていった。

ベッドのスプリングが軋《きし》む音をたて、背中越しに感じていた彼の熱がふっと離れた次の瞬間。

毛布にくるまった体ごと、優しく抱きしめられた。

「まったく。朝からにやけすぎだし、寝言で俺の名前を呼びすぎ。またあの夢見てたの？」

からかうような声がふわりと耳たぶに吹きつけられる。

あの夢を見ると、ついつい寝言で呼んじゃうのは知っていたけど。そんなにか。

恥ずかしさから、「うん」と小さく答えると、少しの間を置いて低く囁《ささや》かれた。

「俺たち、結婚しようか」

あまりにも唐突な言葉に、『またか』とため息をつきたくなる。

今の言葉が本気でないことくらいわかっている。だって、私たちが付きあうようになってから、まだ半年だ。

私の彼氏である瀬戸瑞樹《せとみずき》は、ときどき冗談とも本気とも取れるような言い方をしては、こちらの反応を試す意地悪なところがある。

ダメダメ。信じるな。いつものタチの悪い冗談に決まってるんだから……。

うるさく脈打ち始めた心音が悔しくて、彼の腕から逃れるように体をよじる。

「返事は、あとからでいいよ」

そう言って顎《あご》に手を添えてきた彼に、柔らかく唇を塞《ふさ》がれた。

結婚なんてまだずっと先のことだと思う。でも、いつかは……って憧《あこが》れてしまう言葉だから。

今日の瑞樹は、本当に意地悪だなぁ。

心で愚痴《ぐち》ると、ふたりが付きあうことになったきっかけがふと頭をよぎった。


あれは数ヵ月前、就職活動中のこと。

リクルートスーツに身を包み、第一志望の自動車メーカー〝瀬戸自動車〟の本社ロビーを歩いていたら、『藤川《ふじかわ》愛《あい》さん』と名前を呼ばれた。

聞き覚えのないアルトヴォイスに振り返ったら、背の高い男性が赤い革地の定期入れを差し出してきた。

『これ、落としたよ』

片えくぼを添えた柔らかい笑顔にドキッとしたことを、懐かしく思う。

それが、初めての出会いだと思った。

でも彼が、幼い頃に一度だけ会った初恋の人だとわかるのは、その再会からしばらく経ってからのことだった。

第一章　初恋の彼とクールな彼

会議室の扉を開けた瞬間、『今日は厄日だ』と確信した。

「なっ、生意気なことをっ！　お前、常務派だろ⁉」

室内に響き渡る鋭い怒声に、お盆を持った両手がビクッと震えてしまう。

『いけない！』と心で叫びながら視線を落とすと、私が淹《い》れたお茶が湯飲みの中で小さなさざ波を立てている。

お盆が濡れていないのを確認し、ホッと息をついてから視線を奥へと向けた。

窓際の長テーブルの前で、長身の男性社員が彼より頭ひとつ低い中年男性に、肩を鷲掴《わしづか》みされている。紫外線の強そうな五月中旬の陽光が、対峙《たいじ》するふたりの頬《ほお》を照らしていた。

スーツ越しでも下っ腹が出ているのがはっきりわかる中年男性は、私にお茶を頼んだ企画部の係長だ。

もうひとりの若い彼は確か、出世街道であるドイツ支社帰りの〝地蔵〟だ。いや、違う。それ、あだ名だって。

室内を漂う重々しい空気に耐えきれず心で呟《つぶや》く間も、つばが飛ぶ勢いで言い放たれた彼は、隙のない瞳でただじっと係長を見つめている。

涼しげな瞳に、薄い唇。通った鼻筋は少し羨《うらや》ましいくらい。

あっさりした醤油《しょうゆ》ベースという感じのシャープな顔立ちは、今大ブレーク中の若手俳優に似ていると社内の女子が色めき立つほど。遠目からでも上質とわかるダークスーツを着こなす彼は、服のセンスまでいいらしい。

いろんな意味で有名人の彼を直視するのは初めてだったけれど、百八十センチ近い長身でスッと伸びた背筋は立ち姿まで洗練されているように見える。

これは出世街道でなくても騒がれるレベルにあるよねぇ、と心で深く頷《うなず》いた。

そんな彼の社内での評判は、ふたつに分かれる。

女性社員からは、玉の輿《こし》の相手候補ナンバーワン。

男性社員からは、黙々と仕事をし、合コンの誘いにも乗らない堅物な性格から、地蔵なんてあだ名がつけられている。

まぁ、彼を合コンに呼ぶのは女の子を集める餌なんだろうけど……。

そんなことを思っていたら、私の存在に気づいた彼が視線を向けてきた。

私たちが見つめあったのは、ほんの一瞬。

彼は子供じみた暴言を吐き捨てた係長に視線を戻し、臆することなくこう返した。

「社外に出せない非公式な派閥関係には、よくわかりませんが」

飄々《ひょうひょう》と嫌みまで添えた彼に、係長の顔が火を噴いたように赤くなる。

うわっ、やるなぁ。無駄口は叩《たた》かない地蔵のくせに毒は吐くんだ……。

彼の言うように、派閥なんてくだらないと私も思う。けれど、重役たちが常務派と専務派に分かれて対立しているのは、社内情報に疎《うと》い私でも知っていた。

今にも頭から湯気を出すのではないかというほど怒り狂っている係長は、専務の子飼いの部下で、それをいいことに社内で好き放題やっているのも有名な話だ。

鼻息荒く詰め寄る係長と、涼しげな顔でそれを受け流す彼が、睨《にら》みあうこと数秒。

先に視線を外した係長が、扉近くにいる私の存在に気づくと「なんだ、お茶なんていらん！」と勢いそのままに歩み寄り、会議室をあとにした。

廊下に消えた背中に、『ほらね、やっぱり厄日だった』と心で愚痴る。

私が所属しているのは販売部の三課で、たまたま同じフロアの企画部の女子が出はらっていたからお茶を頼まれただけなのに。しかも来客用の高いやつを使え、とまで言いましたよね？

でも、自分よりずっと年下の彼に言い負かされ、プライドはズタズタだろう。

あーぁ。これ高いんだよねぇ。冷めちゃってるだろうけど、捨てるのもったいないから給湯室で飲んじゃおうかな。

一緒に八つ当たりをされ、行き場を失った湯飲みにため息を落とす。

すると、湯飲みが斜め後ろから伸びてきた指先に奪われ、シャープな顎の上にある薄い唇が中身を一気に飲み干した。

それはそれは、とてもいい飲みっぷりで。彼に用意した分だけでなく、係長の分も。

「ごちそうさま。おいしかった」

ふたつの湯飲みがお盆に戻り、呟くような声が落ちてくる。

社内でお茶を淹れてお礼を言われることはあったけれど、『おいしかった』と感想まで付けてもらえることはなかった気がする。

無駄口は叩かない地蔵のくせに、こんなふうに気遣ってくれたりするんだ……。

意外な一面に驚いていたら、理不尽な八つ当たりでくさくさした胸が穏やかになっていることに気づく。

綻びそうになる顔を隠すように俯《うつむ》くと、長い足を踏み出した彼は歩みを速め、会議室を出ていった。

そういえば。結局、名前なんだったんだろう？

彼の名前をぼんやり考えながら廊下に出ると、エレベーターが扉を開けっぱなしで停止していた。不思議に思って中を覗《のぞ》くと、右手に書類を持ち、左手で『開』ボタンを押している彼の姿があった。

「ありがとうございます」

『待っていてくれて』と付け加えようかなって思った。

でも、自惚《うぬぼ》れ万歳かもしれないしね……。

ははっと心で軽く笑ってみたのに、『開』ボタンを離れた彼の指は、ロビーがある一階と私が戻る販売部五階のボタンに動き、エレベーターはゆっくり下降していった。

やっぱり。待っていてくれたんだ。

私の背後を取るように奥へ移動した彼にそんなことを思うと、背中に突き刺さるような視線を感じた。そろりと振り返ったものの、数秒前とは変わらない光景があるだけだった。

『もしかして、私のこと見てました？』

なんて、自惚れ万歳なセリフを言わなくてよかった、とホッと息をつく。

ほら、高校時代もあったでしょうが。憧れの先輩と目が合っちゃったって浮かれてたら、先輩は隣の友達を見てたってオチ。コラ、あの頃から成長してないぞ、自分！

心に強く言い聞かせたところでエレベーターが停止した。

微《かす》かな音をたててゆっくり開いた扉の先には、ふたり組の女性社員の姿があった。

彼の存在に気づいた彼女たちがスッと姿勢を正し、髪を手櫛《てぐし》で整えるのを見て、これが女子力ってやつかぁ、と感心してしまう。

そろそろ美容院に行かなくっちゃなぁ……。

胸の膨らみまで伸びっぱなしになった髪にそんなことを思っていたら、これまで微動だにしなかった彼に異変が。

眉間に皺《しわ》を寄せ、ため息をつく。

その対象は明らかに、狭くもないエレベーター内で彼に擦《す》り寄った彼女たちだろう。

百六十センチの私より少し小さく見える女性社員が、「お疲れさまです」とトーンの高い声を響かせる。すると、それに負けじともうひとりの子から、「どこかへお出かけですかぁ？」と甘えた声が彼にかかった。

目に見えない、いや……はっきりと敵意剥《む》き出しの火花を散らすふたりに、彼はどう対応するんだろう？

少しわくわくするような気持ちでいたら、彼はひとつの挨拶に、「お疲れさまです」と機械的な口調で返し、もうひとつの質問には自分が持っている書類を見せた。

「あぁ……。これから打ちあわせですか？」

連想ゲームの答えが正解とばかりに、彼は小さく頷く。

そんなやり取りが数秒間で何度か繰り返され、さすがに彼女たちも諦めたらしく彼と距離を取った。

ふたりとの距離感に満足したのか、眉間の皺は徐々に消え、涼しげな顔に戻った彼を横目にして思う。

地蔵というか、無愛想。クールというか、女嫌い。

そんな結論に達したところで、無愛想な地蔵男を諦めた彼女たちは社内の噂話《うわさ》をし始めた。

「そういえば、瑞樹さん。海外研修から帰ってきたんだね」

「えっ、そうなの⁉」

思いがけず耳に入った名前に、今朝一年ぶりに見かけた瑞樹の姿が頭をよぎった。

清掃が行き届いたガラス張りのロビーの外には、雨上がりの湿り気がある風に髪を揺らす彼の姿があって、『くっきり二重《ふたえ》の童顔が嫌だ』と言っていた数年前より、ずっと精悍《せいかん》になった横顔が見えた。

この会社に入社する三ヵ月前、大学四年の一月に私たちの関係は終わっていた。

『俺たち、付きあおう』

始まりはそんな言葉で。

『俺たち、別れよう』

終わりも笑っちゃうくらい簡単だった。

『いつものタチの悪い冗談だよね？』

引きつった笑みを浮かべたら、『これ以上、一緒にはいられない』と冷たく返された。

そして、入社して初めて知ったことがある。

私と同期入社の瑞樹は、この会社、瀬戸自動車の創業者の一族の人間で、現社長の長男であること。

そんな特別な立場と、痩身で中性的な顔立ちの彼は、女性社員からの人気が高い。けれど、社内には彼を快く思わない空気も感じ取れた。

次期社長候補という噂もある瑞樹には、彼の立場に相応《ふさわ》しい相手との見合い話もよくあるらしい。

入社してすぐそんな噂を耳にして、一方的に切り出された別れも仕方がないって思った。だから、ふたりで過ごした時間を思い出す暇がないように、平日は残業を他の社員より多く引き受けたし、週末は習い事や遊びの約束を必ず入れた。

だけど、ふとしたとき。たとえば電車待ちの駅のホームで。ふたりでよく行ったコンビニで。

瑞樹と過ごした思い出は、まだ癒《いや》されない心の傷をアイスピックのような細い先端でピンポイントに突いては、私の涙腺《るいせん》を刺激した。

なにかに夢中になりたい。楽しいことだけをして過ごしたい。

無理やりそう思っている自分に気づくと、無性《むしょう》に寂しくなってしまった。

そんなふうに過ごして、三年と少しの時が流れた。

所属する販売部三課では、販売戦略の立案や業界の情報収集、全国にある販売店のサポート等のさまざまな業務があって忙しいけれど、充実した日々を送っている。

同期入社の子より多く残業をしてきたせいか、社内プレゼンという責任ある仕事を任されるようにもなった。

週末を埋めるように通っていた英会話と茶道の腕はずいぶん上達したし。そう思うと無駄な時間じゃなかったよ。こうして人間って成長していくんだね！

笑い飛ばせるようになるまで時間はかかったけれど、今は新しい恋を始めたい気持ちだってある。

そっち方面が三年もご無沙汰してるのは、縁がなかっただけの話だしね……。

久々に懐かしい気持ちが蘇《よみがえ》ったのは、一年ぶりに瑞樹の姿を見たから。そう、他に理由なんてない。

微かに震えてしまった胸に言い聞かせると、彼女たちは背後に立つ地蔵の存在をすっかり忘れたように、声のトーンを上げていった。

「そうそう、瑞樹さん。週末にまたお見合いだって。今度は会長も同席するらしいよ」

「いよいよ結婚かなぁ？　あーぁ。また玉の輿の相手候補がいなくなったよ！」

「だねー。よし、婚活頑張ってみるかぁ！」

弾んだ声を遮るように、到着を告げる軽やかな音がチンッと鳴ると、彼女たちはエレベーターを降りていった。

ようやく訪れた平穏にホッと息をつき、湿っぽくなった頭を軽く横に振る。

「よーし、負けないように頑張らなくっちゃ」

思わず漏れた呟きは、来週予定されている新車販売の社内プレゼンに勝利して、退職する松田《まつだ》課長の花道を飾るための気合いの言葉だったのに。

「すげぇ気合い。若作りしてるだけで年いってんのか……」

念仏のようなボソッとした声にエレベーター内を見渡す。

変化はない。無愛想な地蔵がいるだけだ。

嫌だなぁ。空耳とか、疲れてるのかな？　さっき八つ当たりされちゃったしね。

小さく息を吐き出しながら、あとで社食に栄養ドリンクを買いに行こうと思っていると、「婚活に目をギラつかせる女って、ちょっとしたホラーだな」と、失礼極まりない声がはっきり聞こえた。

「もしかして、今の言葉は私にですか？」

ジロリと後ろを振り返り、そこの無愛想な置き物に聞いてみますけど？

「もしかしなくても、そうだけど？」

切れ長の瞳が斜めに傾き、ふっと鼻で笑われてしまう。

うわ、しゃべった！　いや、そうじゃなくて‼

若作りしてて顔がホラーって！　なんでそこまで言われなきゃならないの⁉

ごくごく平均的とは思うけど、化粧がうまくいけば、大きな瞳がかわいいねって言われることもあるんだから‼

そんな心の叫びをグッと堪《こら》えた。

だって彼が席を置く経営統括室は、社内の精鋭を揃《そろ》えて立ち上がったばかりの新部署だ。将来的には、この東京本社の経営から営業まですべてを取り仕切り、人員整理にも関わっていくとの噂もある。

一度睨まれるとリストラ対象になるとか、賞与の査定に響くとかなんとか……。

それにしても、夢見る女子の婚活を笑うだなんて。

一生独身で、茶飲み友達もいない寂しい老後を過ごしてしまえ！

ささやかな抵抗とばかりに、唇の端を釣り上げる意地悪な笑みに念を送ってやると、彼はなにかを察したのか私との距離を縮めてきた。

切れ長の瞳が探るように近づく。射抜くようなそれに、悔しいけれどドキッとしてしまう。

無言で数秒見つめあうと、それまでとは違う柔らかい声が頬に届いた。

「さっきは悪かったな」

「えっ……」

それは係長の八つ当たりのこと？

想定外の気遣いに思わず言葉をなくすと、「頑張れよ」とありがたい声までかかる。

少し前とは違う優しい色を帯びた瞳に、『実はいい人？』と思い直したのは、ほんの一瞬のことで。

「気合い入れろよ、婚活」

向けられた意地悪な笑みに、もはや言い返す気力はなかった。

定時後の女子更衣室は、香水と化粧品の甘い香りが漂っている。

後輩社員の美希《みき》ちゃんに、数時間前に出会った無愛想で毒舌な彼のことを話すと、彼女はメイク直しの手を止めることなく教えてくれた。

「それって、経営統括室の葛城《かつらぎ》さんですよ。年は二十七歳で、身長は百七十八センチ。血液型はA型です。素敵ですよねぇ……」

そこで美希ちゃんはうっとりした瞳になる。

私よりひとつ年下の彼女は、社内情報にやたら詳しい。そんな彼女の話によると、彼はあの経営統括室でもかなりのやり手らしい。

性格はともかく、顔はイケメンってやつだ。もしかしたら失礼極まりない言動も、婚活女子に恐怖を感じるリアル体験でもあったのかもしれない。

荒ぶる気持ちを抑えてエレベーター内での出来事を冷静に振り返ってみると、彼の上から目線の失礼な態度は、婚活話をしていたふたり組に私が対抗心を燃やしたと勘違いしたのだろうし。

茶飲み友達もいない寂しい老後を過ごしてしまえだなんて、ひどい呪《のろ》いをかけて悪かったなぁと少し反省。

茶飲み友達はいる程度の寂しい老後を過ごせばいいよ。

「ふふっ」と不気味な笑みを浮かべて呪いを軽減してやってから、ロッカーの扉に備えつけられた鏡を覗き込む。

新色をチェックして予約購入したピンクベージュの口紅を唇に乗せていると、右隣から感心するような声が飛んできた。

「それにしてもっ、すごいです！　あの葛城さんに目をかけられるなんて。さすが愛さんですね」

想像の斜め上をいくセリフに口紅がよれてしまった。

「いや。それは、ちょっと……」

これまでの話をどう変換したらそういうことになるのか。しかも彼がひどい毒舌家だったと言っても、まったく信じてもらえなかったし。

それにしてもですよ？　顔がいいというだけで真実がねじ曲がってしまうなんて、納得いかない。

彼がおならを連発したと騒いでやろうか？

いや、やめておこうよ私。彼のファンにあらぬ噂を立てたと睨まれるばかりか、おならだって私のせいにされそうだって……。

そんな醜《みにく》い心中を一ミリも察しない美希ちゃんは、楽しげに声を弾ませる。

「葛城さんって転職組らしいですけど。ドイツ支社にいた頃は、カルレス社との共同開発の件に尽力したらしいですよ」

ティッシュでよれた口紅を拭《ぬぐ》いながら、「ふーん」と気のないふりをしてみたけれど、ドクンッと鼓動が反応したのは否定できない。

ヨーロッパに大きなシェアがあり、デザイン性のよさが評判のカルレス社と共同開発した新車は、業界の注目度も高い。その新車販売の社内プレゼンは私が任されているもので、販売部一課から三課で争われることになっている。

今回の共同開発は一度破談になりかけたって噂があったのに、そんなにすごい人なんだ。

「それと今日の午後、隣の企画部の係長がずっと不機嫌でしたけど。あれって、葛城さんに不明瞭な交際費を突かれたらしいですよ」

「そうなんだ」

「専務の子飼い、って噂もあって経理も深く追及できなかったですもんね。でも、現場はコストダウンを強いられてるのに見逃せない、って強く言ってやったらしいです」

「へぇー」

今度は感心する吐息が漏れた。

あの怒鳴り声の前には、そんなやり取りがあったのか。それならば、確かに彼の言う通りだ。

長年、国産自動車メーカーとして業界のトップを走ってきたこの会社も、不景気で製造現場や本社にもコストダウンが強いられている。そんな中で一部の人間だけが甘い汁を吸うなんて、許されていいわけがない。

噂通りに、なかなかやる人なんだなぁ。

係長と対峙していた涼しげな顔を思い出していたら、化粧直しを終えた美希ちゃんが身を乗り出してきた。

「ところで。実際に話してみて、噂通りって感じでしたか？」

「噂？」

「ええ、知らないんですか⁉　葛城さんって、仕事に厳しく、数字でしか評価しない、無駄を嫌う冷徹な男って有名じゃないですか。それと彼に睨まれるとリストラされるって噂ですよ。でも私ぃー、葛城さんにならリストラされてもいいかなぁ」

「ええっ、そうなの⁉」

「はい。それで永久就職をお願いしちゃったり？」

冗談なのか本気なのか、美希ちゃんはマスカラを綺麗《きれい》に塗ったまつげを伏せて頬をピンク色に染める。

「だってぇ。あの冷徹な感じがゾクゾクしませんか？」

「いや、まったく！　男の趣味悪いよね、美希ちゃん」

「そうですかぁ？　だって滅多に見せない笑顔をひとり占めできたら、きっとドキドキですよ」

納得できずに、「そうかなぁ」と唇を尖《とが》らせたら、「そうですよぉ」と声が返る。

そして彼女は、合コン仕様の愛らしい笑顔を見せてから更衣室をあとにした。

ひとり取り残された更衣室で小さく息をつく。

このあとの予定を考えると少し気が重くて、近くにあるパイプ椅子に腰を下ろす。

恋愛から遠ざかっている私を心配した親友の顔が、脳裏に浮かんだ。

生まれ育った静岡の高校の同級生で、同じ東京の大学に進んだ愛美《まなみ》は、つい最近結婚が決まった。そんな彼女の薬指には、私がまだ掴むことができずにいる幸福の証がいつも輝いている。

数週間前。私の仕事の愚痴から始まった長電話でふと会話が途切れたとき、彼女にこんなことを言われた。

『愛が瑞樹くんのこと、忘れられない気持ちもわかるよ。初恋の人に再会するなんて運命だって私も思ったし。だけど……』

そこで言葉を止めた彼女が、重い息を呑《の》むのがわかった。

そのあとに続く言葉は聞かなくてもわかっている。だって、もう何度も聞いた言葉だから。

『嫌いになれないのは、綺麗な思い出として残しておきたいだけじゃないかな？』

胸を突く言葉が、癒えたはずの傷痕をえぐった。

綺麗な思い出として残しておきたい。それが傍から見れば未練がましくて、理解されにくい感情だってこともわかる。

だけど、まだ幼かった〝あの日〟。名前も聞かずに別れたことを後悔していた。

だから、十数年ぶりに瑞樹と再会できたときは、本当に嬉しかった。

とはいえ、愛美が心配してくれる気持ちもわかるから、そのあと電話越しの彼女が提案した、『出会いを求めて婚活バーに行ってみたら？』という話に乗ることにしたんだ。

婚活バーとは、素敵な出会いを求めた男女が集まるシングルスバーだという。

すっかり恋愛から遠ざかっている干物女子だけど、まだ二十五歳だし。結婚を焦っているわけでもないから、いまいち気が乗らないんだよなぁ。

でも、せっかく愛美が店を探してくれたんだと思い、愛用しているショルダーバッグを片手に重い腰を上げた。

会社の最寄り駅から、帰宅ラッシュで混みあう電車に十五分ほど揺られて下車する。改札口を出て、ショルダーバッグから、愛美がわざわざファックスで送ってくれた店までの地図を取り出そうとして、それがないことに気づいた。

おかしいな？　昨日の夜入れたはずなのに。更衣室でぼーっとしていて開店時間に合わないっていうのに……。

店名はうろ覚えだけど、場所は有名な外資系ホテルの並びにあったはずだよね。スマホでホテルの名前を検索してなんとか店に辿り着く。愛美に聞いていた開店時間よりだいぶ遅れてしまった。

受付のようなところで会費を払ったあと、黒服のバーテンがいるカウンターに移動してカシスオレンジを注文する。カクテルを口にしながら店内をぐるりと見渡した。

薄暗い照明の下で、楽しげに声を弾ませる男女の姿が視界に入る。

しばらく様子を窺《うかが》ってわかったのは、積極的に男性から女性へ声をかけていること。草食男子とか絶食男子とかいわれている日本も、まだまだ捨てたもんじゃあないいんだね。これなら少子化の危機も大丈夫。年金ももらえそうでよかったなぁ！

胸の前で腕を組み、ホッと息をついたところで『ちょっと待て！』と、恋愛の神様に訴えたくなる。

まだ見えない遠い未来を心配するよりも！　三十分経っても誰からもお声がかからないこの現状をどうにかしてよ、神様！

恨めしく天井を仰いでみる。もちろん状況は変わらない。

少し離れたところを見ると、たくさんの女性が集まった輪までできている。

暗がりでよくわからないけれど、ものすごいイケメンか金持ちの男でも奪いあっているのだろう。

そんな中に飛び込む勇気は、もちろんない。

結婚式の準備で忙しい愛美が、わざわざ時間を作って店の予約まで入れてくれたっていうのに。

『恋の始まりどころか、女としての価値も終わってました……』

そんな報告をしたら、彼女を落ち込ませてしまうだろう。

あぁ。愛美になんて言おう？

深くため息をついて肩を落としかけた、そのとき。

「ちょっと話しませんか？」

背中に届いた声にハッと息を呑む。ひと呼吸置いてから振り返ると、目鼻立ちのはっきりした男性が優しい笑みを浮かべていた。

彼は流れるような仕草で私の右手を取ると、新しいカクテルを手渡してくれた。女としての価値を上げてくれた彼と挨拶を交わし、少しの世間話をした。

「仕事？　仕事はマスコミ関係なんだ」

初対面の相手と打ち解けられる術《すべ》を身につけているのか、彼の話は面白《おもしろ》くてすぐに引き込まれた。

それと学生時代にラグビーをしていたという二の腕は、スーツの上から触らせてもらっても逞《たくま》しくて、そんなところも筋肉フェチな私の鼓動を加速させていく。

昨日、愛美からこんなメールが届いた。

『愛に運命の恋が訪れますように』

酔いが回り始めた頭で、もしかしてこれがそうなの？と思うと、トクンッと心臓が脈を打つ。

三度の飯より大好物なお酒に呑まれたことはなかったはずなのに。

久々に始まるかもしれない恋の予感に心まで酔いしれ、勧められるままハイスピードで飲んだのがいけなかった。

「俺、愛ちゃんに運命感じちゃった」

薄れゆく意識の中で最後に聞こえたのは、そんなありがたい言葉だった——。


カーテンの隙間から漏れる細い光が、新しい朝を告げる。

柔らかい毛布の感触に、ここがベッドの上だと気づいた。

視界の端にぼんやりと瑞樹の笑顔が映った気がして、ふたりが出会った幼き日の夢を見ていたんだなぁと思う。

残像を追いはらうように二日酔いで重くなった頭を振り、毛布を頬まで引き上げたところで『あれ？』と思った。

感触がいつもと違う。やけに毛並みがいいように感じるのは気のせい？

それとなんだろう。すごくいい香りがする。

違和感にベッドから体を起こし、あたりを見渡す。

柑橘《かんきつ》系の爽やかな香りが広さ充分のベッドルームを包み込み、強い陽光を浴びた高層ビル街が、開放感のあるパノラマウインドウのカーテン越しに透けて見えた。

ははっ。我ながらいい部屋に住んでるよねって、ちょっと待て！

目を何度かしばたたかせる。ついでに頭も振ってみる。

でも、それを何度繰り返しても変化はない。

二日酔いでぼんやりとした頭が、ようやく正常モードで動き出した。

ここは、どこ？　私は、藤川愛。いや。さすがにそれは、わかるけど。

困惑しながらあたりを見渡す。

すると、同じベッドに横たわる物体に気づき、ヒュッと変な息が漏れた。

バスローブ姿の男性が微かな寝息をたてていて、自分の置かれている状況が読めた。

いったい、なぜ、こんなことに……。

ベッドから足を下ろし、髪をぐしゃぐしゃにして頭を抱えると、毛布と同じ質感の淡いベージュ色のバスローブが肩からずり落ちる。

鉛が乗ったように頭が重くなった。

バスローブの下に着ているワンピースは昨夜のもので、彼と一夜を過ごしたのは間違いないと思った。

私だって年相応に経験はある。でも出会ったその日に流れで、っていうのは一度もない。一夜限りの女になりたくない。そんなプライドがあったから。

『俺、愛ちゃんに運命感じちゃった』

それは意識があるときに聞いた最後のセリフだ。

「この人が運命の相手なのかな」

こうなってしまったら、そうであってほしい。願いを込めて呟くと、寝ていたはずの物体がボソッと呟いた。

「運命とか言って、笑える」

ナニ、イマノ？　ソラミミ？

きっとそうだと頭を左右に振ってみると、今度は呆《あき》れた声が耳に届いた。

「いい年してそんなこと言ってたら、いつまで経っても結婚できないってのに」

ははっ。やっぱり空耳だよ。だって、あんなに優しかった彼がこんなひどいことを言うわけがないでしょう？

心臓が早鐘を打ち始め、胸にスッと冷たいものが過ぎていく。

気持ちを落ち着かせるように、室内に流れる穏やかなクラシックのＢＧＭに耳を傾けると、寝癖のついた前髪を掻《か》き上げた彼が体を起こす。

無造作な髪から覗く黒い瞳に射抜かれ、心臓が止まりそうになった。

「いつまで夢見るつもり？」

いったい、なぜ、よりにもよって⁉

心の叫びをググッと喉《のど》に押し込んだ自分を褒めてやりたい。

たぶん、いや間違いなく。今までの人生で記憶にないほどの絶望感に包まれた私に、ここにいるはずのない葛城さんは小さく息を吐いてから、私が置かれている状況を説明してくれた。

私の給料が一夜で飛んでしまいそうなほど豪華なこの部屋は、婚活バーの近くにあった外資系ホテルらしい。

どうやら私が運命と思っていた彼は、酔いつぶれた私をホテルに連れ込もうとしていたという。

「たまたまそんなのを見かけたもんだから。男から引き離したあと、この部屋に連れてきてやった」

毒舌で意地の悪い性格でも、人並みに正義感はあるらしい。

意外すぎる展開のオチは、まさかの救世主の登場だった。

いや、よく聞くとそれも少し違っていたようで。

「俺は、どーでも、よかったんだけど。一緒にいたツレが助けてやれって言うから仕方なくな」

同じバスローブ姿の彼に、心底面倒くさそうに吐き捨てられ、『どーでも』のところを強調までされてムカッとくる。

でも、助けてもらったお礼はしないとね。

コホンッと大きめの咳ばらいをする。毛布を体に巻きつけてから、彼と向き合った。

お礼を言おうと口を開きかけたのに、彼はベッドを下りて、隣接しているリビングルームに足を向けてしまった。

どうしたんだろう？

毛布に包まりながら、はだけたバスローブの腰紐《こしひも》をキュッと結び直したところで、葛城さんが戻ってきた。

彼の両手には、ふたつのグラス。そのひとつが私に差し出された。

「値段の割にいまいちだな、この部屋」

低く吐き捨てた彼に、『こんな高級な部屋に、いったいどんなご不満が？』と聞きたくなる。けれど、黙ってグラスを受け取った。

繊細な刻み模様が施されているグラスの、透き通った水面が揺れる。

お水かな？

問いかけるように見上げると、彼は私と少し離れてベッドに腰を下ろしてから、静かな声を漏らした。

「乾燥してたな」

ポツリと告げた唇がコップの中の透明な液体を飲み干した。

乾燥って……あぁ、そっか。さっきの咳ばらいで勘違いした？

隣に座る彼は、昨日の筋肉マッチョな彼よりも少しだけ肩幅が狭く痩身に見える。

でも、会社でのスーツ姿では決して見えない浮き上がる鎖骨と、優しい気遣いに、トクンッと胸が小さく反応する。

ふたりしかいないベッドルームに沈黙が訪れ、グラスをサイドテーブルに置いた葛城さんは長い足を私のほうへ組み返した。

「それで、なに？」

「えっ？」

「さっきなにか言おうとしてたろ。まさか朝食にルームサービス取りたいとか言うつもり？」

「いっ、言わないですよ。そんなことっ」

慌てて否定すると、顔を斜めに覗き込まれ、もう何度目かの意地悪な瞳に見つめられる。

優しく気遣ってくれたと思ったら、いちいち憎まれ口を叩かないと会話にならないのか、この人は？

だから負けじと、わざとらしいため息を吐き出してやる。

でも、せっかく振ってくれた話だ。勇気を出して聞いてみた。

「あの。私、変なこと、言ってないですよね？」

「変なこと？　あぁ、婚活頑張る宣言のことか。成果はあった？」

ニヤリと口角を引き上げられ、『玉砕ですよ！』と逆ギレしてやりたいのをグッと堪える。

私が婚活バーにいたことは知らないだろうから、それはあえてスルーして本題に入った。

「そうじゃなくてっ。私、寝言でなにか言ってませんでしたか⁉」

勢いそのままに言い放ってやると、さすがの葛城さんも虚を突かれたように瞳を丸くした。

瑞樹と別れてから久々に見たあの夢。

夢の中で何度も、彼の名前を呼んでしまったことは、なんとなく自分でも気づいていた。

夢で元彼の名前を呼ぶだなんて。いや。名前だけなら、まだいい。他にもなにか恥ずかしいことを言ってたりしたら……。

彼の返事を待つ時間が永遠のように長く感じる。例えるなら、判決を待つ被告人のような気持ちだ。

待つこと数秒。葛城さんは非情な判決を下した。

「あぁ。うるさいくらいに瑞樹って言ってた」

さらりと返されて頬が熱くなる。すると、彼は意味深な笑みを浮かべた。

「瑞樹、か……。社内の人間なら瀬戸瑞樹。彼氏か？」

「えぇっ⁉」

なんで知ってるんですか⁉

流れでうっかり肯定しそうになり、すんでのところで言葉を呑み込む。

私の取り繕うような無理やりの笑顔を見て、彼は余裕ありげな顔で言ってのけた。

「目は口ほどになんとかって、典型を見た」

今日一番の底意地悪い笑顔に血の気が引く。

どうしようっ。このまま誤解されて噂にでもなったら、瑞樹にだって迷惑がかかる。

焦りまくる脳内で必死に言い訳を考えていたら、彼はやれやれと肩を竦《すく》めた。

「女子社員人気ナンバーワンの彼氏がいるのに、婚活かよ。高望みばかりしてたら、本当に行き遅れるのにな」

呆れたようなため息をつかれ、思いっきり睨みつけてやる。

ちなみに、人気ナンバーワンはあなたですけどね？　でもそれは悔しいから絶対に教えてやらない。

あぁ。もう本当にっ、神様！　昨日会議室で、彼に出会った直前まで時間を戻してください。お茶の依頼を全力で断るんだから‼

そんなふうに天を仰いでみたって、初詣と困ったときの神頼みでしか神社に行かない私の願いを、神様が叶えくれるはずもない。

もうこうなったら仕方ない。適当に嘘《うそ》をついても顔でバレてしまうなら、正直に話すしかないよね。

焦りから渇き始めた喉に、グラスの液体を一気に流し込む。

すっきりした清涼感が喉に広がったところで、覚悟を決めてグラスをギュッと握りしめると、隣から伸びてきた手に奪い取られた。

ベッドのサイドテーブルに、空になったグラスが並んで置かれるのを見て思う。

きっと彼は、無愛想で嫌みなことも言うけど、さりげない気遣いができる優しい人なんだろう。

ちゃんと話せば、きっとわかってくれる。秘密にしてほしいって言ったら口外しないんじゃないかって。

だから、それまでとは違う真剣な瞳で、会社の人には決して言わないと心に誓っていた過去を口にする。

「実は、瀬戸さんとは入社前まで付きあってました。彼は私の初恋の人で……別れた今は、それだけの関係です」

私の言葉に葛城さんはわずかに瞳を細める。

同情とも思えるそれに、癒えたはずの傷が少しだけ疼《うず》いた気がした。

あぁ、そうか。葛城さんも瑞樹の見合い話を聞いてたもんね。

気まずい沈黙を破るように、揺れる瞳に笑ってみせる。

「もう会えないと思った初恋の人に再会できるなんて、運命って思ったんですけどねぇ」

ふぅ、とわざとらしく息をついたら、彼は眉根を寄せながら言った。

「まだそんなこと言ってんのかよ」

「いけませんか？　だってロマンチックじゃないですか」

「呆れるくらい夢見がちだな」

「葛城さんは、運命とか――」

「そんなの都合のいい言葉だろっ」

吐き捨てられた言葉に胸がチクリとした。

でも、気まずい空気を一掃できたところで、お礼を言い忘れていたことに気づいた。

「あのっ、今さらですけど。体を張って守ってくれて、ありがとうございました」

そういえば、葛城さんと昨日の彼が、具体的にどんなやり取りをしたのか聞いてなかったな。

とりあえず戦隊ヒーロー的な扱いで持ち上げてみよう。

「体なんて張るか」

やっぱりというか。きっぱりはっきり、返された。

至近距離で見る葛城さんは意外と肩幅があったけれど、学生時代にラグビー部だったというあの彼に、肉弾戦で勝てるとは思えなかったから。

「じゃあ、うまく交渉してくれたんですね」

そうそう。そっちのほうがキャラに合ってる。きっともの すごい毒を吐いて蹴散《けち》らしてくれたんだろう。

どんな毒舌で撃退したのかと胸を高鳴らせて待つと、彼は視線を泳がせる。珍しく焦るような仕草に、「えっ」と戸惑った。

「違うんですか？　じゃあ、どうやって……」

他にどんな方法があるんですかと目で訴えたら、斜め上をいく言葉を返された。

「買収」

「は？」

耳を疑う言葉に息を呑む。

「安すぎて驚いたけど」

「おっ、お金で解決したんですか⁉」と思わず声を張ってしまった。すると、「冗談。そんなことより、そのお気楽な性格をどうにかしろよ」と、呆れ果てたとばかりにため息をつかれる。

タチの悪い毒舌の連発に、『ちょっと待て！』と、噛《か》みついてやりたい気持ちを全力で抑えた。

性格についてとか、葛城さんには絶対言われたくない。あぁ、でも！　助けてもらったのは事実だし。とりあえず落ち着こう。

浮かした腰をなんとかベッドに下ろすと、葛城さんの手と触れてしまった。

「あっ。ごめんなさいっ」

指先から伝わるひんやりとした感触に、慌てて距離を取ろうとしたら、重なりあった左手がそのまま取られる。

それまでとは違う真剣な瞳が私を捉えた。

「簡単に信じたりするから、騙《だま》されたり裏切られたりする。もっと疑う気持ちを持って人と接したほうがいい……」

凛《りん》とした声が鼓膜まで流れ込む。ハッと息を呑んだのは、彼の瞳に暗い影が差したように見えたから。

騙されたのは私なのに、どうしてそんな顔をするの？

葛城さんがひどく傷ついているように見えて、胸が軋み出す。

私の手を離し、視線を落とした彼を見つめることしかできないでいると、ふっと表情を和らげた彼はこんな言葉を付け足した。

「そんな簡単に騙されたら、本格的に行き遅れるな」

なにか引っかかるものを感じながらも、いつもの様子に戻った彼にホッとする。

「あの……。そろそろ着替えましょうか？」

今さらだけど、お揃いのバスローブがなんだか恥ずかしい。

彼もそう思ったようで、「あぁ、そうだな」と少し早口で告げると、ベッドルームをあとにした。

それから、ベッドルームとバスルームでそれぞれ着替え、最上階のラウンジで遅い朝食をとってからチェックアウトした。

外国人率が高いロビーのソファで「ここで待っててくれ」と告げた葛城さんが、会計を済ませ、私の元へ戻ってくる。

ソファから立ち上がり、「おいくらですか？」と声をかけた。

「なにが？」

「なにがって、宿泊代ですよ。払いますから」

ショルダーバッグから財布を取り出そうとすると、いらないというように彼の右手が小さく左右に振られる。

「どんな理由があるにせよ、ホテルに連れ込んだのは、俺が勝手にしたことだし」

すっかり見慣れた意地悪な顔で言われたけれど、助けてもらった上に宿泊代まで出してもらうわけにはいかない。

「本当に払いますから」と強く返したら、ふっと短い息を吐かれる。

艶《つや》っぽい笑みを寄せられ、耳元で囁かれた。

「ホテル代を女に払わせるとか、ないだろ？」

ふわりと耳たぶをくすぐる声色《こわいろ》と、際どいセリフにドキッとする。

それを悟られないように焦ったせいか、直球でとんでもない質問をしてしまった。

「あっ、あの！　いつもこんな高級ホテルを使ってるんですか？」

自分で言ったくせに、一瞬で頬が熱くなる。

ちょっと、なに聞いちゃってるの、私⁉　思いっきりセクハラじゃない⁉

おろおろと目を泳がせたら、彼はなんてこともないようにさらりと言ってのけた。

「あぁ。気に入ったらしいからな」

ロビーに射し込む光に、彼の瞳がわずかに細まる。ネクタイを緩める横顔は穏やかで満足そうだ。

きっとそれは、彼に憧れる女子社員たちがひとり占めしたいと思っているもので、『葛城さんの彼女は、どんな人なんだろう？』と思いながらロビーの外で彼と別れた。

最寄り駅までの道順をスマホで検索しながら、ふと思う。

そういえばツレに『助けてやれ』と言われたって。それって、あのホテルを気に入ってる彼女のことだよね？

そこまで考えて、「うわぁー」と声が出た。

私は葛城さんが彼女と過ごすはずの部屋で、一夜を共にしてしまったのか。恋人と過ごす大切な時間を、酔って騙された私のために使ってくれたんだ……。

自己嫌悪で重くなった体を引きずるようにして、のろのろと歩き出した。

第二章　スイートルームの恋人

葛城さんに助けられた翌週の月曜日。

閉ざされた扉の前で、『どうしたものか？』と途方に暮れる。

会社の昼休みを利用して、テレビや雑誌で人気のカフェに行ってきた。

葛城さんのお金と時間を無駄にしたお詫びにはならないだろうけど、少しは喜んでくれるといいな。

右手にある白いケーキボックスに視線を落としてから、経営統括室の扉の前でコホンッと咳ばらいをしてみる。次に、体と耳を扉に寄せ、じたばたと足踏みもしてみる。

こんなにも頑張っているのに、扉はなにをしても無反応。

葛城さんが中にいれば問題ないんだけど。もしいなくて、経営統括室の人たちに変な誤解をされても嫌だしなぁ。

今年から、査定関係にある社員間での進物は禁止されている。

いつもお世話になっている上司へささやかな気持ち程度なら、どこの会社でもあることだろう。

でも一部の社員間で、部下から上司へ高額の進物が贈られているのが問題になった。さりげない会話の中で、社内評価に色目をつけることをちらつかせる上司までいたらしい。

それを社内の聞き取り調査で葛城さんが明らかにし、『そうなると正当な評価にはならない』と上層部にかけあったと噂で聞いた。

七月の賞与前だし、これはそんな堅苦しいものじゃないけど。

変な誤解をされたり、葛城さんの熱狂的なファンと思われてもなぁ。いやぁ、後者だけは本当に困るって！

「でも、もういいや。なんでもいい。なんとでも思うがいいよ」

さすがに扉の前で無駄に動くのも疲れてきて、ポツリと呟いた。

扉横にあるインターフォンに手を伸ばしかけたら、背後でカツッと靴音が響く。

「珍しいとこで会うね」

柔らかい声色がドキッと胸を震わせた。

振り返らずとも誰だかわかる声を、こんなにも近くから聞いたのはどれくらいぶりだろう。

胸が震えてしまったのは、声をかけられたことに驚いたから。他に理由なんてない。

少しの動揺も気づかれたくない。そう思うのは、未練じゃない。意地みたいなもの。強く心に言い聞かせても頬が硬直するのがわかる。ざわつき始めた心を落ち着かせるよう、息をついてから振り返った。

日焼けを知らないような白い肌。長いまつげを乗せた大きな瞳。それを柔らかく細めた瑞樹の姿が目の前にあった。

「ここの人に、なにか用？」

そう言って、顔を傾ける優しい笑みを懐かしく思う。

ずっと、そんなふうに話しかけてくれることを願って、そのたびに変わらない現実を突きつけられて、何度も傷ついたのに。

ずいぶん普通に話しかけるんだね？

恨めしい気持ちに蓋《ふた》をして、できるだけ自然な笑顔を浮かべてみせた。

「葛城さんに用があるんです」

しまった！　敬語なんか使って不自然だったかな。

変に意識したことを後悔して、心で舌打ちをする。すると、「へぇー」と乾いた声を返された。

「珍しい組みあわせだね。仕事で関わりあるんだ？」

片えくぼを浮かべて顔を覗き込んできた瑞樹に、思わず口ごもる。

まさか、そこまで聞かれるとは思ってなかった。

とりあえず適当な言い訳を考えていると、チンッという軽い響きがエレベーターホールから聞こえ、ひとりの男性社員が姿を見せた。

男性は葛城さんで、少し驚くように揺れた瞳が私たちを見つめたのは一瞬のこと。

すぐに涼しげなものに戻した彼は、足早にこちらに歩み寄るとスーツの内ポケットに手を入れた。

彼が取り出したのは、顔写真付きの社員証ケースだった。

経営や社内機密を扱う部署への入室は、ＩＣチップが埋められた社員証を警備システムにかざす必要があり、経営統括室もそうだった。

チラリと見えた顔写真は、唇を横に結んだ、表情のないもの。

彼はそれと同じ顔で、私たちの存在をないものかのように、扉脇にあるモニターに社員証をかざす。

閉ざされた扉が静かに横に開くと、葛城さんが一歩踏み出す。

それを止めたのは、彼に用がある私ではなく瑞樹だった。

「あれ？　なんで無視されてんの、俺たち」

やけに弾んだ声に葛城さんが振り返る。

睨みを利かせた彼に、瑞樹は柔らかい笑顔で続けた。

「彼女、用があるらしいよ。それと、これは社長から。目を通しておくようにって」

瑞樹が差し出した書類を葛城さんは無言で受け取る。

「じゃあ、よろしく」

瑞樹はにこやかな笑顔を残し、エレベーターホールへ歩いていった。

どうやら彼は秘書室の主任という立場で、葛城さんに会いに来たらしい。

そっか。葛城さんも社長から直接指示をもらう立場の人なんだ。

小さくなる背中を見つめながら、ぼんやりと思っていたものの、「用って？」という斜め後ろからの声に我に返った。

「あっ。えっと、ですね……」

ケーキボックスを胸の位置まで掲げるのと同時に、ふぅっ、と面倒くさそうなため息をつかれる。

「悪いけど、販売部の査定は俺の担当じゃないから」

本気なのか、お決まりの毒舌なのか。

帰れとばかりに手を払われて「違いますよ！」と声を大にする。

「これは、葛城さんと彼女さんの貴重な週末を邪魔してしまったお詫びと、助けてもらった感謝の気持ちです。やましい気持ちは一ミリもございません！」

言い放ってやったら、「へぇー」なんて、他人事《ひとごと》全開の声。

なんか、もうっ。本当に調子が狂うというか。でも、ケーキボックスを受け取ってもらえたら、助けられた恩は一応返せるはず。

だから、ふっと鼻を鳴らしてやった。

「それにしても葛城さんの彼女って、きっとものすごーく心が広くて純粋なんでしょうねぇ。だって、そうじゃないと、ねぇー」

付きあいきれないに決まってる。

この心の声は、助けてもらった感謝の気持ちとして喉の奥に押し込んだ。

いつも言われ放題な私じゃないんだから！

晴々とした気持ちで彼の毒舌を待ち構えるのに、葛城さんはなにかを考え込むように、「あぁ」と小さく呟いただけ。

すると、一度開いた経営統括室の扉が時間切れとばかりに閉じ始める。

室内は出はらっていて誰もいないようだった。

どうりで静かなはずだよね。時間を無駄に過ごしてしまったよ。

そんなことを思っている間も、葛城さんはまだなにかを考えるように、視線を床に落としたままだ。

いくら待てども返ってこない毒舌にしびれを切らし、彼にケーキボックスを差し出したら、背の高い影が私との距離を一瞬で縮める。

『えっ』と声を上げる間もなく右手首が掴まれ、バランスが崩れそうになった体ごと室内に押し込められてしまった。

ひんやりとした廊下の空気を遮断するように扉が閉まり、すぐ横の壁に追いつめられる。

背中から伝わる冷たい壁の感触に、加速を遂げる鼓動の響き。

なにか言ってやりたいって思うのに、近すぎる距離に息を呑むことしかできない。

見つめ返すのが精いっぱいな私の頬に、ふっと嘲笑《あざわら》うような吐息が触れる。

背筋がゾクリとするほどの綺麗な笑みで囁かれた。

「どこにいるか教えろよ」

「え？」

「ものすごーく心が広くて純粋な、俺の彼女」

「しっ、知らないですよ。どこにいるんですか⁉」

余裕たっぷりな態度に腹が立つ。

でも、近すぎる距離に鼓動が勝手に勢いを増して、反撃できる状態ではない。

今だって声が裏返りそうになるのを必死に堪えているというのに、彼は探るような目で、また少し距離を縮めてくる。

「自分で言っておいて、わからないのか？」

なにを言ってるんだ、この人は？　愛する人を忘れたとでも言うつもり!?

毒舌に付きあえる奇特な彼女がいるっていうのに。葛城ファンがやられたら瞬殺されるであろう挑発的な態度に、ようやく冷静さを取り戻す。

平社員という立場も忘れてきつく言い返そうと心に決めると、鼻で笑われる。

意外すぎる言葉が、熱くなった頬を掠めていった。

「あのホテルは、接待や商談でよく使ってるだけなんだけど？」

その言葉に目を見開いた。

もしかして、この前言っていたツレって……。

心の呟きを読み取ったように、葛城さんはニヤリと瞳を細める。

「接待っていっても健全なやつな。相手は男だし」

「嘘……。だって、だってそんなっ。誤解されるような言い方をした葛城さんが悪いですよっ」

「勝手にいやらしい想像したくせに。俺のせいかよ」

「いやらしい想像なんてっ」

「してた。だろ？」

もう何度目かの挑発的な態度に奥歯を噛みしめる。

ええ、想像してましたよ。そりゃぁもう、いろいろと！

ぐうの音《ね》も出ないでいると、葛城さんは勝ち誇った顔で私の右手を離した。

「それにしても、なんでその店？」

彼の視線が、私の左手のケーキボックスに落ちる。

「それは、今人気のカフェですし。日持ちする焼き菓子なんですけど」

少しだけ嘘をついた。

本当は葛城さんに助けてもらった翌朝。彼がバッグから取り出して読んでいたチラシを見てしまった。それはあの店の新作スイーツを特集したもので、新作をチェックするほど好きなのかなって思ったから。

「その店の系列なら銀座《ぎんざ》にもあるだろ。それに昼休みに行くこともないのに」

確かに、会社から近い銀座にも同じ系列の店がある。

でも葛城さんが持っていたチラシは、私が行ってきた表参道《おもてさんどう》店のものだったし、新作スイーツが会社帰りでは確実に完売してしまうのは、ネットの評判でチェック済みだった。

それは心に留めて、ごまかすように小さく笑う。

「あぁ。銀座にもお店があったんですね」

「調べてないのかよ。昼飯は？」

「完食しましたよ。今日は大盛り天ぷら定食です」

「聞いてるだけで、胸やけするな……」

彼は呆れたように息をつく。

でも、すぐに目尻を柔らかく下げて、「わざわざありがとう。休憩時間に同僚に配るかな……」と言い、ケーキボックスを受け取ってくれた。

本当は時間がなくて定食は半分残しちゃったし、勝手な自己満足だとも思うけど、やっぱり行ってよかったな。

毒のない自然な笑みにそんなことを思っていると、腕時計に視線を流した葛城さんに、「昼休みが残り三分だ」と告げられる。

「戻りますね！」と言い残して廊下に飛び出た。

そして、なかなか来ないエレベーターに痺《しび》れを切らし、販売部のフロアへ階段で駆け下りながらふと思った。

毒舌や挑発的な態度でからかわれて腹が立つことも多いけど、気を遣ってくれたり、優しいところもあるんだよね。無駄を嫌う冷徹な男って、違うんじゃないかな？

社内で流れる彼の噂が信じられないくらいに、今は素直にそう思えた。


定時の六時まで残り二時間。

販売部三課のデスクで目の疲れを感じてキーボードを打つ手を止めると、課内のみんなにお菓子を配っていた美希ちゃんが、隣のデスクに戻ってきた。

「全員に配り終えましたけど、ずいぶん余っちゃいました」

彼女はそう言って、焼き菓子が残った紙ケースに視線を落とす。

それは二週間前に退職した社員が送ってくれたもので、三課の社員で食べるには多すぎた。

「んー、そうだねぇ。お隣さんにおすそ分けしようか」

「ナイスアイデアです！　もう夕方だし。青山《あおやま》くんもお腹を空かせてるはずです」

販売部二課に新卒で入社した男性社員は、体育会系の爽やかな笑顔が美希ちゃんのストライクゾーンど真ん中らしい。

「でもひとりで隣に行くのは勇気いるなぁー。ねっ、愛さんも来てくださいよ。でもでもっ、青山くんの担当は譲りませんからね？」

「わかってるって」

冗談っぽく睨みを利かせる彼女に即答して立ち上がる。

このフロアは企画部と販売部が、パーテーションで課別に仕切られている。美希ちゃんと手分けして販売部二課の役職者から順にお菓子を配っていると、ふと数時間前の会話を思い出した。

そういえば、葛城さんも私があげたお菓子を休憩時間に配るって言ってたっけ？

お堅い人が多いらしい経営統括室で、葛城さんがリボン付きのお菓子を配っている姿を想像すると、少し笑えた。

思わず吹き出しそうになるのを堪えてから、同期入社の田村《たむら》くんに声をかける。

彼はキーボードを打つ手を止めることなく、一瞥《いちべつ》をくれてから不機嫌そうに言った。

「菓子か。喉渇くんだよな」

「あっ。嫌いなら別に」

「飲み物はないの？」

冷ややかな声に、「えっ」と声を詰まらせる。

「ごめんね。用意してなかった」

気圧《けお》される雰囲気にぎこちない笑みを返すと、田村くんは無言でデスクを離れてしまった。

なんだろう、今のは……。

しばし呆然《ぼうぜん》としていたら、右斜めにいた男性社員も席を立ち、田村くんのあとを追うように廊下の外へと消えてしまう。

田村くんは今年の春に行われた人事異動まで、私と同じ三課だった。

彼が二課に異動になってからは、挨拶程度にしか話す機会もなかったけど、なにか気の障る言い方や態度で接しちゃった？

飲み物を用意する気遣いまでできなかったのは、悪かったのかもしれないけど。

刺々《とげとげ》しかった彼の態度に思いを巡らせる。すると、立ちつくしたままの背中に怒りの声が届いた。

「見てましたよ。なんですか、あの態度！　美希の嫌いなやつランキング上位に急浮上ですっ」

振り返ると、頬を膨らませた美希ちゃんの姿があった。

「またそんなこと言って。仕事の邪魔しちゃったんだよ、きっと」

声を荒らげる彼女の肩を軽く叩き、「私、給湯室に行ってくるね」と言ったら、ジロリと鬼の形相で睨み返された。

「あんなやつに淹れるコーヒーなんてないですよぉっ」

「違う違う、自分のだよ。それより青山くんと楽しそうに話してたけど？」

「あっ、そうなんですよぉ。好きな芸人が同じで盛り上がっちゃいましたぁ」

弾んだ声に、話がうまく逸れたようでホッとした。

田村くんの態度に引っかかりは感じるけれど、美希ちゃんにまで不快な思いを引きずってほしくなかった。

私も気にしちゃダメだよね。

気持ちを切り替えてデスクに戻り、空になったマグカップを持って廊下に出る。

雨風の強い悪天候のせいで、靴跡が目立ち始めた廊下をゆっくり歩いていると、給湯室へ行く途中の喫煙所から低い声が聞こえてきた。

「今度の新車プレゼンって、三課はさっきの藤川さんだろ？　それなりにやるって噂だけど」

思いがけず名前を出され、嫌な予感が胸に広がる。

それは、次の言葉で確信に変わった。

「そうでもねぇよ。昔から愛想笑いがうまいから、三課の課長のお気に入りなだけ。その課長も脱サラして農家するとか言ってる、おとぼけなやつだしな。女って仕事でミスったら泣いてごまかすくせによ。生意気にも前に出たがるんだよな。おとなしく菓子でも配ってればいいのに」

冷たく吐き捨てた声に頬が紅潮する。聞き間違いじゃない。田村くんだ。

立ち竦む私の存在に気づかない彼らは、煙草《たばこ》の煙を吐き出しながら汚い言葉を続けていく。

「だなぁ。いいよなぁ、女は。俺も女になりてーよ」

「それより俺さ、部長に頼まれて、ドイツから来るお偉いさんの通訳をすることになってさぁ」

「マジ？　失敗するなよー。でも俺も、田村を見習って部長のゴルフや釣りに付きあうかなぁ」

「あぁ、それがいいよ。かわいくもない部長の子供にお世辞使ったりして、かったるいけどな。部長は役員の話もあるっていうし。今のうちに評価上げとかないとな」

煙草を灰皿に押しつけて笑い飛ばす横顔に、スッと胸が冷たくなった。

ついさっき自分に非があると思ったことを激しく後悔して、下唇をギュッと噛みしめた。

踵《きびす》を返して廊下を戻りながら思う。

そういえば、田村くんがまだ三課にいた頃。彼は部下である女性社員には、面倒な資料整理やサポート的な仕事しか与えてなかった。

なるほどね。彼の本性が見えた気がした。

同じように仕事ができても『所詮《しょせん》は女』のひとことで片づける。『女は黙ってしおらしくしてろ』の精神を会社にも持ち込むタイプなのだろう。

彼のように上司の顔色を窺ったり、積極的に社外でもコミュニケーションを取ることを悪いとは思わない。むしろその点は見習うべきだろう。

誰だって、自分を慕ってくれるかわいい部下とは、仕事だってしやすいと感じるからだ。だけど、あんなふうに陰口を叩きながら見返りを求めるのは違う気がした。

でも、反論しても仕方がない。仕事で見返すしかないんだ。

大きく歩幅を取った足を止め、熱くなった頬を叩いてからデスクに戻った。

田村くんのブラックな一面を知って数日後。

三日ぶりの快晴に恵まれた今日は、絶対に負けられない社内プレゼンがある。

そろそろ会場の会議室へ行こうかな、と左手首の腕時計をチラ見する。

ステンレススティール製の腕時計は高級ブランドとはいえないけれど、静岡で暮らす父が入社祝いに買ってくれたものだ。

実家を改装して定食屋を営む父とは、正月以来会ってない。

そんな父は、【お盆には絶対帰ってこい】とメールをよこしたあとで、『メール届いたか？』と確認電話までかけてくる。

そういえば、昨日はメールのあとの電話がなかったな？

すると、心の声に反応するようにデスクの電話が鳴った。

ええっ！　お父さん、会社にまで⁉

まさか、これって内線だし違うよね、と思いながら受話器を取ると、それは滅多にかかってこない総務部からの内線で、「急いで来てください！」と早口で切られてしまった。

プレゼン時間も迫っていたから、資料を片手に販売部より数フロア下の総務部に立ち寄ると、ひとりの女性社員が泣きそうな顔で立ち上がった。

「私から行くべきなのに、慌てて呼び出してしまってすみません！」

「ううん、それはいいんだけど」

いったい、何事？

ただならぬ様子に首を傾げると、震える手で一枚の申請用紙が差し出される。

彼女がものすごい勢いで頭を下げた。

「藤川さんっ、ごめんなさい！　私、お給料を入力する担当なんですけど。藤川さんの結婚祝い金が、振り込まれなくなっちゃったんです。私が……デスクの隅にあった申請用紙を見落としたせいで」

頭を下げたままの彼女に、「ちょっと待って！」と一歩踏み出す。

確かに申請用紙には、私の名前がある。

でも、悲しいかな。まったく身に覚えがない！

あぁ、なるほど。どこかのセレブが眠っている私の唇を奪い、誓いのキスをしてくれたんだ……って！　こんな調子だから、いつまで夢見てんだとか毒を吐かれちゃうんだってば‼

葛城さんに散々バカにされたけれど、そこまで頭ん中お花畑になってない。

それによく見ると、所属長の承認印もなかった。

「大丈夫だから頭上げて。こっちこそごめんね。これ書いたの、私じゃないんだ」

明るい声をかけたら、彼女がおそるおそる頭を上げる。

「たぶん男っ気のない私を茶化したいたずらじゃないかな。松田課長あたりかなぁ｜、なんて！　だから気にしないで。本当にごめんね」

不安げな彼女に微笑《ほほえ》んで総務部をあとにしてから、腕時計を見る。

うわっ、プレゼン開始まで時間がない！

二階で停まったまま動かないエレベーターは諦めて、階段を二段飛ばしで勢いよく駆け上がる。

「くっ、苦しいよ。普段の運動不足が……」

さっきは松田課長のせいにしちゃったけど、真犯人がわかったら呪いをかけてやる。

復讐《ふくしゅう》の誓いを立てながら、ぜいぜいと息を切らして十四階に辿り着く。

腕時計の時間は、プレゼン開始の十分前だった。

足が意外と衰えてないことに満足して右膝に片手をついたら、「プレゼン前の準備運動か？　気合いの入れ方間違ってるだろ」と、すっかり聞き慣れた意地悪な声が火照《ほて》った頭に落ちてくる。

顔を上げた先には、羨ましいほど涼しげな顔の葛城さんがいた。

あぁ、そういえば。経営統括室もこのフロアだったっけ。

軽い睨みを利かせながら、ちょうどエレベーターから降りてきた役員に彼と一緒に会釈《えしゃく》をする。彼らが会議室に入るのを見て、葛城さんが耳打ちしてきた。

「プレゼンにスライドは使うのか？」

「それは当然、使いますけど」

「だったら、そんな鬼みたいな顔してないで急げよ。あそこのスライド、機材が最近変わったから、使い方とかチェックしといたほうがいい」

意地悪を挟みながらの優しい声がふわっと耳たぶに触れて、全力で駆け上がったときとは違う熱で頬が赤くなった。

たまには素直にお礼を言いたいって思うのに、彼はさっさと会議室の先にある経営統括室へ足を向けてしまう。

まったく飄々としちゃって、相変わらずなんだから。

足を速めて葛城さんに追いつく。

「葛城さん」と彼を呼び止めたところで、すぐ横の男子トイレから飛び出してきた誰かと肩がぶつかった。

ぐらりと揺れた体が倒れなかったのは、葛城さんが私の腕を引いてくれたから。

でも、強い衝撃を肩に受け、両手に抱えていた資料と筆記用具が床に飛び散ってしまった。

「うわっ。ごめん、マジでごめん！」

焦った声で散らばった書類を掻き集めてくれたのは、田村くんだ。そこに、この前見た高圧的な態度は微塵《みじん》もない。

心底申し訳なさそうな彼に、『どうせ、それもポーズだろ。コラ！』と大人げない態度を取るほど子供ではない。

葛城さんなら痛烈な毒でも吐くんだろうけど……。

「本当にごめん。怪我《けが》とかなかった？」

「うん。大丈夫」

ぶつかった肩はじんじんと痛みを放つ。でも、田村くんにだけは弱いところを見せたくなくて、にっこり笑って彼が差し出す資料を受け取ってみせた。

あぁ。ここが清掃の行き届いているフロアでよかった。

書類に目立った汚れもないことにホッと息をつく。

「今のは悪かったけど、プレゼンは負けないからな」

冗談っぽく笑った田村くんが、「お先にどうぞ」なんておどけた調子で会議室の扉横に立った。

それにはさすがに、苦笑いしか返せないって……。

心で呟いてから会議室の扉をノックする。

「失礼します」

少し緊張した声が廊下に響き、『落ち着け』と速まる心臓に言い聞かす。

その間、なんだか強い視線を感じてチラリと背後を振り返ると、いつもより気難しい顔をした葛城さんが私を見つめていた。


プレゼンは会議室に入室した順番で、私がトップバッターだった。

どうしよう……。

心の呟きが背中に生ぬるい汗を滑らせるけど、強張る頬を笑顔に変えてプレゼンを進めていく。

販売戦略の説明を終えたら、市場調査と他社との比較のため、パワーポイントで資料をまとめたスライドを使う予定だった。

でも、直前になってデータを保存したＵＳＢがないことに気づいた。

田村くんとぶつかったときに廊下に落とした？　違う。あのとき廊下を見渡したけどなかったと思う。デスクに忘れてきたんだ、きっと。

詰めの甘さを思うと、無理やり頬に張りつけた笑顔も強張りそうになる。取りに戻る時間もない。それに役員たちへの印象も悪くなるだろう。

私のプレゼンに真摯《しんし》な顔で耳を傾ける役員たちの後ろには、一課の男性社員と二課の田村くんがパイプ椅子に並んで座っている。

田村くんは私のプレゼンになんて興味もないのか、退屈そうに欠伸《あくび》をしているのが見えた。

『女って仕事でミスったら泣いてごまかすくせによ』

吐き捨てた彼の言葉が耳の奥で蘇り、頬が熱くなる。

負けたくない。でも、そう思うほど気持ちばかりが焦ってしまう。

『女は手間と面倒な仕事ばかり押しつけられるんですよねぇ』

普段そんなふうに愚痴っている美希ちゃんも、頼まれた仕事は時間内に必ず終わらせる。給料をもらっている以上、軽い気持ちで仕事をしていないからだ。

田村くんが隣の男性社員に耳打ちをしてから、私のほうへ嘲笑うような視線を流す。

『菓子でも配ってればいいのに』

またそんなことを言ってる？　ダメだ。気にしてる場合じゃないのに。でも、今日はなんかツイてない。きっと、厄日なんだ……。

出口の見えない森の中で深い霧に包まれたように、頭が白く染まっていく。

なんとか理由をつけてプレゼンを途中で終えようとした、そのとき。

頭の奥で鋭い声が響いた。

『そんなの都合のいい言葉だろっ』

それは、瑞樹との再会を運命だと言った私に、葛城さんが返した言葉。

あのとき本当は、胸を突かれたことを思い出す。

あの言葉に傷ついたのは、図星だったからだ。

いつだって私はなにか壁にぶつかったり、今みたいにうまくいかないことがあると簡単に諦めてしまう。そう、いつだって。なにか都合のいい言い訳を探して逃げ出してしまう。

瑞樹とのことだって、もしかしたら――。


幸せだった頃の記憶が蘇る。

まだ彼と付きあっていた頃、優しく包まれる腕の中で何度も朝を迎えた。

目覚めのコーヒーをふたりで飲みながら、湯気の向こう側にいる瑞樹は嬉しそうによく話してくれた。

『実は俺、ずっとやりたいことがあってさ』

大学の工学部に在籍していた彼は、瀬戸自動車に入社したら開発部門で力を発揮したいと言っていた。

口角をめいっぱい引き上げて夢を語ると、彼が『嫌だ』と言っていた片えくぼがうっすらと浮かぶ。そんな瑞樹を見るのが大好きで、私たちはお互いの夢についてよく語りあった。

でも、いつからだろう。私の言葉に瑞樹が興味を示さなくなったのは……。

考えても、思い出せそうになかった。

もしかしたらそのときにはもう、彼の進む道は自分の意思とは関係ないところで、決められていたのかもしれない。

別れを告げられたのは、次期社長候補の彼と私が釣りあわないからだと思っていた。

でも、本当にそれだけだったの？　違うのかもしれない。

付きあっているときの彼は優しかったし、愛されている実感もあった。なにより彼は、ずっと会いたかった初恋の人。

私はそんな運命みたいな再会に酔いしれ、いつしかふたりが付きあっていくための努力を怠っていたのかもしれない。

今だって、私は……。

そこで思いを遮断すると、背中の汗が引いていくのを感じた。

田村くんを見返してやりたい。そんな気持ちで必死な姿を見せたところで、彼の根底にあるものは変わらないだろう。

でも、それでもいい。変わりたい、そう強く思う。

誰になにを見せつけるわけでなく、私自身のために。

心に決めたら、いつしか強張っていた頬が自然な笑顔になっているのに気づく。

USBがない？　それがなんだっていうの？　スライドなんて使わなくても、それをカバーできるほどの知識を頭に入れてきたはずだ。ないならないでやり方はある。

予定していたスライドの時間はもうすぐだった。

『でも大丈夫』と心で呟き、俯き加減の顔を引き上げた。


プレゼン結果は二日後に出た。

プレゼン会場と同じ会議室で結果が告げられ、肩を落とした販売部一課の男性社員と不満げな顔の田村くんが先に部屋を出ていく。

新車販売プロジェクトは、私が所属する三課で推し進められることになった。

彼らに遅れて会議室を出るときに、役員のひとりから声をかけられた。

「市場調査も含めてよく調べてあると感じたし、まだ若いのに知識も豊富で頭も切れるね、君は」

「ありがとうございます……」

小さく頭を下げると、「これからも期待しているよ」と笑顔を浮かべて彼は会議室をあとにした。

このところ無愛想な地蔵に毒を吐かれてばかりだったから、ありがたいお褒めの言葉に役員様が仏様に見えたよ。早く戻って松田課長に報告しようっと。

直属の上司である松田課長は、あと少しで退職することが決まっている。

なにかとそそっかしいところのある私を優しく見守ってくれた彼には、今回のプレゼンを一任されていた。

最後にいい報告ができてよかったな。

頬を緩ませ廊下に出ると、少し前を歩いていた田村くんが、階段を駆け下りてきた葛城さんと肩がぶつかるのが見えた。

葛城さんが持っていた書類が廊下に散らばり、田村くんは『いてぇな』とでも言いたげに顔をしかめる。

でも、相手が葛城さんだとわかると、一瞬で顔を引きつらせた。

「すっ、すみません！　お怪我はありませんか⁉」

その場にひれ伏しそうな勢いで頭を下げる田村くんにちょっと……、いや、ものすごくドン引きだ。

あんなにわかりやすい性格だったんだ……。

彼はすぐに、廊下に散らばる書類をものすごい速さで掻き集める。

それを黙って見下ろす葛城さんの姿にちょっと……、いや、ドン引きどころの話じゃないって！

後ろから見ていた感じだと、今のは葛城さんだって悪かった気がするのになぁ。

彼は必死な顔で書類を差し出す田村くんを前にしても、「どうも」と冷ややかに告げるだけ。

噂通りの冷徹な態度に胸が微かに軋み出し、優しく気遣ってくれた笑顔が脳裏に浮かんだ。

違う。葛城さんは冷たいだけの人じゃない。

ドクンドクンッと脈打つ鼓動に言い聞かせる。

その間も葛城さんは無言で書類に目を通していて、田村くんもそれ以上なにも言わず立ち去ろうとした、そのとき。

「今日は、全部揃ってるな」

凍《い》てついた声が廊下に響いた。

その言葉に、動きかけた田村くんの足がピタリと止まる。なにか恐ろしいものを見るような怯《おび》えた様子の彼に、葛城さんは鋭い瞳を向けた。

「あのときはうまくやったつもりだろうけど、残念だったな」

その言葉がどういう意味かは、わからない。

でもそれは、鋭い切れ味で田村くんを青ざめさせ、彼の唇が震え出すのがわかった。

シンッと静まり返る廊下が、張りつめた緊張感に包まれる。

田村くんはそれに耐えきれないとばかりに足を踏み出し、エレベーターではなく廊下の奥の階段を駆け下りていった。

彼の靴音が聞こえなくなると、葛城さんが呆れたような瞳で私を見つめてきた。

「なんだよ、そのまぬけ面」

「え？　いえ、田村くんがすごい顔してたから……」

葛城さんはどんな魔力を使ったのかな、って。

続きの言葉は、数秒前のブラック葛城さんに背筋が震えて、喉の奥に引っ込めた。

「なにか意味ありげでしたけど、彼とトラブルでもあったんですか？」

いくら葛城さんが意地悪でもねぇ。ちょっとぶつかったくらいで喧嘩《けんか》をふっかけてたら、私なんて今頃どうなってるのか……。

心で呟きながら問いかけると、心底呆れ返った顔をされる。

「まったく。これだからお気楽な性格だって言われるんだろ」

お気楽って、これまたひどいけど……。いつもの葛城さんに戻ってくれたみたい。

「そんなこと言うのは、葛城さんくらいですけどね」

ホッと胸を撫で下ろしたところで言い返してやったら、なにかを窺うように顔を寄せられた。

「プレゼンでスライド使わなかったんだろ、なんで？」

至近距離からの真剣な瞳にドキッと心臓が跳ね上がる。

完全に自惚れだけど、もう少し意識してくれてもいいんじゃない？　だって、性格はとりあえずとして、そんな綺麗な顔を近づけられたら意味はなくてもドキドキしちゃうって……。

お気に入りの白いカットソーの下で、自意識過剰に跳ね上がる鼓動を意識しないよう、プレゼンで起きた出来事を語り始める。

ＵＳＢをデスクに忘れてスライドが使えなかったことを話し終えると、「なるほどな」と彼はやけにすっきりした顔になった。

「そういうことか。それで、デスクにＵＳＢはあったのか？」

「いえ、それがなくしちゃったみたいで。本当ダメダメですよね。そそっかしいんですよ、私」

「それは顔を見ればわかる」

間髪を容《い》れずに肯定されてガクッとなる。

「そこはさりげなく否定して、フォローしてくれるところじゃないですか？　しかも顔って……」

「そんなことより。あの日のプレゼンで、それ以外にもなにかおかしなことはなかったか？」

うわっ。『そんなことより』って、華麗にスルーだし！

軽い睨みを利かせるも、効果がないのはもう何度も実践済みだ。

コホンッとわざとらしい咳ばらいをしてから話を続ける。

「そういえば。プレゼンの直前に私の名前で、おかしな申請書が出てました。それも結局、誰のいたずらかわからなかったんですよね」

いったい、あれもなんだったんだろう？　わけのわからないことだらけだなぁ。

宙に視線を泳がせると、葛城さんはなにかに納得するように深く頷いてから、次に信じられない言葉を続けた。

「ＵＳＢは、さっき俺とぶつかったアイツが盗《と》ったんだろ」

「田村くんが⁉」

予想もつかなかった言葉に目を見開く。

「名前は知らないけど。プレゼンの直前、アイツとぶつかってたろ？　あのときアイツの態度がおかしかったから、さっきカマかけてやったら当たりだった。ＵＳＢはアイツが親切顔で拾うふりして盗った。ついでに言えば、申請書の件も流れからいって怪しいな」

信じられない。だけど、さっきの田村くんの態度が答えだとしたら。

「そんなっ、どうしてそんなこと……」

怒りから指先が震え始める。

それ以上声にならない私に、葛城さんは淡々と返した。

「別に、そんなの珍しくもない」

「そうでしょうか？」

「汚いやり方で足を引っ張られるくらい、日常的によくあることだ」

ふっと余裕ありげな笑みまで浮かべた彼に、「葛城さんの日常っていったい……」とそろりと目線を上げる。

頭ひとつ高いところから見下ろされ、ひと呼吸置いてから彼は言った。

「前にも言ったろ、もっと他人を疑う気持ちを持てって。世の中には、どんな手を使ってでも自分の評価を上げようとしたり、地位を築こうとするやつだっている。心底くだらないって思うけどな」

「そうでしたね。すみません」

ここは素直に謝っておく。

「俺に謝る必要ないけど。自分のせいだって落ち込んだり、他人を信じきって傷ついたり、バカみたいだろ。それほど無駄な時間なんてないからな……」

そこで彼は薄い唇を結び、窓から射し込む光から逃れるように顔を背けた。

一瞬、彼の瞳が陰を帯びたように見えた。悲しげな色を宿すそれを前にも見た気がして、胸がキリキリと軋み始める。

誰かを信じて裏切られて、葛城さんも傷ついたの？

声に出したい衝動に駆られる。

でも、追及するのはいけない気がして、「あははー」と明るく笑った。

「本当っ、バカみたいですよね。でも私は、なにかミスがあったら、まず自分を疑ってしまうんです。それでもいつかは葛城さんみたいに、もう少し自信を持って仕事ができるようになれたらなぁって、思うんですけどね」

思わず勢いで話してしまい、激しく後悔した。

うわっ、支離滅裂だって。しかも後半の、お仕事頑張ります宣言は、絶対いらないから！

変に熱くなってしまったことが恥ずかしくなる。

『お人よしだな』とか『百億年かけても俺の足元にも及ばない』だとか。痛烈な毒が吐かれるのを覚悟していたのに、思いの外《ほか》、葛城さんは小さく笑った。

「そこは自信持っていいだろ。スライドが使えなかったアクシデントはあったけど、それを補う企画力と知識が役員たちにも伝わったんだろ」

嫌みのない言葉を返される。

私を見つめる柔らかい瞳に、トクンッと胸が音をたてた。

そんな優しい言葉、ずるいよ。

そう思ってしまう私は、なんて素直じゃないんだろう。

本当は、スライドがなくても大丈夫って頭で言い聞かせても、最後まで足が震えていた。それに気づいた田村くんが嘲笑っていたのも知っていた。

あの場にいなかった葛城さんがそれを知るわけがないのに……。

不意打ちの優しさに触れて、ダメだって思うのに目の奥が熱くなる。

慌てて視線を逸らしたら、葛城さんは言葉を続けた。

「自分に非があるって思う謙虚な気持ちが悪いとは言わないけど、仕事上だとそれが致命傷になることもあるからな。もっと自信を持っていい。そうしないと……」

そこで言葉を切った彼に、なんだろうと思う。

でも返されたのは、唇の端を釣り上げた意地悪な笑みだけだった。

第三章　忘れられない記憶

五月末で依願退職した松田課長の実家は、澄みきった空気がおいしく、緑豊かな場所にあった。昨年他界した父親の跡を継いで、脱サラ農家をするため、それまで暮らしていた都内のマンションは売りはらう予定らしい。

送別会は盛大に終えたばかりだけど、そこはやっぱり人柄だよね。

ある食品メーカーのＣＭキャラクターに似た太っちょの熊みたいな風貌《ふうぼう》で、『癒し系おじさん』と一部の女子社員の間で人気があった松田課長は、温厚な性格で部下の面倒見もよかった。

そんな彼を嫌う人間は課内にはいなくて、『まだ送り足りない！』と声が上がり、週末を使って東京から新幹線で一時間はかかる彼の家に、みんなで押しかけていた。

「いやいやー、悪いね。こんな田舎《いなか》まで来てもらって」

松田課長は頬を緩めて玄関先にスリッパを並べてくれる。

新しく配属された課長も仕事ができて有能な人だけど、やっぱりこの笑顔にはほっこりしちゃうな。

今年還暦を迎える父より五歳年下の松田課長に淡い気持ちはないけれど、優しい笑顔に癒される。

「おじゃまします」と靴を脱ぎかけたところで、松田課長の後ろをスッと横切った男性の姿に目を見開いた。

「なんで⁉　葛城さんが、ここに‼」

予想外の人物に声が裏返り、ゲホゲホッと激しく咳き込んでしまった。

今日も変わらず、『無愛想よろしく』の文字を顔に張りつけた長身の彼は、確かに葛城さんだった。

彼の本日の装いは、Vネックの濃紺のサマーニットにジーンズというシンプルなもの。でも、Vネックからわずかに覗くグレーのインナーがセンスのよさを感じさせる。

腰の位置が無駄に高く、スラリと伸びた長い足はなんともまぁ日本人離れしていて、平均的な体型の自分は妬《ねた》ましく思ってしまう。

本当に、なんで葛城さんがここにいるの？

そんな疑問を持ったのは私だけではないだろう。

ざわつく女子たちの視線を浴びた彼は、そのまま松田課長の背後を無表情で横切り、廊下の奥へと消えていった。

「今の、葛城さんだよね⁉」

「どうして松田課長の家に⁉」

「葛城さんって、彼女いるんですか？」

矢継ぎ早に飛び交う質問に、男性陣はドン引きだ。

でも、松田課長は気圧されるようでもなく、瞳を柔らかく細めた。

「まぁ、なんだ。積もる話は、あとでゆっくりとな」

優しく促した彼が案内してくれた和室は、広さでいうと二十畳はあって、近所の旅館から借りてきたという長テーブルが川の字に並べられていた。

窓際のテーブルには、松田課長が親しくしていた別の部署の顔もいくつかあった。

そういえば、松田課長が三課の他にも親しい人たちを呼ぶようなことを言ってたっけ？　なるほど、葛城さんとも親しかったのか。

納得しながら末席に移動して、立ち寄った酒屋で購入した缶ビールを手に取る。女子数名でビールを注いで回り、末席の座布団に腰を下ろしたところで、再び思いを巡らす。

常に笑顔で癒し系の松田課長とは、真逆にいるであろう葛城さん。

仕事で関わりがあったとしてもだ。キャラからして仲よくなれるのか？　それに年齢も離れている。ん。年齢？

　そこまで考えて、「まさか！」と声を張る。隣に座っていた美希ちゃんがビクッと肩を跳ね上げた。

「どうしたんですか？」

「ごめん。びっくりさせちゃったね」

「いえ。そうじゃなくて、顔が……」

　彼女はそう言って、私から逃れるように視線を逸らす。

　今の私は、さぞかし鬼の形相なのだろう。でも、それは葛城さんが悪い！

　だって私には若作りしてるとか言っておいて、自分がそうだったりするの⁉

　少し前に、私以外の女子全員による〝絶対に負けられない女のジャンケン大会〟で見事勝利したふたりに挟まれ、お得意の地蔵化した彼を遠くから睨みつける。

　皺ひとつない首筋と切れ長の目尻。ビールが注がれたグラスを傾ける長い指先。

　若く見えるだけで、まさかの作り物⁉　二十七歳っていうのも年齢詐称⁉

　彼の高い給料すべてが、ダンディエステに使われるのを想像してみた。

　残念だけど、ない。ない、ない、ない。

　そんな底意地の悪い妄想《もうそう》を終えたところで、謎は彼本人の口から解明された。

「松田課長には世話になってるから」

右隣を陣取った子に葛城さんが聞かれて答えると、場が一瞬シンッとなる。

『他の人は無駄口叩くな』オーラが女子全員から出ているからだ。

みんなの視線が松田課長に注がれ、彼はほんのり染まった頬を緩めながら、嬉しそうに語った。

「いやいや。そんなことないんだけどね」

大袈裟に手を振る彼を見て、葛城さんの瞳が柔らかい弧を描く。

無愛想な地蔵男の滅多に見せない自然な笑みに、淡い吐息があちこちから漏れた。

それは彼に憧れる女性すべてが、ひとり占めしたいと思っているもので。

松田課長を除く男性陣が、またドン引きしているのを横目に見ながら、胸に針が刺さったような痛みを感じていた。


夕方四時からの再送別会は、夜の七時前にはお開きとなった。

「明日は日曜だし。みんな旅館に泊まってくといいよ」

松田課長は酔いつぶれた男子を介抱しながら、仏様のような気遣いを見せる。

顔が利くという旅館に、全員分の宿泊の予約までしてくれていたという。

これがみんなに慕われる理由だよねぇ。

それから歩いてすぐの旅館に全員で移動して、そこの女将《おかみ》から「世間的には時期外れだけど、今日は小さなお祭りがある」と話を聞いた。

「この旅館、浴衣《ゆかた》もあるんですね！」

無料の浴衣の貸し出しがあるとわかった途端、女子たちみんなが色めき立つのがわかった。

旅館で貸し出している浴衣は色や柄が数種類あって、松田課長が予約を取ってくれた女子用の部屋に移動してすぐ、みんなそれぞれ似合うものを探し始めた。

みんなこのあとのお祭りで、葛城さんの隣を歩きたいと願っている。

彼は、この中の誰と行くんだろう？

浴衣を胸に当てている彼女たちをぼんやり見つめていると、ついさっき胸に刺さった針が、また少し体の奥へ沈んでいくのを感じた。

自分でもわからない感情を追いはらうように頭を振ったら、「愛さんはこれなんてどうですか？」とトントンと肩を叩かれた。

振り返ると、淡い紫地にピンクの紫陽花《あじさい》柄の浴衣を差し出している美希ちゃんの姿があった。

「ごめん。私、浴衣はいいや」

「えー。なんでですか？」

「だって着替えるの面倒だし、食べにくい」

浴衣を美希ちゃんの胸に押し返す。

「もうっ。色気より食い気ですかぁ？　そんなこと言ってたら、葛城さんを誰かに奪われちゃいますよ。愛さんはみんなより一歩リードしてるんですから」

「そんなことないし。色気じゃお腹は膨らまないから」

「はぁー。もう、いいです」

やる気のない素振りに、美希ちゃんは頬を膨らませた。

浴衣なんて滅多に着る機会もないし、せっかく美希ちゃんが選んでくれたんだし、着たい気持ちはあった。

でも、綺麗に着飾ったって……。

続きを考えようとすると、頭の奥から始まった痛みは血流に乗るように、こめかみをチリチリと痺れさせる。

葛城さん争奪戦に付きあいで参加するらしい美希ちゃんに、「じゃあね」と声をかけてから、ひとりで部屋をあとにした。

女将から聞いた神社は、旅館から歩いて十分ほどの場所にあった。

赤提灯《ちょうちん》で照らされた石段を上がると、家族連れや多くの露店で賑わう広い境内《けいだい》に着く。早速、定番のものから買って食べ始めた。

お好み焼きと焼きそばを食べても、まだまだイケる。

チョコバナナの最後のひと口を飲み込んでから、『やっぱりしょっぱい系に戻ろう』と来た道を引き返す。

我ながら、『まだ食べるのか？』とツッコミたくなるなぁ。

肉が焼ける香ばしい匂いに誘われ、ホットドッグの屋台へふらふらした足取りで近づく。

小学生らしき男の子ふたり組の後ろに並び、マスタードを付けるかどうかを真剣に悩んでいると、低い声が背中に届いた。

「チョコが口についてますよ」

『嘘っ』と心で叫んで、慌てて手の甲で口を拭う。

「ありがとう……ございます」

あぁ。恥ずかしいなぁ……。

愛想笑いを浮かべてから振り返り、一瞬で眉間に皺が寄った。

「ドウイタシマシテ」

振り返った先には、両腕を胸の前で組み、嫌みたっぷりな顔を傾けた葛城さんの姿があった。

行き交う人で賑わう細い路地。

酔いも回っているせいだろうか？　彼の隣には誰もいないように見える。

あぁ、そっか。

ぴょんっとその場で軽くジャンプしてみる。

背の高い彼の後ろに隠れた浴衣姿の美女が……いない。

なるほど。私なんかに話しかけたもんだから、怒って先に行っちゃったんだ。

今度は、ものすごい勢いで後ろを振り返ってみる。

すると、ホットドッグを手にした男の子ふたり組に指を差され、「すげぇー顔！」

と爆笑されてしまう。

恥ずかしさにグッと息を詰まらせたら、頭に深いため息を吐き出された。

「小学生に笑われるとか、恥ずかしいだろ」

呆れた声を漏らした葛城さんは、どうやら……。

「おひとりですか？」

「さっきまで何人かいたけどな。旅館に一度戻って撒《ま》いてきた」

すっかり慣れたような言い方に、「へぇー」と気のない返事をする。

なぜだか、ついさっき食べたチョコバナナが消化を止めてしまったかのように、胃の奥がむかむかしてきて、「さっきは楽しそうでしたけどね」と呟いていた。

「藤川はつまらなさそうだったな」

「私は葛城さんと違って、モテませんから！」

語気を強めてしまい、『それは顔を見ればわかる』とか、『つまらなさそうな人生だもんな』だとか、そんな猛毒《もうどく》が返されると思ったのに、葛城さんは気にしてないのか明後日《あさって》の方向を見ている。

露店の照明が闇夜《やみよ》をほんのりと明るく染め、境内の入口から続く赤提灯が彼の頬を淡いオレンジに色づける。

行き交う人の楽しげに弾んだ声がどこか遠くに聞こえて、説明のつかない思いに胸が締めつけられた。

楽しいはずの場所で、なにしてるんだろう。今の葛城さんへの態度、ものすごく感じが悪かった。

今っていうか、今日はずっと心にとげを刺したままでいる気がする。なにかに焦るように気持ちが落ち着かないし、イライラしてる。

今の自分、どんな顔してる？

次々に湧き出る感情が自分でもコントロールできず、ばつが悪くて俯いた頭に、「なぁ」と短い声が落ちてきた。

「あれ、やるぞ」

彼はそう言って私の右腕を掴むと、狭い道をすり抜けて歩き出した。

強引に腕を引かれ、問い返す暇も与えられない。

ただただ引きずられるように足を進め、ひとつの露店の前でようやく私の腕は解放された。

丸いターンテーブルは、お菓子が入った小さな箱やおもちゃを乗せて、カタカタと音をたてながら回っている。

ホットドッグ屋の近くで私を笑った男の子たちが、興味津々な眼差《まなざ》しでおもちゃの銃を構える男性を見ていた。

射的かぁ。やったことないなぁ。

「勝ったほうがホットドッグ奢《おご》りな？」

店主に小銭を渡した葛城さんから、おもちゃの銃を手渡された。

それから二十分後。

ターンテーブルに残されたおもちゃは残り三つとなる。

どこかの特殊班出身ですか？

そう思わず問いかけたくなるほどの見事な腕前を披露した葛城さんに、「もう勘弁してください！」と射的店の店主が泣きついた。

居心地が悪くなってしまった私たちは場所を移動して、また二十分。

水面を漂う水ヨーヨーは残り四つとなる。

幼い頃、水ヨーヨー釣りの名人と言われた私の腕前に、「もう勘弁してください！」と水ヨーヨー店の店主が泣きついた。

深々と頭を下げた店主に、「ふたつだけもらっていいですか？」と声をかけたら、仏様を見るような目で拝まれる。

悪いことしちゃったなぁ、と少し反省した。

射的では葛城さんにコテンパンにやられちゃったから、得意の水ヨーヨーではムキになりすぎちゃったんだよね。

葛城さんの射的の腕前に感動した男の子ふたり組は、あれからずっと私たちのあとをついてきて、水ヨーヨーの屋台を離れると、感心するような声が彼らから上がった。

「姉ちゃん、すっげぇーな。射的はダメダメだったけどさ、見直したよ。でもさ、そっちの男はもっと頑張れよなっ」

「そーだぞー。もっと頑張らないとチューさせてもらえないぞー」

「チューより、もっとすごいこともさせてもらえないぞー」

ニヤニヤ笑う男の子たちに、葛城さんは鋭く瞳を光らせる。

そして、射的で取った水鉄砲をスッと顔の位置まで引き上げた彼を見て、『うわっ』と心で叫んだ。

ヤダッ、本気だよ！　この人‼

「あっ、あのね！　おもちゃとお菓子も全部あげるから、早く帰ろうね」

「えー、いいの？　ありがとう」

「姉ちゃん、ありがとう。兄ちゃんと仲よくね」

ふたりを庇《かば》うような格好で葛城さんの前に立ち、両手いっぱいのお菓子とおもちゃを子供たちの胸に押しつける。

すっかりご機嫌になった背中をぐいぐい押して、なんとかこの場から立ち去らせた。

よかった。大人げない行動を見せないで済んだ。

「はぁ」と短い息をつくと、なにかがピシッと頬を冷たく弾いた。

「ひゃっ……」と肩を震わせると、水鉄砲を発射させた主の不機嫌全開な顔が私を見下ろしていた。

「なんだよ、今の?」

「えっ。いや、だって。葛城さんがあの子たちに水鉄砲を当てようとするから……」

「藤川じゃあるまいし。俺が、そんな大人げないことするか」

毒がてんこ盛りされたセリフに、カチンとくる。

「そう……ですか?　射的店で商品すべて落としてやる勢いで、ムキになってたじゃないですかっ」

「それはっ、店主がズルして商品の下にテープなんか貼ってるからだろ」

「まぁ、あれはちょっとひどいなぁとは思いましたけど。それにしても葛城さんって射的の腕前はプロ級なのに、水ヨーヨーはなんであんなにも下手《へた》なんですか?」

「昔から……細かいことは苦手なんだ」

面白くなさそうに顔を逸らされ、射的のほうが細かいことを要求されそうなもんだけどなぁと思ってしまう。

私があげた水色のヨーヨーをパシッパシッとリズムよく弾いている彼は、かなりのお金を使ったけれど、結局ヨーヨーをひとつも釣り上げることができなかった。

でも、射的をする真剣な眼差しは、行き交う人の足を止めるほどかっこよかったんだよね。

私はピンク色の水ヨーヨーをパシッと弾きながら、素直に思う。

毒を吐かれるから絶対に言えないけど、水ヨーヨーを必死に釣り上げようとする葛城さんって、少しかわいかったな。

今日はいろんなことがあったけど、葛城さんの新たな一面を見られて、なんだか嬉しい。

いつしか、胸につかえていたとげのようなものが取れていることに気づく。

自然と綻びそうになる口元を隠すように、隣の彼より少し後ろを歩いた。

それから、ホットドッグと綿あめをひとつずつ買って、露店から離れた場所にあるお堂に辿り着く。

背もたれのない古い木のベンチを見つけ、葛城さんと並んで腰かけた。

そこは赤提灯もない暗く静かな場所で、露店から離れているせいか人影もなく、さわさわという木々のざわめきだけが静寂に溶けていく。

ビールで火照った頬に風が触れて、気持ちいいな。

右手に持つ綿あめをそっと口にする。

射的で勝利した葛城さんには、私からホットドッグ。水ヨーヨーで勝利した私には、葛城さんから綿あめ。

祭りの喧騒から離れた場所で、奢りあった品をもそもそと口に運ぶ。

先にホットドッグを食べ終えた葛城さんが、東京よりずっと澄んで明るい夜空を見つめながらポツリと言った。

「あいつら、ちゃんと家に帰れたかな」

「携帯で電話すればお母さんが迎えに来てくれるって言ってたから、大丈夫だと思いますよ。かわいい子たちでしたね」

「どこがだ」

彼は眉間に皺を寄せながら吐き捨て、足を私のほうへ組み返した。

すると、空いていたふたりの距離が縮まり、澄みきった空気に彼の匂いが混ざる。

ただそれだけで、数時間前に飲んだビールが体に回ったように頬が熱くなる。

わわっ、なんか近いって！

慌てて距離を取ろうとしたら右腕が優しく掴まれ、斜めに傾いた彼の顔がゆっくり近づく。

息遣いを感じるほどの距離に、うるさく鳴り響く鼓動に、思わず息が詰まりそうになるのに。

葛城さんはいつもの涼しげな顔で、私の右手にある綿あめを口にした。

「久しぶりに食ったけど、結構うまいな」

変わらない表情で口元を拭う彼に、ふっと体の硬直が解かれる。

でも、一度加速してしまった鼓動は簡単に止めることはできなくて、「少しは、気にしてくださいよ」と小さく愚痴ってやった。

「なんだよ？　ひと口しか食ってないだろ」

ケチなやつ、とでも言いたげな瞳に言い返してやりたい。

違う。綿あめを食べたことじゃない。無意識なんだろうけど、こういうのって誤解を生むのに……。

鳴りやまない鼓動が静寂に漏れてしまいそうで、膝の上で拳《こぶし》を作る。

松田課長の家でかなりのお酒を注がれていた葛城さんは、表情にこそ出てないだけで、少し酔っているのだろう。

そう、それだけ。ただ、それだけだから、意識したらダメだ。

熱くなった顔を逸らすのと同時に、お堂を覆うようにそびえる樹木が、強い風に揺れる。

胸にかかる髪が乱れて左手で押さえつけると、隣から気遣うような声が届いた。

「冷えてきたな。そろそろ帰るか？」

「寒くはないです。それにまだ、食べ終わってないし」

即座に返すと、葛城さんは浮かしかけた腰を下ろしてわずかに瞳を細めた。

「いろんな意味で面《つら》の皮が厚そうだもんな、藤川は」

毎度毎度の憎まれ口だ。でも、気にしないふりをして綿あめを口にする。

少しだけ、嘘をついた。

松田課長の家でいつもより早いピッチでお酒を飲んでいたから、外の寒さを気にせず薄着で来ていたし。風よけのないこの場所は、体温を奪い始めていた。

でもそれよりも、まだ帰りたくないと思ってしまう。

今日何度目かの説明のつかない思いが胸を締めつけ、答えを探すように隣にある横顔をそっと見る。

彼の薄い唇は、ひねくれたことばかりを言うけれど、いつも私を正しい道へ導いてくれる。

明るい夜空を仰ぐ瞳は、いつも意地悪に細まって、でもときどき思いがけず優しく見つめてくれる。

なにをするわけでもないのに、誰かと過ごす時間がこんなにも心地よく、満たされた気持ちになるのは、いつ以来だろう?

ふとそんなことを考えていたら、木の枝をひと際大きく揺らすほどの風が吹く。

「あっ……」

風になびいた髪が綿あめに触れてしまった。

それを払おうとしたら、私の空いている左手よりも先に、隣から伸びてきた長い指先が優しく髪を梳いてくれた。

体を私のほうへ傾け、瞳を細めて髪を梳く仕草に、落ち着いたはずの鼓動が脈打ち始める。

私が特別なんじゃない。きっと葛城さんは自然にできてしまうだけ。意地悪で毒も吐くけど、優しく気遣ってくれることもあるから……。

うるさい鼓動に言い聞かせ、曖昧《あいまい》な笑顔を浮かべた。

「ありがとう……ございます」

変に緊張してしまい掠れた声が恥ずかしい。

逃れるように、膝の上に視線を落とした。

こんなときこそ得意の毒舌で返してほしいのに、彼は無言で私の髪についた綿あめを梳き続ける。

ひんやりとした指先が耳たぶを掠めると、少し前まで心地がよかった静寂もなんだか息苦しい。

なにか適当な話題を振ろうと頭を働かせたら、低い声が響いた。

「藤川は、どうしてうちの会社に入った?」

綿あめを払い終えた手が、私の髪から離れていく。

唐突な問いかけに少し驚きながらも、明るい空を仰いだ彼の瞳を追うように目線を上げた。

「実は私の実家って、偶然にもこの町の隣町なんです」

緑豊かな自然とおいしいお茶だけが自慢の故郷は、いつだって温かく迎えてくれる。

それは町を取り囲む雄大な山々であったり、家族であったり、友人であったり。

たくさんの人に支えられ、これまで生きてこられた。

「このあたりって、昔はお茶だけが自慢で、私が幼い頃は年々過疎化が進んでいたんです。そんなとき、この町に自動車メーカーの工場ができて、地域の雇用が確保されました」

「それが、うちの会社ってことか」

「はい。それから少しずつ町に活気が戻りました。だから、すごく感謝してるんです」

私の話に彼は納得したように、「そうか」と呟き、目線を再び夜空へ向けた。

瑞樹の祖父である会長は、このところ体調が優れないらしく滅多に会社へは来ないけれど、この町に工場を新設してくれた彼にずっと感謝していた。

でも質問の答えは、もうひとつあった。

「さっきの質問の答えですけど、実はもうひとつあるんです。幼い頃にひとりの男の子と出会って、私は彼に救われた。それが、瀬戸瑞樹さんだったんです。そのとき彼がしてくれた約束がずっと頭にあって……。もしかしたらそれも、会社を選んだ理由なのかもしれません」

ふと瑞樹の笑顔が頭をよぎり、そこで言葉を止める。

彼と出会った場所は、あのあたりだろうか？

暗い影が落ちた山々に視線を流すと、一度結んだ口から思いが零《こぼ》れた。

「昔から……。付きあってる間も、すごく思いやりがある優しい人でした」

瑞樹との関係は変わってしまったけれど、あの日の思い出だけは変わらない。思い出すたびに胸を温めてくれる優しい記憶だから。

遠い日に思いを馳せながら隣へ視線を移すと、ぼんやりと夜空を仰いでいた葛城さんが、「帰るか」と静かな声を漏らした。

突然立ち上がった彼に遅れを取らないよう慌てて腰を浮かせると、地面にあった小石に足を取られ、ベンチに尻もちをついてしまう。

さぞ、まぬけ面でいるだろう私に、どんな毒が返されるかと思っていたのに。

彼は無言で私の左手を取ると、そのまま強く引いて立ち上がらせてくれた。

絡みあう指先が少し冷たい。

勝手な思いで留まったことを後悔していると、指先に力を込められドキッとする。

でも、強く握られたと感じた手はすぐに離れてしまった。

なんだ、気のせいだったんだ。

温もりが少しだけ残っている左手から視線を戻して、歩き出した彼の背中に歩幅を大きく取って追いついた。

旅館までの帰り道。彼は疲れているのか、いつもより口数が少なかった。

でも、無理に会話を弾ませようとはせず、歩いて十分ほどで旅館の玄関に帰り着く。

葛城さんが私よりも先に靴を脱ぐと、「あーっ！」と不満げな悲鳴が聞こえた。

「ちょっと、葛城さん。どこ行ってたのぉー⁉」

「そうだよー。みんなで探してたのにぃ」

通りかかった女子数名から非難の声が上がる。

みんなお酒が回っているようで、今は経営統括室の肩書も関係ないみたい。

「もしかして、愛さんと？」

「えぇー、そういうことぉ⁉」

「どうなってるの、愛ちゃん‼」

矢継ぎ早に上がる悲鳴にどう対処すべきかと、声を詰まらせる。

どうしよう、と迷うよりも先に葛城さんが鋭い声を響かせた。

「関係ない。偶然そこで会っただけだ」

それは、場の状況を的確に判断した言葉だと思う。

流れで一緒にいたとはいえ、酔いが回っているみんなを前に、正直に話せるわけがない。

だけど、どこか凍てついた声に胸がチクリと痛みを放つ。

シンッと静まり返った玄関に、彼が閉めた靴箱からパタンッと小さな音が響くと、彼女たちが一斉に息をついた。

「なーんだ。そうだと思ったぁ」

「それじゃあ、飲み直しってことで！」

「いや。もう眠いから」

視線を合わせず首を横に振った葛城さんに、彼女たちはニヤリと笑う。

「ダメダメー。だって、松田課長も呼んじゃってるもんね」

松田課長という切り札を出されて断れないと思ったのか、彼はそれ以上は抵抗することなく、両腕を取られた状態で引きずられるように歩き出した。

ずっと隣にいてくれた彼の姿が遠のいていく。

ぼんやり見つめるその間も、広い背中がこちらを振り返ることはなく、彼を連れて歩く集団が階段に差しかかり、私の視界から消えてなくなる。

すると、優しく髪に触れた指先の感触を思い出し、今度は強く胸が締めつけられた。


松田課長が予約を取ってくれた部屋は四部屋あった。

葛城さんを連れていった集団は、女子用のひと部屋で宴会を始めているようだったから、使われてないもうひとつの部屋でお風呂の準備をして部屋を出る。

この旅館の温泉は、近所の人がお風呂だけ入りに来る名湯のようで、一時間近くの長風呂を終えて女湯を出た。

外出用でない白地に紺の紫陽花柄の浴衣に着替えて、脱衣所をあとにする。

もう寝るだけだし。スッピン上等。ノーメイクでいいや。

まわりの目を気にすることなく階段を上がり、部屋に戻る途中。ある部屋の扉が、わずかに開いているのに気づく。

あの部屋って確か、松田課長が男子用に借りてくれた部屋だよね？

なんとなく気になって中を覗くと、扉近くの床に倒れ込む男性の姿に息を呑んだ。

「大丈夫ですか⁉」

慌てて駆け寄り背中をさするようにしていたら、「うーん」という低い唸《うな》り声と共に、うつ伏せになった体が横に傾いた。

思わず顔をしかめてしまったのは、きついお酒の匂いと、横になった勢いで彼の腕が私の膝に乗っかるような体勢になってしまったから。

ちょっと、重いし！

膝にある腕がくすぐったいし、すごく恥ずかしくなる。

「あのっ」

なんとか膝にある腕をずらそうとする。

すると、前髪に隠れていた彼の顔が廊下からの細い光に照らされ、微かな寝息をたてる唇に息を呑んだ。

「葛城さんっ」

驚きもあって少しだけ声が震えてしまう。

彼は、焦点の定まらないぼんやりとした瞳を薄く開いた。

「藤川……」

消え入りそうな声に耳を傾ける。

「藤川……愛」

今度は、なぜかフルネームで呼ばれてしまった。

「はい。藤川です」

葛城さんが私の名前を、しかもフルネームで知っていたことに少しだけ驚く。

あぁ。そういえば、さっき玄関で同僚から『愛ちゃん』って呼ばれたんだっけ。

そんなことを思っている間も、彼はうつろな瞳でなにかを呟き続ける。

「本当に……藤川？」

三度目の確認で、なにかがおかしいと確信した。

もしかしたら酔っているだけでなく、どこか体の調子が悪いのかもしれない。

「どうしよう。誰かっ」

廊下を振り返り、助けを呼ぼうと彼の肩に触れた瞬間。

肩に置いた左手が強く引かれ、そのまま抱きあうように床に倒れ込んでしまった。

一瞬のことで、なにが起きたのか理解するのに数秒かかる。

どうしよう、こんな状態。

どうにかしなくっちゃって思うのに、一瞬で近づいた距離に体が金縛りに遭ったように動けなくなり、薄い浴衣越しから伝わる体温に心臓が壊れそうになる。

床に触れた左脇腹は冷たさを感じるのに、彼に抱きしめられた背中は質のいい毛布に包まれたように温かい。

葛城さん。どうして……。

ドクンドクンッと、どちらのものともわからない鼓動が鳴り響く場所で、うつろな瞳が私だけを見つめる。

「藤川」

掠れた声が暗闇に響くのと同時に、柔らかい感触が落ちてきた。

第四章　クールな彼に触れた日

松田課長の再送別会から数日が過ぎた。

あの夜起きた出来事を美希ちゃんに相談するため、会社の昼休みに近くのイタリアンカフェに彼女を誘うことにした。

あの日、祭りから旅館に帰った私と葛城さんは、抱きあってキスした。

いや、それは少し違う。

正確には、酔ってうなだれた彼の顔が、偶然私の首にぶつかっただけだった。

イタリアンカフェのテーブルに向かいあって座る美希ちゃんに、そこまでを話し終える。

「恋の始まりは勢いなのに、抱きつかれただけってもったいないですねぇ」

不満げに頬を膨らませる彼女は、とりあえず放置して。

カニクリームパスタをフォークに絡めながら、あの日のことを思い返す。

瑞樹と別れてから三年ぶりの温もりは、私の思考を簡単に停止させた。

葛城さんは私の首筋で、『藤川』と四度目の名前を呼んだあと、再び眠りに就いてしまったから、私の停止した思考を動かしてくれたのは、彼を探しに来た女子たちの声だった。

慌てて部屋のトイレに飛び込み、みんなが酔った彼を布団に運び終えて、部屋を出ていくまで息をひそめていたから、誰にも気づかれずに済んだ。

でも、自分ひとりの胸に抱え込むのが耐えきれなくなり、美希ちゃんに話してはみたけれど、相手が葛城さんだってことはさすがに言えなくて。

友達に誘われた合コンの帰りに、名前を何度も呼ばれて抱きつかれたって話にしておいた。

だって私たちの関係は、あれからなにも変化はないし。

きっと葛城さんだって、あの日のことを覚えてない。

それは、あれから何度か彼を会社で見かけても、挨拶程度しか言葉を交わしてないことが証明してくれている。

いや。覚えていたとしても、『なかったことにしてほしい』……そんなふうに思っているとしたら？

頭で反芻《はんすう》する思いが、今日もまたこめかみを痺れさせる。

バカみたい。いくら頭で問いかけたって、答えを返されることはないのに。

でも、煮えきらない思いは頭を支配して離れず、今日も午前中に作成した書類にミスがあった。

あんな単純なミス。そんな自分に心底嫌気が差す。

職場にプライベートな問題を持ち込むなんてダメだよね。

パスタを食べ終えたタイミングで運ばれてきたショートケーキに八つ当たりをするように、フォークで大きく切って口に放り込んだ。

「あぁ。やっぱりいいな、甘いものって。疲れた脳を癒してくれるよねぇ」

「そう、ですね……」

美希ちゃんがドン引きするほどの大口を開け、四口で食べ終わる。

すると〝ある考え〟がポンッと頭に浮かんだ。

「美希ちゃん、わかった。彼は酔うと、抱きつき魔になるんだよ」

なるほど。それだ！　それで落ち着こう。納得もできる。

普段は無愛想地蔵化してる葛城さんだって、やっぱり男だったってことでしょう。

誰かの温もりが恋しくなるときもあるってもんだよ。

「よし、これで解決。あぁ、すっきり！」

晴々とした気持ちでコーヒーを口にすると、「はぁ？」と美希ちゃんは眉根を寄せる。

「おかしいですよ、それ」

「そうかな？　だって、そういう人っているみたいだし」

「そりゃー、いるにはいますけど。でも私の経験上、何度も名前を呼んでわざわざ相手を確認するなんて、そんなご丁寧な人はいませんでしたよ」

なんと！　六日間考えて出した結論が、ピシャリと一瞬で跳ね返された‼

美希ちゃんは年下だけど、恋愛経験は私よりずっとありそうだもんなぁ。

「私の勝手な恋愛観ですけどね。無意識なときほど素直な感情はないって思いますよ。その人、愛さんのこと好きなんじゃないですか？」

まさかの言葉にカップを持つ手が震えて、コーヒーがテーブルに零れてしまう。

「そんなっ。まさか、あり得ないって！」

頬が熱くなってしまった自分に、『自惚れんな、バカ！』と言ってやりたい。

「そう、そうやってすぐ顔に出るかわいいところに惚れちゃったんですよー、きっと」

紙ナプキンを使ってテーブルを拭《ふ》き出した私に、美希ちゃんはくくっと肩を揺らして笑う。

「私としては愛さんの気持ちが、その彼に動いてたら嬉しいんですけどね」

美希ちゃんは、私が三年も恋をしてないことを知っている。

自分のことのように喜んでくれる彼女を見ていると、凝り固まった心が少しだけ温かくなった。

いつだったか美希ちゃんに誘われた合コンの帰り道。

意気投合した男性と駅まで向かう途中、強引にキスされそうになってその人を突き飛ばしたことがあった。

『キスくらいでなんだよっ』

去り際に吐き捨てられ、嫌悪感を抱いたのを思い出す。

葛城さんのときは、キスされるかも、と想像したけど嫌じゃなかった？

心に問いかけると、否定できない自分がいる。

無意識なときほど素直な感情が出る。美希ちゃんの言うように、それが正しいとしたら——。

心の声に、トクンッと鼓動が反応する。

本当は、あのとき意識してしまった。

優しく抱きしめられた瞬間、切なげな声を漏らした唇と重なりあうことを。

私は、葛城さんにどんな答えをもらいたいの？

それがわからない限り、彼に答えを聞くこともできない。

美希ちゃんに気づかれないよう息をつき、テーブル脇にある伝票を手に取った。

昼休みが終わる前に美希ちゃんと会社に戻ると、販売部はちょっとした騒ぎになっていた。

フロアには、他部署の社員と軽い打ちあわせをするブースがあり、パーテーションで仕切られているそのひとつに、男性社員の視線が注がれている。

隣の課の田村くんもそわそわと落ち着かない様子だった。

珍しく役員でも来てるのかな？

美希ちゃんと不思議そうに顔を見あわせていると、聞き慣れない女性の声で、「藤川さん」と呼ばれた。

パーテーションの後ろから姿を見せたのは、百七十センチ近い背の高さで、艶のある黒髪ショートヘアーの女性だった。

すごい美人だけど、誰だろう？

彼女が着ている淡いベージュの細身のスーツは、スタイルのよさを引き立たせ、羨むほど小さく整った顔は卵形の綺麗な輪郭を描いていた。

完璧なまでの美貌に視線が集まることも、慣れてるのだろう。

彼女は注がれる視線をまったく気にもかけない様子で私に歩み寄り、「はじめまして」と名刺を差し出してきた。

てっきり新車CMのモデルさんかと思ったのに。見慣れたロゴが入った名刺は私が持っているものと同じで驚いた。

【ドイツ支社　仙道麗華《せんどうれいか》】

海外にいくつか拠点がある中、出世街道と呼ばれているドイツ支社は、葛城さんも数ヵ月前まで働いていたところだ。

美人で仕事もできるのか。でもそんな人が、なんで私に？　もしかして私、なにかやらかしちゃった⁉

胸に広がる、小さな不安と大きな疑問。

ううっ、考えるだけでさっき食べたパスタが逆流しそう……。

痛み始めるお腹を軽くさすったところで、彼女は淡々とした口調で続けた。

「正式な手続きが完了したのでお迎えに上がりました。藤川さんは経営統括室に異動になります」

「はい？」

今、なんと？

ケイ・エイ・トウ・カツ・シツ・ニ・イドウって聞こえたような。

なに、ソレ。どこのとんかつ？

想像の斜め上すぎる言葉に開いた口が塞がらない。

どこかの誰かのように地蔵化した私に、彼女は笑顔を向けた。

「大丈夫。彼の見る目に間違いはないの」

柔らかい声色に、開いた口を閉じる。

それは、私を経営統括室に呼んでくれた人のこと？

でも『見る目』って、一緒に働いたこともないのに。なんだか適当な理由だな。

納得ができず、くだけた感じになった仙道さんに質問してみる。

「もし、断ったらどうなるんでしょう？」

「雇われの身ってつらいわよね。従えないのであれば……仕方ないですね」

間髪を容れず、綺麗な微笑みを返された。

今、見えた！　『仕方ない』のあとに、ブラックな仙道さんの顔を垣間見た‼

「藤川さん、どうしますか？」

そんなもん、平社員の私には選択肢なんてないくせに……。

心で愚痴ってから、「わかりました」と小さく頷く。

「荷物の整理はあとでいいから。先に、藤川さんの上司になる人のところに挨拶へ行きましょう」

仙道さんに促され、販売部をあとにした。

エレベーターが静かな機械音をたてて、上昇していく。

ふたりしかいないエレベーター内でこれからの自分をシミュレーションしてみると、経営統括室でミスを連発し、リストラされる姿が透けて見えた。

上の階へと点滅していく階数表示が死刑台……いや、それは言いすぎだけれど、リストラロードへ進んでいくようで、ため息をつく。

仙道さんは暗いオーラを纏《まと》っている私に気づくと、申し訳なさそうに頭を下げた。

「今回のこと、ごめんなさいね。急なことで驚いたでしょ？」

「えぇ。それは、はい……」

彼女を恨むのは筋違いだけれど、ここは素直に肯定する。

「今頃、藤川さんの上司には人事部から話がいってると思うし、辞令も回ってると思うけど、本当はあと二週間後の予定だったの。でも私にも時間がなくて、ごめんなさいね」

丁寧に頭を下げられ、慌てて「頭を上げてください」と顔を覗き込む。

あぁ、斜め下から見てもやっぱり綺麗な顔。それに美人って、いい香りがするんだなぁ。なんて、見とれてる場合じゃなくて！

彼女の言葉にあったキーワードを口にする。

「時間がないんですか？」

「そうなの。私、これから五時の便で、またドイツに戻らないといけないのよね」

「五時って、もうすぐですね。お忙しいんですね」

「もう慣れっこだけどね。彼の下で働いてたら、一分一秒たりとも無駄な時間なんてないから」

仙道さんはそう言って肩を竦めるから、背筋がぶるっと震えてしまう。

一分一秒って。そんなに厳しい環境で働いてるのか。

販売部を出るとき、羨望《せんぼう》の眼差しを背中に受けた。経営統括室は出世を願う社員なら誰もが憧れる場所だから、当然だろう。

プライベートが気になって単純ミスをするなんて許されない。そんな責任ある仕事が私を待っているのかもしれない。

あぁー。やっぱり自信ない。それにしても、私を指名した人って誰なんだろう？

噂通りに堅物揃いな、いや、精鋭揃いの経営統括室の中を仙道さんについて歩く。

どうやら奥の応接室で、私の上司が待っているらしい。

それにしてもですよ？　ここの人たちっていったいどんな人生を送ってきて、『隙あらば狩ってやる』的な恐ろしい目つきができるようになったんだろう。

そしてものすごく今さらだけど、葛城さんにリボン付きのお菓子を配らせてしまったことを激しく後悔しながら、『あれ？』と思った。

そういえば、葛城さんの姿がなかったような？　いやいや、それより！

展開の早さについていくのに必死ですっかり忘れていたけど、ここで働くってことは、葛城さんと顔を合わせる機会が増えることになるんだ……。

応接室の扉をノックした仙道さんの後ろで、『それ以上考えるな』と心に言い聞かせ、気持ちを落ち着かせるよう息をつく。

「藤川さんをお連れしました」

業務的な声を出した仙道さんが、少し間を置いてから扉を開くと、部屋の奥で電話をしている男性の姿が視界に入った。

流暢《りゅうちょう》なドイツ語を話していた彼の唇が、一瞬動きを止める。

プライベートを職場に持ち込んでいる場合じゃない。そう強く思うのに、どうしようもなく胸が震えてしまう。

開かれた扉の先で私を待っていたのは——葛城さんだった。

彼が仙道さんになにかを目で訴え、彼女は黒い革張りのソファに私を促した。

「まだかかるみたいだから、座って待ってましょう。私ね。ドイツ支社では彼の秘書をしていたの」

「秘書って、役員クラスにしかつかないんじゃあ？」

「あぁ、日本ではそうよね。秘書っていうか、そうね、彼の補佐をしてたって言ったら、わかりやすいかな」

「そう……だったんですね」

そのあとの話によると、仙道さんがドイツ支社に戻るのは、葛城さんがいなくなったあとの残務処理のためらしい。

私は彼女が不在中の臨時補佐という扱いっぽいけど。

「どうして、仙道さんの代わりが私なんでしょう？」

だって、そんなもん、いくらでも代わりがいそうなのに。社内で募集でもしたら、求人倍率は過去最高でしょうよ。

不思議に思って聞いてみると、答えは彼女ではなく電話を終えた葛城さんから返された。

「藤川は仕事ができるし。気を遣えるからな」

彼はスマホをスーツの胸ポケットにしまいながら、こちらに近づいてくる。

私をまっすぐ見下ろして、ふっと息をついてからローテーブルを挟んだ反対側のソファに座った。

「それとなにがあっても、俺を裏切らなさそうだし」

切れ長の瞳を柔らかく細める極上の笑みには、きっとほとんどの女性が一瞬でやられてしまうだろう。つい、置かれている状況も忘れて見とれてしまう。

すると今度は、ソファの背もたれに寄りかかりながらニヤリと笑われた。

どこかしたたかさも感じる艶のある笑み。そんな笑顔を私はよーく知っている。

なんだか、ものすごく嫌な予感がするんですけど？

それは、次の言葉で確信へ変わった。

「よくあるだろ。国会議員の不正を秘書が責任取るってやつ」

「は？　えっ、まさか……」

不正してるの⁉　えぇー！　そのために呼ばれたってこと⁉

少し前、『どうしよーう』なんてかわいらしく困り果てていた自分に、『全力で逃げろ』と教えてやりたい。

唇を釣り上げる極悪人の微笑みに血の気が引く。

慌てて腰を浮かせたら、「ぷっ」と吹き出す音がした。

「藤川さんって、聞いてた通りに、かわいい人ね」

「かわいいなんてひとことも言ってないだろ。いい年して指をくわえて運命の恋を待ち続ける、ノーストレス人生が羨ましいお気楽なやつだ」

血の気の失せた私を見て、「ふふふー」と「ははは―」なんて笑いあう美男美女がひと組。

なんてお似合いなんだろう。新車のCMに、ぜひぜひどうですか？　……って、呑気に見とれてる場合じゃないって、私‼

「ちょっと、冗談ですか⁉」

「冗談でもない。なにかあったら体を張って守れよ？」

噛みつくような勢いで立ち上がるも、これもまたしれっと返されてしまう。

「体なんて張れません。お断りです」

「藤川だったら余裕でできる」

「その自信は、いったい、どこから、来るんでしょうねぇ？」

相変わらずな彼の態度に、今は立場とか関係ない。

そんな絶対服従の信頼関係、『いつ、どこで、どのように、築いたんでしょうか？』と嫌みまで返したくなる。

効果がないのは百も承知で睨みつけると、葛城さんはソファの背もたれに深く背中を預け、足を組みながら和らいだ笑顔を浮かべた。

少し前の仕事モードな一面とは違い、気を緩めた表情に、ドキッとしてしまう。

彼にそんな気がないのは、わかっている。

でも、そんな顔ずるいと思ってしまうのは、どうして？

少しずつ速まる鼓動に問いかけると、答えを拒否するようにこめかみが痛みを放つ。

気にしちゃダメだって思うのに、骨張った指先が視界に入ると、優しく髪を梳いてくれた感触を思い出してしまう。

これから先、どうなるんだろう？

新たな思いを胸に抱きながら、向けられた優しい笑みをそっと見つめ返した。

経営統括室で仕事をするようになって一週間が過ぎ、私が仙道さんの代わりになった理由がわかった。

私がプレゼンを勝ち取った新車販売プロジェクトは、通常であれば販売部三課だけで推し進める。

でも今回は、カルレス社との初共同出資の新車とあって、成功すれば本格的に出資会社の設立に動き出すことから、失敗が許されないプロジェクトだ。

総括責任者には今回の件に尽力した葛城さんが指名され、それがしばらく彼のメイン業務になるらしい。

私が補佐に指名されたのも、ようやく納得できた。

あぁ。不正うんぬんじゃなくて、本当によかったよ……。

そして、今日は新車プロジェクトの初会議。

議事録を取るため、末席についてからパソコンを立ち上げると、進行役を務める葛城さんの簡単な挨拶のあとに会議が始まった。

しばらくして、重役のひとりがこんなことを言い出した。

「それにしても、この人数は多すぎやしないかね？」

うんざり顔の重役の視線は、会議にはあまり参加しない現場サイドの社員へ向けられていて、『決定権のない者は立ち去れ』と言わんばかりの横柄な態度に、その社員たちは俯くしかない。

どうして、こんな態度が取れるんだろう？　みんな同じ社章をつけて働いてるのに。

思わず議事録を打つ手が止まる。

でもこれは珍しいことではなくて、販売企画や現場サイドの意見が重役のひとことで覆されることも多かった。

それが正当な理由なら納得もできる。

でも社内の派閥争いだったり、新しい風を受け入れたくないという、くだらない理由だったりするのだから、心底うんざりしてしまう。

この会議だってそう。通常であれば一時間もかからない会議が長引いているのは、そんなくだらない理由からだと彼は気づいてないのだろう。

会議室が重々しい空気に包み込まれる。

それを断ちきったのは、葛城さんのひとことだった。

「それでは次回の会議までに、参加メンバーを再検討します」

会議の数日後。あの重役が経営統括室に怒鳴り込んできた。

次の会議のメンバーは、その重役をはじめとする数名の役員が削られていたからだ。

「おいっ。なんで俺が外れて、関係ない人間が増えてるんだっ」

語気を荒くした重役が、葛城さんのデスクに会議資料を投げつける。

その様子に、普段は他人の仕事など気にもかけない経営統括室の社員たちも、葛城さんの斜め前のデスクにいる私と同じように、仕事の手を止め、事の成り行きを見守っていた。

あまりの剣幕に、自分が言われたように冷や汗が出るというのに、葛城さんは表情ひとつ変えず、投げられた書類をデスクの上でトンッと揃えてから立ち上がった。

「今回のプロジェクトは、立ち上がった当初から開発現場の声を一番に尊重してきました。そういうわけですので、彼らには最後まで参加してもらいます。それと、決定権を持つ方の必要以上の参加は収拾がつかなくなるとの私の判断です」

淡々と返された重役は、ぐうの音も出ない。

ふんっと荒い鼻息を吐き出しながら、経営統括室をあとにした。


数時間後の昼休み。

私の様子を気にかけて電話をくれる仙道さんにその一件を話すと、彼女は笑いながら教えてくれた。

実は今、水面下で頭の固い上層部や古い体質を変えていこうという社内改革が進んでいるらしい。

『社内改革は会長の指示だから。会議のことも誰かしらに相談してるとは思うけどね』

「でもそれだったら、会長から重役たちに伝えてもらうとか」

『ふふっ、それは無理。彼ね、そういう根回しは〝時間の無駄〟としか思わない人だし。そういう役割も得意なのよ。悪役面で矢面に立つ、みたいな？』

「でも、それじゃあ、葛城さんがっ」

表立って批判を受ける立場の彼を悪く思う人もいるだろう。

事実、彼の下で働くようになってから、葛城さんを煙たがる空気を感じることがよくあった。

言葉をなくし黙り込むと、静かな声が届いた。

『矛先が誰かひとりに向いてれば、まわりは助かるわよね』

「えっ」

それって、まさか。葛城さんがわざとやってるってこと？

もしかして、あの重役から現場の人たちを守ろうとしてたのなら……。

思いを巡らすと、そんな私に気づいたように仙道さんが言った。

『彼がそこまで考えてるかは、わからない。あんなひねくれた性格だしね。でも、意外と楽しんでやってるんじゃないかな？　だから、藤川さんがそんなに心配しなくても大丈夫よ』

「いえっ。私は別に……」

慌てて否定すると、心の中を見透かされたように笑われてしまった。

そんな仙道さんは、葛城さんの古い友人らしい。

彼女と初対面のときにも思ったけど、ふたりは気心が知れた仲というか。それにしても、あんな絵に描いたような美男美女が四六時中一緒にいて、恋愛には発展しないものなのかな？

ふと、ふたりの関係が気になったけれど、腕時計の針は昼休みが終わる数分前を指していて、結局なにも聞けずにそのまま電話を切った。

電話を終えた足で経営統括室に戻ると、デスクで書類に目を通していた葛城さんの姿がなかった。

今日は外出の予定なかったよね。どこに行ったんだろう？

でも、急な予定で出かけるときは、メールで指示を送ってくれてるはずだから。

パソコンを立ち上げメールをチェックすると、予想通り新着メールが一通届いていて、差出人には葛城さんの名前があった。

カチッとマウスを鳴らしてメールを開く。

目に飛び込んだ文面に、「ええっ！」と喉に留められない悲鳴が上がり、慌てて口を押さえる。

右隣の社員から軽い舌打ちが聞こえたけれど、それどころではなくメールの内容に目が釘付けになった。

【明日の土曜午後二時。紹介したい人がいるので、正装して帝銀《ていぎん》ホテルのロビーまで来るように】

仕事の指示のあと、添えられた二行を心で何度も読み返す。

明日は朝から洗濯して掃除して、午後はひたすらゴロゴロする予定があった。つまり暇ってことだけど……。

紹介したい人がいるから正装して来いって。いったい、なぜ？

モニターを睨みながら、「うーん」と唸り声だけが漏れた。

それから葛城さんに何度か電話をしてみたけれど、ずっと圏外で繋《つな》がらず、零時を過ぎても彼からの着信はなかった。

日付が変わり、ようやく諦めがついてベッドに入る。

でも、まぶたを閉じていても意識は彼からの連絡を待ってしまい、結局あまり寝つけないまま朝を迎えた。

薄いレース地のカーテンから細い光が漏れる。

重いまぶたを無理やり開いて、ベッドのサイドテーブルにある時計を見ると八時過ぎだった。

「眠いけど、二度寝できそうにないなぁ」

まぶたよりもずっと重い体をなんとか起こす。

ベッドから足を下ろし、向かった場所はクローゼットだった。

「正装してほしいって言われましても。ねぇ……」

あまり選択肢のないクローゼットの中身を眺め、昨日からもう何度目かわからないため息をついた。

そのあと簡単に作った朝食をもそもそと口にして、のろのろと掃除機をかけていたら、あっという間に昼を過ぎてしまい、慌てて化粧をする。

結局、自分の中では定番なピンクのベアトップのドレスに、淡いベージュのミニボレロを羽織ってアパートを出た。

葛城さんに指定されたホテルは地下鉄で三十分ほどの距離で、時間に余裕を持って出たはずなのに、すでに彼の姿がロビーにあった。

「藤川」

カツッと靴音を鳴らし近づいてきた彼は、上質な黒のスーツで上着には白いポケットチーフを覗かせている。

いつもより艶感がある黒髪は前髪を少し立ち上げていて、端正な顔立ちをよりいっそう凛々《りり》しくさせていた。

立ち姿だけでもわかる洗練された身のこなしに、近くを通りかかった女性から小さな吐息が漏れるほどだ。

「よく来てくれたな」

あまりにも柔らかい瞳で見つめられ、トクンッと鼓動が反応する。

「いえ」とか、「暇だったんで」だとか、もにょもにょと口をまごつかせていると、「そのドレスよく似合ってる。行こうか」と優しく声がかけられた。

ええ!? 馬子にも衣装とか言われると思ったのに、無条件で褒められた! なにか悪いものでも食べちゃったの、葛城さん!?

彼の毒舌にすっかり侵《おか》されてしまったようで、背中がかゆくなる。

でも、すれ違う女性の羨むような視線を感じて、もらえた言葉を素直に嬉しいと思えた。

それから毛並みの柔らかな絨毯《じゅうたん》の上を彼のエスコートで歩き、綺麗な装飾が施された高速エレベーターにふたりで乗り込む。

静かに上昇していくエレベーターには、私たちの他に北欧系の男女が腕を組み、寄り添うように乗りあわせていた。

そっと耳元で囁きあうふたり。言葉はわからないけれど、愛を囁きあっているのは雰囲気でなんとなくわかった。そんな姿を前にすると、意味もなく頬が熱くなってしまう。

あぁ。わけのわからないことばかりで、心臓がおかしくなりそう。

心臓が早鐘を打つ中、エレベーターの到着を告げる音が響いた。

北欧系の男女は私たちよりも先に降りてしまい、それに続こうとしたら葛城さんに手首を引かれる。

ハーフアップにまとめて露《あら》わになった耳元で、優しく囁かれた。

「今日は、俺のそばにいてほしい」

少し熱っぽい吐息に、「えっ」と彼を振り返る。

甘い言葉に、鼓動がどうしようもなく加速していく。

微動だにできないでいたら、彼は穏やかな笑みを浮かべた。

「来てくれて、本当に助かった」

それって、どういう意味ですか？

緩やかな弧を描く瞳に問い返そうとしたら、「降りるぞ」と促されエレベーターを降りた。

葛城さんのエスコートで到着した場所は、きらびやかなシャンデリアと高級感のあるオブジェが飾られている広い会場だった。

そこでは、ドレスアップした男女が小さな輪を作り談笑していて、葛城さんのドイツ支社時代の同僚の結婚パーティーが執り行われている、と入る前の受付で彼に教えてもらった。

すでに親しい身内だけで挙式を済ませているらしく、お披露目という名の軽い立食パーティーらしいけれど。

そこはエリート最前線の葛城様のご友人ということで、ドイツ支社や日本本社のお偉いさんだけでなく、取引先の重役の姿まであった。

「あのっ、どうして私が、ここに？」

新郎新婦の名前にまったく見覚えがなく、不思議いっぱいの視線を向けると、隣に立つ葛城さんが私との距離を縮めてきた。

えっ。なんで寄ってくるの⁉

彼がぴったりと体を寄せた、数秒後。

谷間のある胸元を大胆に開けた黒いドレス姿の女性が、私たちの前を通りかかる。

彼女はわざとらしくつまずくふりをして立ち止まると、口角を綺麗に引き上げる笑みを葛城さんに向けた。

「あのっ、少しお話ししませんか？」

これ、逆ナンってやつ？　すごいなぁ。葛城さんはどう返すんだろう。

チラリと視線を流したら、彼は柔らかく笑った。

「すみません。ツレがいるので」

がっくり肩を落とした彼女が立ち去ると、葛城さんがポツリと呟く。

「やっぱり、藤川に来てもらって正解だったな」

ふっと緩んだ顔を見て、息を呑んだ。

「もしかして、私……葛城さんの逆ナン除《よ》けに、呼ばれたんですか⁉」

絶対そうだって、今の顔は！

きつく睨み返してやったら、ニヤリと口角を引き上げる意地の悪い笑みが『そうだ』と答えてくれた。

うわっ、信じられない！　そんなことのために‼

文句のひとつでも言ってやろうと大きく息を吐き出す。

でも、私が口を開くよりも先に、「ユウセイ！」と背中に声がかかった。

振り返ると、金髪をオールバックにセットした白人男性が、外国人にありがちなオーバーアクションでこちらに歩み寄り、葛城さんの両肩を叩いた。

流暢な英語で応じる彼を見て、そういえば、と思う。

葛城さんの名前って優生《ゆうせい》なんだっけ。経営統括室に呼ばれた日に教えてもらったけど……。

『人に優しく生きてほしい』

彼のご両親はそんな願いを込めて名前を付けたのかもしれない。

でも、部下の休日を逆ナン除けのために使うなんて！

名前に込められた願いを完全無視して、これまで生きてきたに違いないと思う。

それにしても、会社では無愛想オーラ炸裂のくせに、今日は冗談まで入れ混ぜちゃってさ。ずいぶんサービス精神旺盛《おうせい》ですこと！

嫌みなほど完璧な英語を披露している彼に、「ほほほーっ」とにこやかに笑いながら心で毒づいてやった。

休日を無駄に使われた怒りで気づけなかったけれど、葛城さんが今話している白人男性は、つい先日彼が接待した取引先の相手だと私にも紹介してくれた。

葛城さんと談笑する彼が別の人から声をかけられ、この場を離れる。

すると、葛城さんは滅多に見せない満面の笑みで私を振り返った。

「あれだけの日本酒を揃えてる店には、出会ったことがないって喜んでたぞ。あの店をセッティングしてくれた藤川に直接お礼が言いたい、紹介しろってうるさくてさ」

完璧に聞き取れたふりをしてみたのに、やっぱりそこはバレてたみたいだ。

さりげなく彼との会話を教えてくれて、滅多に聞けないお褒めの言葉まで頂戴できて、素直に嬉しいと思う。その点に、関しては。

ふと、会話が途切れた私たちの前でまたひとり女性が立ち止まり、さっきと同じやり取りが繰り返される。

今度は去り際に、『なんでこんな女?』と鋭い目つきで睨まれた。

楽しいはずの休日なのにね。見ず知らずの人から恨みまで買ってさ。なんて、かわいそうなんだろう、私！

心で泣いてスッと体を離した隣の男を睨みつけると、こんな開き直り万歳の言葉を返された。

「なんだよ、その顔。仕方ないだろ」

「仕方、ない？」

ほおぉー。そうきましたか？

今できる一番嫌みな笑顔を浮かべてやると、葛城さんはボソッと呟いた。

「こういった場所に来ると、知らない女が寄ってくる」

「へえぇー」

だから、ナニ？　ソレ、自慢？

「今日は取引先の人間も来てるからな。無愛想な態度は取れない。だから、俺のそばから離れるなよ？」

ははっ。無愛想って自覚ありですか。そうですか。

やっぱり今の私は、葛城さんに群がる女性を遠ざけるために、ここに存在するってわけだ。

わかってたよ？　そばにいろって言葉に、仕事のメールに付け加えられた二行に、深い意味なんてないことを。

わかっていたのに、なんでこんなにも胸が鷲掴みされたように苦しくなるんだろう。

不意に目の奥が熱くなってまぶたを閉じると、斜め上から小さな呟きが落ちてきた。

「そんな顔するな。ちゃんと礼はするから」

固く閉じていたまぶたを開かせる低い声。

いつも余裕ありげな瞳が少し困ったように私を見下ろしていて、初めて見るそんな表情に胸が震える。

見つめあう一瞬。

また別の女性が、葛城さんを意識するように通り過ぎていく。

それが視界の端に映ると、いつかの美希ちゃんの声が耳の奥で響いた。

『滅多に見せない笑顔をひとり占めできたら、きっとドキドキですよ』

体の芯まで響き伝わる言葉に、ドクンッと鼓動が脈を打つ。

今日だってこんなにも都合よく使われて、『ふざけないでください！』と言い放ち、この場を立ち去ることもできた。

でも、そうしなかったのは？

心に問いかけると、胸が強く締めつけられる。

都合よく使われてもいい。彼のこんな表情を誰にも見せたくない。ものすごく勝手だけど、そう思ってしまうのは……。

私、葛城さんのことが好きなんだ。

高いところにある瞳を見つめ返したら、霧が晴れていくように自分の気持ちが鮮明になった。

何度も押し寄せた胸の痛みも、答えを弾き出そうとすると頭が痺れ始めるのも、走り始めた自分の気持ちを認めるのが怖かったから。

だって認めてしまったら、どうしようもなく欲しくなる。

意地悪に細まる瞳も、ときどき柔らかくなる声も、優しく髪に触れる指先も。

彼の気持ちがどこにあるのかわからないのに、欲しくてたまらなくなってしまう。

いつからだったんだろう？　どのタイミングだったんだろう？　わからない。

でもようやく出せた答えに、心臓が鼓動を刻む。

ドクドクと鳴りやまない鼓動が葛城さんに聞こえてしまいそうで、私を見下ろす瞳から逃れるように視線を外す。

すると、葛城さんはこんな質問をしてきた。

「そういえば、あの人が日本酒好みだって、どうやって調べた？」

一度息をついてから答えた。

「あの方、経営学の著書を何冊か出されてますよね。その一冊のあとがきに、書いてあったんです」

「いつもあとがきまで読むのか？」

「普段はあまり読まないんですけど。たまにあとがきで少しくだけた話をする方もいるので、目を通しておいたんです」

思ったより冷静な声を出せたことにホッと息をつくと、葛城さんがなにかを言いかける。

でも、それを遮るようにひとりの男性が歩み寄ってきた。

「お話し中に失礼します。葛城様でしょうか？」

その男性に葛城さんが「はい」と返事をする。

彼はパーティーの進行役のようで、友人代表のスピーチをすることになっている葛城さんに、このあとの段取りを説明し始めた。

このままここにいても、いいのかな？

ふと頬に手を添えると、少し乾燥していた。

メイク直しに行こうかな。

葛城さんに目で合図をして、この場を立ち去った。

化粧室で軽いメイク直しを終えて会場に戻ると、さっきまでいた場所に葛城さんの姿はなかった。

どこに行ったんだろう？

あたりを見渡していたら、「あれ？」と驚いたような声が背中に届く。

振り返らずとも誰だかわかってしまい、笑顔を頬に張りつけて振り返った。

「あれぇ？　田村くん」

少し、わざとらしかったかな？

名探偵葛城さんが推理した『ＵＳＢ窃盗容疑《せっとうようぎ》』がかかっている彼に、ついつい裏返った声が出てしまう。

でも彼はそんな心中を察することなく、私を足元から舐《な》めまわすように眺めて、『なんでここにいるんだよ？』とでも言いたげな顔を一瞬見せた。

そんな態度に、相変わらずだなぁと思うけれど、会話を終わらせることを優先しようと話を振った。

「田村くんも館山《たてやま》さんと知りあいだったの？」

館山さんは、本日の新郎で葛城さんのご友人だ。

私の問いかけに田村くんは、よくぞ聞いてくれました、とばかりに得意げな顔で胸を反らす。

「俺は部長に頼まれて通訳に呼ばれたんだよ。藤川もドイツ語、結構できるんだろ？」

あぁ、そっか。前に喫煙所でそんな話をしてたっけ。

プレゼン前に、彼が汚い言葉で同僚っぽい男性と話していたのを思い出す。

「私、ドイツ語は簡単な会話しかできないんだ」

「えぇっ！　あぁ、悪い。経営統括室に呼ばれたくらいだから、ぺらぺらなのかと思ってた」

わざとらしく驚いたあとに、勝ち誇った顔をされて少しだけ悔しいなって思う。でも、部長に指名されるまで努力を続けた彼をすごいと思うし、私も頑張らなきゃって素直に思った。

そんな田村くんは部長から手招きで呼ばれ、「はい」と明るい返事で私の前から走り去る。

部長のそばには、海外の経済紙によく顔写真が載っている得意先の姿があった。

笑顔で挨拶を交わす三人。

田村くんは緊張しているのかいつもより声を張っていて、少し離れた場所にいる私のところにも会話が聞こえてきた。

彼は和やかな雰囲気で会話を進め、部長はにこやかな笑顔で見守っている。

でも、彼が得意とするドイツ語で話せば話すほど、得意先の顔が曇っていく。

あれ、どうしたんだろう？

遠目から見てもなにやら様子がおかしいとわかるのに、田村くんは極度の緊張のせいか、相手の顔色を窺う余裕もないらしい。

眉間に皺を寄せる得意先の様子に、部長がようやく気づいた。

「おいっ、田村」

部長が田村くんの腕を強く引いて耳打ちすると、彼の顔がサッと青ざめるのがわかった。

部長は困り果てた様子で小さく舌打ちをし、まわりに視線を泳がせる。

そして、なぜかホッとした顔でこちらに近づいてきた。

「悪いな。アイツのドイツ語じゃあ、ダメみたいだ。ちょっと間に入ってくれないか？」

顔の前で小さく手を掲げる部長に、「は？」と声が裏返る。

ちょっと待ってください！　『助かったぁ』みたいな顔をされても困りますって‼

心の中で巨大なバツマークを作ると、「わかりました」と低い声が届いた。

部長が助けを求めたのは、いつの間にか私の背後にいた葛城さんにだったようだ。

彼は部長に促されるまま得意先の前に歩み寄り、簡単なドイツ語しか聞き取れない私でもわかるほどの綺麗な発音で話し始める。

するとと強張っていた得意先の顔も和らいでいく。

すっかり機嫌をよくした彼と部長が名刺を交換してその場から離れると、顔を歪《ゆが》ませて俯いていた田村くんに葛城さんがポツリと言った。

「あの人、少し耳と足が悪いらしい。ゴルフは前にやってたけど、今はできない」

それを聞いて、なるほどなぁと思う。

田村くん、ゴルフに誘っていたのか。

「そっ、そんなのっ。耳とかわからないし！　ゴルフだってみんなできるって思いますよっ。俺のせいじゃない。そうでしょう⁉」

田村くんが頬を引きつらせ反論すると、つばまで飛ばす勢いのそれは、葛城さんの顔を不機嫌なものに変えてしまった。

「誰のせい、って呆れるな。接待イコールゴルフって考え方が古いんだよ。相手に取り入りたいなら情報収集くらいしとけ」

「情報収集って、初対面で相手の趣味までわかるかよっ」

ぞんざいな口調で詰め寄った田村くんに、葛城さんは眉間に縦皺を作る。

至近距離で視線をぶつけあうふたり。

重苦しい空気が流れ、静寂を打ち破る静かな声が葛城さんの唇から零れた。

「それが簡単にできるやつもいる。わからないなら調べる術を身につければいい。やり方は、いくらでもあるだろ」

冷ややかに吐き捨てられた田村くんは鋭い睨みだけを残し、この場を立ち去った。

ここが広い会場の隅でよかったと思う。

時間もだいぶ過ぎていてまわりの人も酔いが回っているのか、ふたりのやり取りに気づいた人はそんなにいないように思えた。

それにしても葛城さん、得意先がいるから不機嫌な態度は取れないって、言っていたのになぁ。

至近距離であんなふうに詰め寄られて、さすがにキレちゃったんだな。

相変わらず容赦《ようしゃ》ないって思うけど、最初は田村くんを気遣って声をひそめてたんだよね。

私に仕事での注意をするときも、そう。極力プライドを傷つけないように、会議室に呼び出したりと配慮してくれてるのがわかるし。

言い方は少し厳しいときもあるけど、同じミスを繰り返さないように、さりげなく適切なアドバイスをしてくれるんだよね。

ストレートな物言いが誤解されやすいだけ。不器用で損な性格なんだなって思う。

きっと本人は、そんなことも気づいてないだろうけど……。

仏頂面で私の隣に戻ってきた葛城さんに、「ふふっ」と笑みが漏れる。

「なんだよ？」

「いえ。葛城さんって損してるなぁって思って」

「はぁ？」

「あんな言い方をしたら敵を作るばかりですよ？」

おどけるように言ったら、彼はふんっと鼻を鳴らした。

そんな彼を横目に、お節介ながらも思ってしまう。

これでもう少ーし、かわいげがあればなぁ。皺ばっかり刻んでたら綺麗な顔がもったいないのに。それにしても、いつから私の後ろにいたんだろう？

チラリと目線を隣に向けると、葛城さんは会場のある一点を見つめながら、「なぁ」と小さく漏らした。

「料理が来たみたいだな」

彼の視線を追うと、オープンテラス近くの料理テーブルが賑わっているのが見えた。

本日の料理は、フランス料理界の巨匠とも呼ばれるシェフがプロデュースしているらしい。

「あっ、本当ですね。じゃあ、はりきって食べましょうか」

あぁ、お腹を空かせてきてよかったぁ。

朝よりずっと平たくなったお腹に手を添えると、からかうように言われた。

「俺はパス。あと少しで友人スピーチあるし。はりきるのは、おひとりでどうぞ？」

「えっ、でも……」

今だって、私の存在を疎ましく思っている女性たちの視線を痛いほど感じる。私がここを離れたら、きっと彼女たちは彼に声をかけるだろう。

そう思うだけで胃が痛むというのに、ほらっと背中を押される。

「食い物の恨みは怖いって言うしな。食べることに人一倍執着がある藤川の邪魔をしたら、あとで変な呪いでもかけられそうだし」

「呪いって。まさか、そんなこと、シナイデスヨ……」

出会った頃にかけてやった呪いの数々を思い出し、「ははっ」と笑ってごまかしながら、仕方なくその場を離れた。

彩り鮮やかなビュッフェテーブルで、前菜からメインディッシュを取り分ける。

葛城さんは大丈夫かな？

お皿いっぱいの料理を平らげてから会場を見渡すと、彼がついさっき話をしていた白人男性と談笑している姿を見つけた。

今戻ったら邪魔しちゃうかな？

どうしたものかと、しばし迷う。

すると、楽しく会話を弾ませている葛城さんの背後に、フラフラした足取りで近づく存在が視界に入った。

ワイングラスを右手に俯きがちに歩いているのは、葛城さんとやりあったばかりの田村くんだ。

酔っているような足取りに、『大丈夫かな？』と不安になると、田村くんの視線がスッと引き上がった。

一瞬見えた悪意ある眼差しに、『ダメッ』と心で叫んで、葛城さんの背中に駆け寄る。

目を閉じるのと同時に、バシャッと冷たい感触が首筋に飛び散った。

あぁ。やっぱりかかっちゃったなぁ……。

心の中で愚痴りながらも、目をつむったおかげで、ワインが目に入らなかったことに安堵《あんど》する。

「藤川……」

消え入りそうな細い声に瞳を開くと、こちらを振り返った葛城さんが呆然とした顔で私を見下ろしていた。

薄く唇を開いたままでいる彼の上着に、そっと触れる。

よかった。濡れてない。

彼にはワインがかからなかったようで、ホッとする。

そうしている間も、冷たい感触が首筋をぽたぽたと伝い落ち、胸元に染みの広がりを作っていく。

でもそんなことよりも、声にならない思いが込み上げる。

弾けそうになる感情をなんとか堪えようとする。

「ごめん。ちょっと酔って、足元がふらついてさ」

わざとらしく頬を引きつらせた横顔に、適当な言い訳で逃れようとするその態度に、我慢《がまん》の限界だった。

「田村くんっ！」

自分でも驚くほどの鋭い声に、田村くんがハッと顔を強張らせた。

なにを言いたいのかわからない。

でもそれくらい冷静さを失い、ただただ頭に血がのぼり、感情そのままに彼と対峙する。

怒りに震えた唇を開きかけると、それを制するような強い力が肩に加わった。

「いいから……」

振り返った先にある静かな瞳に、ようやく我に返る。たくさんの視線を背中に感じ、どうしようと俯いたら、肩にふわりとなにかがかけられた。

それが葛城さんが着ていたジャケットだと気づくと、彼は遠まきに眺めるたくさんの視線に小さく頭を下げた。

次に、彼は私の肩を抱き寄せて足早に歩き出し、ふたりで会場をあとにした。

廊下に出てからも抱かれた肩が解放されることはなく、葛城さんは無言で歩みを進めた。

抱かれた右肩から微かな震えが伝わる。

勘の鋭い葛城さんのことだ。見えない背後で起きた出来事を一瞬で悟ったのだろう。

それと同時に、感情を抑えきれなかった自分を恥ずかしく思う。

あの状況で冷静さを欠き、田村くんに噛みついたとしても、彼のあの様子では反省なんてしないだろうし。

会場の和やかな雰囲気を壊し、事態を悪化させることは、冷静に考えれば想像できたはずだった。

もしかしたら、田村くんの狙いはそこにあったのかもしれないのに……。

あぁー、もうっ！　ダメダメだなぁ、私。もう少し冷静にならないと。

どんな状況でも冷静に対応し、スマートに会場を立ち去った葛城さんに感謝する。

しばらくすると彼の歩みが止まり、目の前にハンカチが差し出された。

「ありがとうございます」

ここは素直に受け取っておこう。

綺麗にアイロンがけされたハンカチを受け取ると、彼の唇がなにか言いたげに動きかける。

でも、開きかけた唇は声を発することなく、閉ざされてしまった。


それからの葛城さんの行動は、実にスマートなものだった。

ホテルの人に事情を話して空いている控室を用意してもらい、私にその場で待つように指示してから、彼は出ていった。

「それにしても田村くん、やっぱり許せないよ」

ひとり取り残された室内で、沸々と煮えたぎる負の感情を落ち着けようと、従業員の女性が用意してくれたグラス一杯の水を飲み干す。

「あぁ、おいしい。生き返った！」

それから、バッグから自分のハンカチを取り出して、胸元の染みをドレスの上から叩いていると、葛城さんが両手にドレスを抱えて戻ってきた。

無言で差し出されたのは、二種類のベージュのドレス。

ドレスの染みを拭き取る手を止め、「えっ」と彼を見上げる。

「今、用意できるのはこれしかないらしい。サイズは？」

強い口調で迫られ、オーガンジーシフォンに刺繍《ししゅう》が施されたドレスを手に取った。

「あの。サイズは、これで大丈夫……です」

いつにも増して迫力のある黒い瞳におずおずと返すと、葛城さんの眉間の皺が少しだけ和らぐ。

そして、彼は扉近くにいた従業員の女性に声をかけ、ふたりで控室を出ていった。

「これって、このドレスを着ろってことだよね？」

再び取り残された室内に呟きが漏れる。

会場を出てから必要以上に目を合わせず、ろくに言葉も発しない葛城さんに、『もしかして？』と不安になった。

あのとき、葛城さんを庇うような形で前に出ちゃったけど。

葛城さんは背後に迫る田村くんの存在に気づいていて、自分で避けようとしていたのかもしれない。


「うっわぁー……。きっとそうだ。だって、あの葛城さんだよ？　背後の刺客《しかく》に気づかないわけないって！」

彼が田村くんの存在に気づいていたなら、私がしたことは余計なこと以外の何物でもない。

ワインを避ける反射神経もないばかりか、あの場でキレそうになるなんて……。

「やっちゃったなぁ……」

ため息を吐き出しながら、葛城さんが用意してくれたドレスに着替える。

「これだって。きっと、払ってくれたんだよね」

ドレス代を差し出したところで、受け取ってもらえるとも思えない。

今度は長いため息をついたところで、扉がノックされる。

全身鏡の前で髪を整えてから扉を開くと、葛城さんが顔を覗かせた。

彼の眉間の皺はさっきより減っていたものの、厳しい表情は変わらない。

『余計なことして、すみません』なのか、『素敵なドレスを、ありがとうございます』

なのか。

正しい答えはどれだろうと必死に頭を悩ませていると、扉を閉めた彼が私の首筋にそっと触れる。

ピクッと肩を震わすのと同時に、ひどく儚《はかな》げな声が落ちてきた。

「ごめん……」

深い陰を含んだ瞳に、胸がギュッと締めつけられて声にならない。

ただ首を横に振ることしかできない私に、「俺のせいで……」と彼は喉から絞り出すように言葉を続ける。

そこでようやく彼の異変に気づいた。

数時間前まで綺麗にセットされていた前髪は、今は少し乱れて額にかかっている。

その隙間から覗く瞳は切なげで、いつもの余裕ありげな態度との違いに、胸が張り裂けそうになる。

至近距離でやっと気づいた息遣いも少し乱れていて、きっとものすごく急いでドレスを探して戻ってきてくれたんだろうと思った。

飛び散ったワインはハンカチで綺麗に拭き取ったから、体のべたつきもないはずなのに……。

いたわるように触れる指先から彼の思いを感じ取り、目頭が熱くなった。

葛城さんの素顔をひとり占めしたい。

少し前の私はそんなふうに思っていた。

でも、こんな顔を見たかったんじゃない。こんなにも悲しげな声を聞きたかったわけじゃない。

彼の心の痛みを感じて、胸がひび割れそうになる。

今にも溢《あふ》れそうになる熱を無理やり目の奥へ引っ込めてから、心配げな瞳に笑ってみせた。

「もうっ、悪くないのに謝らないでくださいよ」

きっと普通に返したところで、彼は罪悪感を抱えたまま謝り続けるだろう。

だから、彼の真似《まね》をして冗談っぽく続けてみる。

「それに、私に言ったじゃないですか。なにかあったら体を張って守れって。藤川だったら余裕でできるって。本当にその通りでした」

そう。あのとき私は……。

『ドレスが濡れたらどうしよう？』とか、『まわりに迷惑をかけてしまうかも』だとか、そんなことを冷静に考えられないくらい、体が勝手に動いていた。

冗談とはいえ素直な気持ちを口にすると、今日ずっとささくれていた心が穏やかになるのを感じる。

それくらい私は、葛城さんのことを好きになっていたんだ……。

首筋に触れる指先の温かさに、私を見下ろす優しい瞳に、気づいたばかりの想いが溢れそうになる。だから、長く息を吐いて気持ちを落ち着かせた。

「葛城さんのせいじゃないです。なんか体が勝手に動いて……」

今できる精いっぱいの明るい声に、彼の瞳が大きく揺れる。

だから、気にしないでくださいね。

そう続けようとした言葉は、聞き取れないほどの小さな呟きに遮られる。

えっ――。

息を呑む間もなく強く左腕を引かれた、次の瞬間。

ぐらりと傾いた体が、温かい腕に包み込まれていた。

第五章　あの日見た夢の続きを

こんな状況なのに、なにか都合のいい夢でも見てるの？

心の問いかけを否定するように、背中に回った腕に力が込められた。空いているわずかな隙間を埋めようとするかのように。

トクンッと静かに伝わる鼓動はどちらのものかさえわからず、ただ体を熱くして身を委ねることしかできない。

「それ以上……なにも言うな」

首筋に埋もれた唇が、祭りの夜とは違う囁きを漏らす。

胸の高鳴りが抑えられず、彼の背中にそっと腕を回した。

館内を流れるＢＧＭがやけに遠くに聞こえる。

どれくらいの間こうしていたのか、長くてもほんの数秒だと思う。

静かに過ぎていく時間が心地いい。

重なりあう鼓動に耳を傾けていると、抱き寄せられた腕が緩む。

隙間なく埋められた距離が少しだけ開いて、「藤川」と柔らかい声に自然と目線が引き上がる。

左の頬にそっと手が添えられ、見つめあう一瞬。

あの日とは違う意志のある瞳がゆっくり傾き、柔らかく口づけされた。

音もなく軽く触れて、すぐに離れていく。

けれど、引き離された瞬間も、鼓動は強く脈打ち続ける。

あまりにもうるさいそれが葛城さんに聞こえてしまいそうで、彼が触れたままの頬が熱くなる。

恥ずかしさについ顔を逸らそうとしたら、今度は押しつけるように唇を塞がれてしまった。

「……んっ」

思わず漏れた吐息は、するりと入り込んだ舌先が奪い去る。

葛城さんが、好き……。

そんな想いを込めながら熱い舌先を受け入れて、心まで満たされるようなキスを重ねていく。

息継ぎにそっと目を開くと、同じタイミングで開いた艶っぽい瞳に見つめられた。

乱れた髪を優しく撫でられるだけで、鼓動がまたうるさい音を響かせる。

葛城さん……。

彼の名前を呼びたいのに、なにか言いたくてたまらないのに、ドキドキと胸が高鳴るだけで声にならない。

吐息が触れるほどの距離で見つめあって、引き寄せられるように唇を触れあわせる。

体の熱を高めるキスに酔いしれていると、長い触れあいに終止符を打つノック音が響いた。

「失礼します。こちらに、葛城様はいらっしゃいますか？」

焦りを感じる低い声が合図となり、幸せで熱くなった体が解放された。

扉の外にいるであろう男性は、ついさっき葛城さんと友人スピーチの打ちあわせをしていたホテルの人だろう。

葛城さんをここに留めてしまい申し訳なく思うのと同時に、置かれている状況が信じられず、ただただ頭がぼんやりする。

目の前にいるこの人は、本当に葛城さんなの？

近くにある全身鏡の前で、ネクタイの結び目を手早く直し始めた指先を見つめていると、それに気づいたように彼が振り返った。

ゆっくり歩み寄った彼の顔が斜めに傾く。

キスの予感にトクンッと胸を震わせたものの、今度は下唇を親指でくいっとなぞり上げられただけ。

くすぐったさに肩を跳ね上げたら、「ふっ」と笑われてしまった。

「悪い。時間切れ」

葛城さんはそう言って、数秒前まで色気を含んでいた瞳を柔らかく細めて、唇から指を離した。

「俺はスピーチがあるから先に行くけど。藤川は口紅と髪を直してから会場へ来たほうがいい」

仕事モードな口調で指示をされ、緊張で痺れた頭がポンッと軽く叩かれる。

何事もなかったかのように、乱れた髪を直し始める彼を見ていたら、取り残された気持ちになってしまう。

この先にある期待なのか、不安なのか。

自分でもよくわからない吐息をつくと、ひと呼吸置いてから、真剣な瞳が私を射抜いた。

「一度、時間を作ってほしい」

伏し目がちになっていた私の瞳を大きく開かせる言葉に、「えっ」と顔を上げると、葛城さんはわずかに瞳を細める。

でも、それ以上なにも言わずに、彼は控室を出ていった。

そのあと、ひとりになった室内で、私はいったいどれだけの時間、魂が抜けたような顔をしていただろう。

廊下を行き交う人の声にようやく我に返り、葛城さんに言われたように軽くメイクを直そうと、バッグから口紅を取り出した。

彼が使っていた全身鏡の前に立ち、唇にピンクベージュの口紅を乗せて、ハーフアップの髪を整える。

葛城さんが触れたところを意識するたび、頬が熱くなってしまう。

今の私、ひどい顔してる。気持ちを落ち着けないと変なふうに思われちゃうよね。

彼と会場をあとにするとき、注目が集まっていたことを思い出して、少し長めの深呼吸をする。

水を飲んだグラスは、葛城さんが控室を出ていくときに持っていってくれた。

それでも、水を運んでくれた従業員の女性を見つけて自分でお礼を言ってから、会場へ足を向ける。

葛城さんに遅れること数分。

静かな雰囲気の扉を開くと、ちょうどスピーチをしている彼の姿が目に入った。

ほんの一瞬、視線が絡みあう。

でも彼は、新郎新婦に視線を戻してスピーチを続けた。

「僕は、ふたりが運命の赤い糸に導かれて結ばれた、なんてことは思っていません」

その言葉に会場全体がざわつき始める。

でも、新郎の顔は変わらず穏やかなもので、葛城さんも変わらない口調で続けた。

「すべての出来事、結果には、それに至るまでの過程があります。ふたりが今日という日を迎えられたのは、そんな都合のいい言葉では言い表せない深い絆《きずな》や、互いを思いやる気持ち。ここにいる皆様の支えがあったからでしょう」

そこで彼は、新郎新婦に向けて柔らかい笑みを浮かべる。

「ふたりにはこれからも、彼らが選んだ道が正しかったと思わせる人生を送ってほしい。そう思っています」

そんな言葉で締められたスピーチは、一瞬の静寂を呼び寄せ、次にたくさんの拍手が会場を包み込んだ。

幸せな笑みで見つめあう新郎新婦にカメラのフラッシュが向けられる中、スピーチを終えた葛城さんがこちらへ歩み寄ってくる。

そんな彼に笑いかけながら、いつか言われた言葉を思い出した。

『運命とか言って、笑える』

葛城さんに助けられてホテルで目覚めたとき、冷たく吐き捨てられた。

私のように心が弱い人間は、自分に都合が悪いことが起きるとなにかと理由をつけて言い訳をしたくなる。

でも、葛城さんは違う。

彼が経営統括室という誰もが憧れる場所に辿り着けたのは、彼の努力と選んだ道が正しかったから。今だって、当たり前のことを言ったに過ぎない。

そう強く感じたのは、彼の後悔のない生き方が強く言葉に表れていたからだ。

時折、彼が見せる陰を帯びた瞳と切なげな声を思い浮かべる。

『他人を信じきって傷ついたり。バカみたいだろ』

ひどく胸が締めつけられたことも思い出す。

もしかしたら、誰かを信じて裏切られて、傷ついたのかもしれない。

数えきれないほどの失敗や、眠れないほどの苦悩もあったのかもしれない。

これからだって、あるのかもしれない。

でも、きっと彼はなにか壁にぶち当たっても、それを誰かのせいにしたり、都合のいい言葉を使ったりして、逃げることはしないだろう。

そして、これからも成功し続けていく。

葛城さんのそばで働くようになり、常に自信に満ち溢れた彼を知るたび、自分に足りないものに気づかされ、自信を失いかけたこともあった。

でも今は、彼の隣にいるのが相応しい人間になれるように、少しでも彼に近づけるように、努力していきたいと思えた。


結婚パーティーから二日が経った。

パーティーが終わると、葛城さんはその足でドイツへ飛び立ってしまったけれど、それは前々から決まっていた一週間の出張だった。

彼の言う〝作ってほしい時間〟は帰国してからだなぁ、と別れ際も残念に思っていたら、『帰国したら、飯でも食いに行くか』と囁かれた。

なんだか照れくさくて首を縦に振るだけの私に、葛城さんは満足そうな笑顔を残して日本を離れてしまった。

一週間がこんなにも長く感じるのは、いつ以来だろう。

まだ二日しか経ってないのか……。

押しつぶされそうな通勤ラッシュの車内でため息をついた。

会社にいるときは、まだよかった。〝葛城さんからの宿題〟という名のものすごい仕事量に追われ、そんな寂しさを感じる暇もなかったから。

ははっ。これも愛なのかなー、なんて。かなり痛いことを思ったりして……。

だけど、ぐったり疲れて家のソファで横になっているときも、久々に時間をかけて作った料理を食べているときも、どこか気持ちはそわそわと落ち着かなくて、意味もなくスマホの着信を何度も確認する日々を送っていた。

愛美から食事の誘いがあったのは、そんなときだった。

彼女は婚約している彼氏と数ヵ月前から同棲《どうせい》していて、ふたりが暮らすマンションは、私の会社から電車で四十分ほどの場所にある。

残業を終えた足で駅前のカフェに立ち寄り、愛美が好きなチーズタルトを買ってから彼女のマンションを訪ねた。

「ごめんね。思ったよりも遅くなっちゃって」

約束した夜の七時より一時間も遅くなったのに、玄関で出迎えてくれた愛美は顔の前で大袈裟に手を左右に振った。

「ううん。私こそ平日の夜にごめんね。ご飯まだでしょう？　すぐ用意するね」

簡単なものと言いながらも出てきた料理は、かなりの時間をかけたと思われる、柔らか煮込みのビーフシチューだった。


三十分以上おしゃべりをしながら食べ終えた皿を、ふたりで片づける。

「ごちそうさまでした。それにしても、相変わらず手間をかけてますねー、奥さん」

シンクの隣に立つ愛美に冷やかしの眼差しを流すと、「まだ違うから」と彼女は薄く笑ってから、視線をスポンジの中の食器に落とした。

私が記憶するに一度も色を乗せたことのない彼女の黒髪は、ベージュのシュシュで右耳の横にまとめられている。

そんな彼女とは高校一年のときに同じクラスで、『名前に同じ字があるね』と言いあったりして仲よくなった。

でもしばらくすると、容姿端麗で男子から人気のある愛美に嫉妬《しっと》した一部の女子たちが、『愛美には裏表がある』とか、『友達の彼氏を寝取った』だとか、好き勝手に噂し始めた。

おとなしくて我慢強い性格の彼女は言い返さなかったから、それを楽しむようなところがあったのだろう。

半年前に居酒屋であった同窓会でも、愛美には絶対に言えない嫌なことがあった。

食器を洗い終えた彼女がやかんに水を入れながら、「愛は座っってていいよ」と笑顔を向けてくる。

「ありがとう」とダイニングテーブルに足を向けると、怒りに胸が震えた出来事が頭をよぎった。


高校時代より美しさに磨きをかけた愛美は、同窓会の日も注目の的だった。

私と愛美が座る座敷のテーブル席には、彼女目当ての男性が入れ替わり立ち替わりやってきては、なんとか連絡先を聞き出そうと必死だったから、それをかわす彼女のフォローをしていたのだけれど。

『ごめん、愛美。トイレ行ってくるね』

ずっと我慢していたものの、限界だ。

彼女に断りを入れてテーブルをあとにすると、トイレに行く途中の通路からこんな会話が聞こえてきた。

『愛美って婚約してるくせに、まだ男遊びが足りないって感じ。昔もよく他の子の彼氏を体で奪ったりしてたもんね。だから、好きになれないんだよねぇ』

『あの噂、本当だったんだぁ……。私も、愛美って好きになれないかなぁ』

そう言ってひとりが顔を歪めたら、『あー。私も！　好きじゃなかったぁ』と他の子も楽しげに声を重ねる。

ひどい……。あれは根も葉もない噂なのに。

思わず耳を塞ぎたい衝動に駆られ、その場を立ち去ることもできた。

でも、ひとりをやり玉に挙げてまわりの結束を固めるような悪ノリに怒りが弾けて、一歩前に踏み出していた。

『今の話、本当？』

愛美と仲のいい私の出現に、その場にいた三人の顔が一瞬で強張る。

だから、自分でも驚くほどの笑顔で言ってやった。

『そんな顔してないでよー。大丈夫！　だって、私も愛美なんか大嫌いだもん‼』

そう声を弾ませたら、『なんだー、藤川さんもそうだったんだ』とホッとした笑みを浮かべた彼女たちに向け、長く息を吐いてから冷たく返した。

『今みたいに言えば満足？』

そのときの私の顔がどんなものだったのかは、わからない。

でも、硬質な声色に彼女たちが怯《ひる》むように息を呑んだのだけはわかったから、最初に悪口を言っていたひとりを見据えながら続けた。

『自分の思い通りにならないからって誰かを貶《おとし》めるようなことをしても、いつか自分に返ってくるんじゃないかな？　私、愛美はいい子だと思う』

それだけ言って彼女たちを押し退《の》けるようにトイレに向かったあとは、きっと私の悪口大会になっただろうなって、ちょっと嫌な気持ちになった。

でも、昔から父に言われ続けてきたことが頭に浮かんだ。

『自分の目で見たこと、感じたことだけを信じて生きてればなぁ、間違いねぇ！』

友達は一生の宝だと言って豪快に笑う父の顔を思い出し、私の悪口ならいくらでも言えばいいって、軽く思えた。

お父さんの言う通り、今ある感情を信じればいい。愛美はいい子だと思う。誰がなんと言おうと……。

そんな揺らぎのない思いが芽生えたのは、いつからだろう？

そのとき思い浮かんだのは、高校時代の〝ある出来事〟だった。

ほろ苦い記憶を呼び起こした頭が、痛みを放つ。

「ねぇ」という柔らかい声が、思考を呼び戻してくれた。

「愛が買ってきてくれたチーズタルト、おいしそうだね。でも、ごめんね。コーヒー切らしちゃってて」

ゆらりと立ちのぼる湯気の先には、すまなさそうにまつげを伏せた愛美の顔があって、「そんなっ」と慌てて声を張る。

「このハーブティーもすごくおいしいよ。でも、愛美の家でハーブティーとか初めて飲んだかも」

「うん。最近ね、はまってるの。肌にいいし、安眠効果もあるらしいから」

「なるほどねぇ。どうりでまた綺麗になったと思った」

冷やかすように言ったら、「そんなことないよ」と愛美は控えめに返してきた。

結婚がゴールとは思わないけれど、久々に始まったばかりの恋を思うと、結婚式を控えた彼女が眩《まぶ》しく、一段と綺麗に見えてしまう。

「結婚するんだもんねぇ」

ため息交じりに零してしまうと、愛美は少し困ったように微笑んだ。

「あっ、ごめん！　なんか……本当に羨ましいっていうか。私にはまだまだ先のことだなぁって」

ついつい羨ましさ全開の声が出てしまい、ごまかすように目を泳がせる。

葛城さんに早く会いたいな……。

もうすぐ永遠の愛を誓いあう愛美を見ていたら、異国の地にいる彼に無性に会いたくなった。


数日後。『日付よ進め進め』と指折り数えて過ごしていたら、葛城さんが出張から帰国するのは明日になった。

「失礼しました」

小さく頭を下げ、秘書室の扉を閉める。

声が少し震えちゃったかな？　新車プロジェクトの資料を届けただけなのに、秘書室ってなんか独特の雰囲気があるんだよね。

入社以来訪ねる機会のなかった場所をあとにして、変な汗が背中を伝った気がした。

このビルで一番清掃が行き届いているであろう廊下に出てから、ようやく息をつく。

葛城さんからの宿題も、このあと頑張れば今日の定時内に終わりそうでよかった。

そう思うと、気持ちが高まって廊下を進む足も速くなる。

エレベーターを待つ時間も惜しくて階段を使い、三つ下の経営統括室のフロアへ戻ることにした。

今履いているピンクベージュのローヒールは、正月のセールで買ったお気に入りのもの。

カツカツとテンポよくヒールの音を刻ませながら階段を下りて、ふと社長秘書から預かった書類に視線を落とす。誰もいない階段の踊り場で、「あれ？」と思わず声が出た。

さっき預かった葛城さん宛の資料。まったく同じ書類が二部ある。これ、間違いだよね？

くるりと方向転換し、秘書室のあるフロアに戻る。

扉をノックしようとした、そのとき。

少し開いていた扉から予想外の光景と音が漏れ聞こえた。

「んっ……」

厚い雲に覆われて薄暗い光だけが射し込む室内で、濃厚なキスを交わす男女の姿に息を呑む。

うわっ。こういうのってリアルであるのか。ここは時間を置いて、また出直そう。

ドラマでしかお目にかかったことのない〝まさかのシチュエーション〟を見なかっ

たことにして足を戻しかけたら、ヒールのかかとが廊下の絨毯に引っかかり、ズルッとひと際強い音を響かせてしまう。

『しまった！』と心で叫んでも、もう遅い。

扉の隙間から硬直した顔をこちらに向けた女性は、ついさっき私に書類を手渡した社長秘書の女性だった。

彼女は抱きあっていた彼からすぐに離れ、ばつが悪そうに瞳を伏せる。

そして扉近くで固まる私の横をすり抜け、秘書室を飛び出していった。

ものすごい勢いで走り去った背中を呆然と見送っていると、「今のこと、誰かに話す？」と、彼女とは違う余裕ありげな笑みが近づいてきた。

二重まぶたの瞳を艶っぽく濡らしながら、色のついた唇を手の甲で拭ったのは、瑞樹だった。

「そんなことしません」

わざと業務的に返す。

「ふーん。別に、言いふらしてもいいけど」

「言いふらすだなんて……。そんな言い方、傷つきますよ。あの人も、瑞樹さんの婚約者も」

ここ最近の社内は、瑞樹が見合いした女性と婚約したという噂で持ちきりだった。私も噂を知っていたから、遠慮がちに続けた言葉に彼は柔らかく笑う。

「あぁ、あれね。得意先の人が間に入ってるから、見合いのあとで一度会っただけなのに。女の子の噂って勝手に大きくなるから、怖いよね。でも、そろそろちゃんと返事しないと相手にも悪いよなぁ」

瑞樹はどこか他人事のように呟いて、「ねぇ」とこちらに歩み寄る。

整髪料の爽やかな香りが鼻をつき、あまりにも近いそれに距離を取ろうとしたら、肩に手を置かれ、耳元でそっと囁かれた。

「ほこり、ついてるよ」

「ありがとう……ございます」

なんだ、ほこりを取ってくれたのか。

ホッと胸を撫で下ろしたら、「ふっ」と小さく笑われた。

「もしかして、さっきみたいなキスされると思った？　するわけないよ、俺だって相手を選ぶから」

「そんなこと思ってないですっ」

やめておけばいいのに、つい挑発に乗るように言い返してしまうと、「はい、これ」

となぜか銀色のコインを差し出された。

どこかの外国のコインみたいだけど。なに、コレ？

昔から不思議ちゃん系なところはあったけれど、彼の意図がさっぱりわからない。

無視して秘書室を去ろうとしたら、柔らかく笑いかけられた。

「表裏、どっち？」

「え？」

「いいから、どっち？」

少し強めに迫られ、「表」と思わず返してしまう。

すると、「じゃあ、俺は裏ね」と瑞樹は声を弾ませ、ピンッと指でコインを跳ね上げた。

背の高い彼よりも高く舞ったコイン。それをぼんやり見つめていたら、とんでもない言葉が瑞樹から飛び出した。

「見合いの返事、コインで決めようと思って」

えらく爽やかな笑顔でさらっと言われ、唖然《あぜん》となる。

「えっ、そんな。ダメですよ！」

「いいよ」

「ダメだよ！」

ついタメ口で強く言い放つと、瑞樹は静かに言った。

「いいんだって。あのときだって、そうやって決めたんだから……」

それまでとは違う冷ややかな声に息を呑むと、ある光景が頭をよぎった。

瀬戸自動車の会社説明会の帰り。瑞樹に話しかけられて、何度か会うようになった帰り道のこと。

雑踏に紛れた告白に小さく頷いたら、人目もはばからず抱きしめられた。

『あぁー。生きててよかった』

耳たぶを掠めた声がくすぐったくて、『大袈裟だよ』って瑞樹の胸を押して離れようとしたら、もっと強い力で抱きしめられた。

『ありがと。俺、すげぇー、今幸せ』

少しだけ照れくさいけれど、瑞樹のストレートな愛情表現はいつだって幸せの熱で私の体を包み込んでくれた。

そんな瑞樹はひとことで言うと掴みどころのない性格で、『俺たち、結婚しようか』と、ときどき試すような冗談を言っては、私を困らせたり怒らせたりもした。

だけどいつだって肝心なところでは、私の心を見透かして、欲しい言葉や態度を与えてくれてた。

そんな彼に別れを告げられたのは、厚い雲に覆われて少し肌寒い日だった。

いつものように瑞樹の部屋でＤＶＤを見て、一緒に作った夜ご飯を食べて、長い時間をかけて抱きあったあと、ベッドで体を起こした彼は財布から一枚のコインを取り出した。

そして、私に聞いてきた。『表裏、どっち?』って。

なにかの手品かなと思い、『表』と答えると、背中越しでコインを跳ね上げる音がして、少しの間を置いてから、毛布にくるまった私を抱きしめた瑞樹はそっと囁いた。

『ハズレちゃったね……』

彼が別れようと言ってきたのは、それから三日後のことだった。

たくさんの段ボールが積まれた彼の部屋で、『どうして?』と声を震わせたら、『だって、ハズレちゃったし』と、まるで商店街のくじ引きにハズレたみたいな口調で返された。

『これ以上、一緒にはいられないから』

そんな冗談みたいな終わり方に、納得なんてできるわけない。

でも彼は住んでいたアパートを引きはらい、私の前から姿を消してしまった。

高く跳ね上がったコインが、重力に従い瑞樹の右手に戻る。

彼が別れを告げたのは、付きあっていくための努力を怠った私に原因があるかもしれないって、思い始めていたのに……。

別れを告げた彼の顔は、どこか陰を帯びているようにも見えた。

あれは気のせいだったの？

震え始めた胸を落ち着かせようと瞳を閉じる。

もう終わったことだよ。

ざわつく心に言い聞かせると、拳を開いた彼の姿が視界に映る。

ふたりだけの空間に静かな声が響いた。

「表だね。当たりだから、愛が決めていいよ？」

「なに、言ってるの？」

怒りに胸が震え、自分の顔が歪むのがわかる。

でも、瑞樹はゆっくり私に歩み寄り、薄っぺらい笑みを浮かべた。

「決められない？　……なら、既成事実作ろうか」

至近距離からの甘い囁きに、ドクンッと心臓が脈を打つ。

あとずさりしたら一瞬で体を強く引き寄せられてしまい、葛城さん宛の書類が手から滑り落ちた。

葛城さんっ……。

心で呟くのと同時に、低い囁きが頬を掠める。

「さっきとは違う、本気のキスで」

本気のキスって――。

彼の胸を押し返し、『やめて』と強く言い放とうとする。でも、強く噛みしめた唇からは、別の言葉が零れた。

「瑞樹。今、やりたかったことできてるの？」

やめておいたほうがいい。

そんな警告に似た声が心をよぎる。

踏み込んで聞ける権利なんてないと思うのに、せり上がる感情を止められなかったのは、あの頃と変わってしまった瑞樹になにかを感じたからかもしれない。

新たな静寂がしばし流れて、彼は小さく笑った。

「できてるよ。社長の息子ってモテモテだしね」

「そういうことじゃ……ないよ」

柔らかい笑みは、あの頃のものと変わらないようにも見える。

でも、どこか感情がない笑顔を見つめ返すと、少し距離を取った瑞樹から乾いた声が漏れた。

「この前は、大活躍だったね」

「大活躍？」

「先週あった館山さんの結婚パーティー。あの日、俺も会場にいたんだ。用があって途中で帰ったけどね」

それは、葛城さんを庇ったこと？

予想外の話を振られ、困惑して声を詰まらせる。

瑞樹の視線が引き上がり、影が差したような瞳に心臓がドクンッと震えた。

「あと少し……だったんだけどな」

彼はそう言って口角を少しだけ引き上げてみせる。

暗さを宿した顔が別れを告げたときのものと重なって見えて、胸がざわつくような感覚に襲われる。

もしかして、なにか隠してる？

ずっと気になっていて、でも冷たく突き放されて聞けなかった別れの理由には、隠された事情でもあるのだろうか。

そう思うと、あの頃のように、「瑞樹」と呼びかけていた。

でもなにかを問いかける暇もなく、穏やかな笑みに戻った瑞樹から、静かな声が漏れた。

「おかえり。思ったよりも早かったね」

私の背後のある一点。それをまっすぐ見つめる彼の視線を追って振り返る。

半分開かれた扉の向こう側に、ついさっき瑞樹とキスをしていた彼女の気まずそうな顔と、ここにいるはずのない人の姿に息を呑んだ。

「葛城さん……」

思わず呼びかけた声は、情けないほど掠れてしまう。

明日帰国予定の葛城さんが、どうしてここにいるんだろう？

そんな疑問よりも先に、彼の隣に立つ彼女からの探るような瞳に気圧され、二歩後退して瑞樹と距離を取る。

近すぎる距離に、なにか誤解されたかもしれない。

そんな不安が胸に広がり、私を見つめる涼しげな瞳に訴えかけたくなる。

でも私から視線を逸らした葛城さんは、「この書類、俺宛のだな」と腰を折り、床に散らばった書類を拾い出した。

「藤川。頼んでおいた仕事は終わったのか？」

事務的な口調に、止まっていた時間がようやく動き出す。

「あっ。いえ、すみません。すぐに取りかかります。それと、あのっ、帰国は明日だったはずじゃあ？」

「飛行機のキャンセル待ちが取れたから早まった。出勤は明日の予定だったけど」

「そう……だったんですね」

こうして会話している間も、痛いほどの視線を社長秘書の彼女から感じる。

瑞樹との関係を黙っていてほしい、と願う気持ちがあるのだろう。

早くこの場から離れたほうがいいよね……。

私の思いを葛城さんは感じ取ってくれたのか、それ以上なにも言わずに開いたままの扉に足を向ける。

それを見て彼のあとに続こうとすると、やけに弾んだ声が背中に届いた。

「あれ。今日も無視？　今、俺たちがなにしてたとか、気にならない？」

瑞樹の言葉に葛城さんの足が止まる。

そんな彼に歩み寄った瑞樹は、数センチ高い葛城さんを見上げるように顔を傾けた。

どうして、そんな言い方をするの？

挑発的な態度に、思わず口を挟みたくなる。

でも、こんなふうに対峙するふたりを前にも見たことがあった。

確か、経営統括室の前でも……。

秘書室が再び張りつめた緊張感に包まれる。固唾《かたず》を呑んで状況を見守っていたら、葛城さんが口火を切った。

「別に。どうでもいい」

静かな瞳で返され、瑞樹の頬がピクリと引きつる。でも、それはすぐに余裕ありげなものに変わっていった。

「へぇー。嘘がずいぶん下手になったね。昔は感情を隠すのが得意だったくせに」

冷ややかに含み笑う瑞樹に、葛城さんの瞳が鋭くなる。

でも、葛城さんはそれ以上はなにも言わずに、開いたままの扉から秘書室をあとにした。

『昔は』って……。ふたりの間になにかあったの？

廊下に消えていった背中を瑞樹はなにか言いたげな瞳で見つめていて、そんな彼にも聞きたいことはたくさんあった。

だけど、開きかけた唇を結び、秘書室を飛び出した。

質感のいい絨毯の上を小走りし、階段の踊り場で葛城さんに追いつく。

私に気づいた彼は足を止め、予想もつかないことを呟いた。

「アイツと俺は、従兄弟《いとこ》同士だ」

第六章　クールな彼の秘め事

ただならぬ関係を聞いてからすぐ、葛城さんのスーツの内ポケットの電話が鳴り響いてしまった。

仕事モードに入った彼に、『先に戻ってていい』と目で合図され、後ろ髪を引かれるように経営統括室のデスクに戻った。


定時後の女子更衣室で美希ちゃんと話していたら、葛城さんからメールが届いた。

内容は出張前の約束通りに食事の誘いで、彼に指示されたカフェで待つこと十五分。

遅れてきた彼と一緒に店を出る。

普段外出が多い葛城さんは車通勤が許されていて、私が黒い革張りの助手席でシートベルトをすると車は静かに動き出した。

微かなエンジン音とラジオのBGMが流れる車内。

今朝の雨が嘘みたいに色の濃い夕日が、運転する葛城さんの頬を照らしていた。

オレンジに色づいた横顔を見つめていると、赤信号で車が停まり、彼の目線がチラりと向けられる。

「なにか、リクエストはある？」

主語のない言葉が意味すること。それが食事を指すことくらいは、わかるけど。

出張前に葛城さんに言われた〝作ってほしい時間〟が、このあとの食事だけでないことくらい、恋愛経験が乏しい私にだって、なんとなくわかる。

柔らかい瞳に見つめられるだけで、鳴りやまない鼓動が車内に響いてしまいそう。

「えっと。葛城さんが食べたいもので、いいです……」

うるさい鼓動を落ち着かせ、なんとか声を絞り出す。

「なんだ。今日はずいぶん謙虚だな。食い倒れツアーも覚悟してたんだけど」

意地悪に細まる瞳が不意な逆光で影を宿した。

ふたりの関係を知ったからなのか、彼の瞳がどことなく瑞樹のものと似ている気がした。

さっき更衣室で美希ちゃんに聞いてみたら、瀬戸自動車の創業者一族は会長をはじめ〝瀬戸〟という苗字で統一されているらしい。

瑞樹と葛城さんが従兄弟同士だなんて、そんな話は聞いたことがなかった。

だから、美希ちゃんにもそのことは話せなかったけど……。これまでのふたりを見ていると、仲のいい従兄弟同士ってわけではなさそうだよね。関係ない私が立ち入っていい話でもない気がする。

沈黙が流れる車内でぼんやり考えていると、前方の信号機が赤から青に変わる。

微かな振動を響かせて走り出した車内に、「俺の食いたいもの、だな」とポツリと呟きが漏れ、前を向く彼の瞳が意味深に細まった。


海外出張帰りの葛城さんが食べたい料理は、数ヵ月前に建設されたばかりの高層マンションの最上階にあった。

「ごちそうさま。おいしかった」

箸を置きながらの満足そうな声に、「お粗末様です」と小さく答える。

オフホワイトが基調のダイニングルームは、家具がダークブラウンで統一され、窓際には背の高い観葉植物と北欧系の小じゃれた絵がいくつか壁にかけられていた。

新築の匂いが微かに残るこの部屋は、葛城さんが所有するマンションで、彼は私が作ったサバの味噌煮《みそに》を食べ終えたばかりだ。

実家が小さな定食屋の私と、国産自動車メーカーのトップを走る瀬戸自動車創業者の親族である葛城さん。

『藤川の手料理が食べたい』と言われて、どんなものを作っていいか正直戸惑った。『サバの味噌煮』と珍しくハードルが低いことを言ってくれたから助かったよ。

それにしても、実家を手伝うときの癖で作りすぎてしまったのに、残さず食べてくれたなぁ。綺麗な箸使いといい、結婚パーティーの立ち居振る舞いといい、どこか洗練された雰囲気は家系からきてるのかな？

食器をシンクに運び、スポンジを泡立て始めた彼に、「洗い物やりますよ」と声かけしながら、そんなことを思う。

「悪い。料理まったくしないから、食洗機とかない」

「いいですよ。これくらいなら手洗いのほうが早いですし。でも、普段は外食なんですね」

「あぁ」

「たまにはいいですけど。外食ばかりだと体に悪いですよ」

冷蔵庫にビールとマヨネーズしかなかったもんなぁ。しかもマヨネーズはなぜか三本もあったし。マヨラーだったりするのかな？

葛城さんが料理に大量のマヨネーズをかけてニヤつく姿を想像して、「ふふっ」と笑みが零れてしまう。

「なんだよ、薄気味悪い」

「薄気味悪いって……ひどいですけど。いや、葛城さんって意外と子供っぽいとこがあるんだよなぁって思って」

そうそう。お祭りでも相当ムキになってたもんなぁ。

射的の腕前はプロ並なのに、水ヨーヨーに苦戦していた横顔を思い出す。

意外な一面を思い返し、ニヤついていると、ふわりと背中から覆い被さられる。

トクンッと心臓が跳ね上がるのと同時に、耳元で囁かれた。

「体に悪いって……心配？」

耳たぶに吐息を吹きつけられ、スポンジがするりと手から滑り落ちる。

それだけで鼓動が速まってしまうのに、葛城さんはシンクに落ちたスポンジを手に取ると、泡のついた指先を絡めるようにして私に握らせた。

滑らかな指先と絡みあい、背中越しに感じる体温にどうしようもなく頬が熱くなる。

なんか恥ずかしいよ、この体勢……。

心臓がどうにかなってしまいそうだというのに、葛城さんは私に覆い被さった状態で自分の手を洗い流しながら、気持ちを煽《あお》るような囁きを続けていく。

「だったら、今日から三食な」

「三食……ですか？」

「あぁ」

それって、明日の朝もってこと？

そう思うと、胸が高鳴って息が詰まるようになる。

なにも返せずにいたら、「藤川」と柔らかく呼ばれる。

少しの間を置いて、彼が背中から離れる気配を感じると、「子供っぽいのは、どっちだよ」とからかうような声が頬をくすぐり、鼻の頭を人差し指でいっとなぞり上げられた。

「鼻の頭に泡乗せるとか、ずいぶん器用だな」

泡付きの人差し指を見せつけられ、『ガクッ』なんて効果音付きで膝が折れそうになる。

やだっ、鼻に泡が付いてたのか。

滑らかに絡みあった指先も、吐息を吹きつけられた耳たぶも、葛城さんに触れられるだけで熱を持ってしまうのに。

三食という話もからかわれただけかと思うと、自分でもよくわからないため息が零れた。

そんなくさくさした気持ちを察しない葛城さんは、洗い物を終えた私にコーヒーを淹れてくれる。

私の給料が軽く数ヵ月分は飛ぶであろう上質な革張りのソファで、彼が不在中の社内の話をしたあとで、葛城さんは背もたれに体を預けながらネクタイを緩め始めた。

彼の指先をぼんやり見つめる。

男の人なのに、長くて綺麗な指だな。

幼い頃から実家の定食屋の手伝いをしていて、カサつきがちになってしまった自分の手と比べていると、「藤川」と呼びかけられた。

「悪い。ちょっと電話してくる」

葛城さんは早口でそう告げると、スマホを耳に押し当てながら窓際に歩いていった。

チラリと見えた液晶画面には社内の重役の名前が浮かび上がっていて、聞いちゃダメだよね、と思いながらも、漏れ響く声が耳に流れ込んできた。

「ええ。はい、はい。わかりました。帝銀ホテルに八時ですね」

その言葉に腕時計を見ると、夜の七時になるところ。

ここからだと車でちょっとかかるよね。

コーヒーを飲みながら時間を逆算していると、電話を終えた葛城さんが戻ってきた。

「悪い」

「いえ。でも、八時に帝銀ホテルなら時間ないですね。早めに出たほうがいいですし」

ガラスのローテーブルにコーヒーが半分残ったカップを置く。

そのまま立ち上がろうとしたら急に胸が締めつけられ、動かそうとした足の代わりに口が動いた。

「でも、あのっ。あと少しで……いいんです」

無意識に唇が動いて驚いた。

えっ、なに？　今、なに言った、私⁉

「いえっ、あの！　せっかく葛城さんが淹れてくれたコーヒーを飲みきらないとバチが……いや、もったいないって思って。すぐにガッと飲み終えるまで、もう少しここにいたいなぁーって思っただけで」

なるべく自然な笑顔で。でも、心では頭を掻きむしりたい衝動に駆られた。

あぁ、もうっ。本当に、なに言ってるんだろう。時間がないってわかってるのに。

私は葛城さんをサポートする立場なのに、自分の気持ちを優先させるようなこと言ったりして……。

仙道さんの顔が頭をよぎり、ばつが悪くて仕方ない。

わざとらしい言い訳も恥ずかしくなって口を閉ざしたら、「ダメだな」と返される。

迷いのない声に、「わかりました」と今度は自然な笑顔を浮かべた、次の瞬間。

「そんな顔、説得力ない」

短く呟いた彼に左腕を引かれる。

「えっ」と驚きを含んだ吐息は、柔らかい唇にさらわれてしまった。

どうして？

戸惑う気持ちごと絡め取るようなキスは、角度を変えるたびに深みを増していく。

強引なのは最初だけで、私の気持ちを落ち着けるように優しく髪を撫でながら、ゆっくり高みにのぼるような甘いキスに体の力が抜けてしまう。

でも、やっぱりダメ。

だって、こんなことをしてる時間、葛城さんにはないんだから……。

甘い刺激に酔いしれる前に、重なりあう胸の間に手を入れて押し返そうとする。

でも、そうはさせないと言うように長い足が膝を割り入り、下唇を甘く噛まれた。

出し抜けのそれにぞわりと背筋があわ立ち、甘い吐息が漏れてしまう。

やだっ、聞かれちゃったかな？

恥ずかしさにそろりと薄目を開くと、熱くなった頬に優しく手を添えられた。

「だから、そんな顔で煽られると『少し』じゃ済まなくなるんだけど？」

ええ、ダメって言ったのは、そっちの意味⁉

意地悪な囁きに心でツッコみ、体の奥はキュンッと疼く。

あぁ。だから、ダメだってば、私‼

「ダッ……ダメ、ですよっ！　これ以上は」

言っておきながら『これ以上』の先を想像して顔が熱くなる。

妙に色気を放つ瞳から逃れるように目を泳がすと、意外すぎる言葉が頬を過ぎていった。

「今から行けって言うのか？　明日の約束なのに」

「へっ？　えっ。明日、ですか？」

「そう。……ったく、人の話は最後まで聞けって、仕事でも言ってるよな？」

「すっ、すみません」

「そそっかしいし、抜けてるんだよな、藤川は。まぁ、そんな顔してるけど」

口角を少しだけ引き上げた意地悪な笑みに、少し前の私だったらきっと新たな呪いをかけてやるところなのに。

あぁ、葛城さんが帰ってきたんだなぁ。

なんて、胸がホクホクしちゃうなんて、かなり重症だと思う。

でも、この一週間がどれだけ長くて、指折り数えて待っていたことか。

せめて声だけでも聞きたくて、電話をかけたい思いを留めるのに必死だったことを葛城さんは知らない。

いつの間に、こんなに好きになっていたのかな？

そんなことを思いながら、葛城さんとしばし見つめあうと、思わぬ場所での再会から言い忘れた言葉がするりと零れ落ちた。

「葛城さん、おかえりなさい」

今さらすぎる言葉に彼は目を丸くし、少し困ったような笑みを浮かべてから、一度離した私の背中を抱き寄せる。首筋に顔をうずめた彼が囁いた。

「だから、そんなに煽るな。この一週間、顔を見て言いたかったことが……言えなくなるだろ？」

照れくさそうな声になにか返したいのに、胸がいっぱいで言葉にならない。

ただ「葛城さん」と声を震わすと、彼の長い指先が私の頭を引き寄せ、そっと唇を触れあわせた。

重ねるたびに新しい想いが積もるようなキス。

柔らかく啄《ついば》みながら幾度となく繰り返したあと、優しい瞳が私だけを見つめた。

「藤川。俺は……」

真剣な眼差しに心臓を高鳴らせて続きの言葉を待っていたら、葛城さんはチッと舌打ちをした。

甘い雰囲気を一瞬で消し去った彼に、「どうしましたか?」とおそるおそる聞いてみる。

すると、ふたりしかいないはずのリビングのドアがわずかに開いた。

「あっ、わりぃっ!」と黒髪をワックスで無造作に流した男性が、ひょいとドアの向こうから顔を覗かせる。

そして彼は白い歯を見せる爽やかな笑顔を私に向けたあと、パタンッとドアを静かに閉めた。

シンッと静まり返るリビングに、バタバタと廊下を走る音が聞こえて、「おいっ、ちょっと待て!」と葛城さんは聞いたことのない怒声を上げながら、ものすごい速さでリビングを飛び出した。

数分後。L字型のソファにふんぞり返る葛城さんの隣で、「邪魔しちゃって悪かったねぇ」と楽しげな声が弾む。

約束もなく現れた男性は、葛城さんに誘われて行った、いや、騙されて女除けにされたともいう結婚パーティーで、新郎の席に座っていた、館山和希《かずき》さん。

類は友を呼ぶというか。

色黒で目鼻立ちのはっきりした顔は、高級ホストクラブのナンバーワンって感じだけれど、彼もまた出世街道ドイツ支社勤務のエリートらしい。

そして館山さんと私の間には、これまた意外な人物がいた。

「それにしても和希。お前っ、松田課長まで呼び出してっ」

「いや、違うんだよ。館山くんの結婚パーティーに出られなかったからね。まだ日本にいるっていうし、僕のほうから誘ったんだ」

「そう……なんですか？」

のんびりした癒し系の口調に、館山さんに噛みつこうとした葛城さんの勢いが一瞬で弱まる。

松田課長のゆるキャラ、いや、癒しオーラは葛城さんの毒にも有効なのか。

彼を一瞬で手懐けた手腕に心で拍手を送りながら、チラリと隣の松田課長へ視線を流した。

そういえば、葛城さんと松田課長の関係って？

再送別会のときはお酒も入ってしまい、詳しく聞けずじまいだった〝ふたりの関係〟が改めて気になる。

松田課長は異動が多かったみたいだし、面倒見のいい人柄で慕っている人もたくさんいるんだろうけど。ふたりの間に流れる空気が、ただの上司と部下というわけではなさそうなんだよね。

そんなことを考えながら、松田課長の手土産《てみやげ》の高級ワインを四人で味わっていたら、まもなく終電という時間になってしまった。

そろそろ帰ろうかな？

チラッと葛城さんに視線を流すと、「そういえば。お前、なんでっ」と、ほろ酔い気味の彼が館山さんに食ってかかっていた。

「まだ日本にいるのかって？　それはさー、新妻をドイツに連れてく準備がいろいろ大変なわけでさぁー」

「そうじゃなくて！　さっきはうまい具合に流されたけどっ。なんで、合鍵持ってたんだよっ」

「さぁ。なんでだろう？　気がついたら合鍵が俺のポケットに入ってたんだよなぁー」

「ふざけんな、返せ。そして、さっさと消え失せろ」

ひらひらと掲げた合鍵を葛城さんに奪われた館山さんは、反省の色も見せずになにやら意味深な笑みを私に向けてきた。

えっ。なんだろう、今のは？

「わかった。じゃあ今日は、そろそろ帰るわー」

「あぁ。そうしてくれ」

「お詫びに、彼女は俺が送ってくよ」

「は？」

間の抜けた声は私、ではなく葛城さんのもので。

「いや、いい……。お詫びとか、いらない」

努めて冷静な声を出しているつもりでも、彼らしくない長い間と引きつった頬は隠せない。

館山さんはそんな彼を見透かしたようにニヤリと笑ってから、私に近づきこんな耳打ちをしてきた。

「帰りに、会社では見られない優生のこと、教えてあげる。どう？」

魅力的な提案に館山さんを振り返る。

「おい。今、なにをっ」

「別にぃ。……ってか、お詫びってのは、お前にじゃなくて。カ・ノ・ジョ・に。だから！」

一枚上手《うわて》な館山さんに、葛城さんは悔しげに舌打ちをした。

初めて見るそれは、いつも私がやられている光景そのもので。

うわっ、面白い！　葛城さんには申し訳ないけど、楽しすぎる‼

だって、こんなに動揺する葛城さんを見るのは初めてだし。それにしても、いったいどんな弱みを握られてるの？

コホンッと咳ばらいするふりをして、ゆるゆるに緩まった口元を隠すと、ソファに座る私に手が差し出された。

「それじゃあ、行こうか」

爽やかな笑顔で丁寧に腰を折ったのは館山さんで、それを押し退けるように葛城さんが前に出た。

「藤川、断れ。俺が送ってくからっ」

ふたりっきりの時間も悪くない。でも今日は……。

「いいえ。葛城さんも出張帰りでお疲れでしょうから。今日は館山さんに送ってもらいます」

しれっと返したら、葛城さんは目を見開いて絶句する。そんな彼をその場に残し、三人で帰ることにした。


ふて腐れてしまった葛城さんに悪いなぁと思いながら、マンションの前で松田課長が呼んでくれたタクシーに三人で乗り込む。

窓から流れ込む夜風が、ワインで火照った頬を冷やしてくれた。

館山さんの提案があまりにも魅力的だったから、葛城さんを裏切っちゃったんだけど。ちょっと悪かったかなぁ。

でも、館山さんは葛城さんをからかい疲れたのか、タクシーの助手席に乗り込んですぐに眠りに就いてしまった。

松田課長と並んで座る後部座席で、葛城さんのぶっちゃけ裏話を聞けなくて残念だなぁと思っていたら、「そういえば」と、のんびりした声が耳に届く。

「藤川さんは、葛城くんと特別な関係なんだよね？」

「はい……。えっ！　いえ。いや、どっ、どうなんでしょう」

松田課長からダダ漏れる癒しオーラに流され、うっかり肯定してしまいそうになる。

慌てて言葉を濁したら、小さく笑われた。

「いいよ、そんなに慌てなくても。藤川さんの気持ちは、見てたら簡単にわかったし」

私ったら、そんなにわかりやすいですか……。

「そういえば、葛城さんにも『バカ正直に生きられて羨ましい』とかよく言われちゃってます」

「ははっ、それはひどい。葛城くんも容赦ないね」

「ですよねー。でも、一見冷たいと思う言葉でも、その裏にはちゃんと意味があることばかりで……」

だから好きになったのかなって思う。

さすがに恥ずかしくて口には出せない想いを、松田課長は見透かしたように柔らかく笑う。

「そうだね。彼は昔から、誰よりも言葉には責任を持つところがあったから。僕もね、信頼してるんだ」

それからしばらく、松田課長がいなくなったあとの社内の様子を聞かれて、ふと会話が途切れたとき。微かなエンジン音に紛れた呟きが聞こえた。

「バカ正直に生きられて羨ましい、か。本音だったりするのかもなぁ」

静かな声に「えっ？」と問い返すと、松田課長はぎこちない笑顔を浮かべる。

「もしかしてそれって、葛城さんが会長のお孫さんってことと関係ありますか？」

気になっていたことを聞いたら、「そっか」と松田課長は小さく呟いた。

「葛城くんから聞いたんだよね？　やっぱり藤川さんは、彼にとって特別ってことなんだなぁ」

「えっ。特別って、そんなことないと思いますけど」

「社内でも知られてない話だからね。やっぱりそういうことなのかなって思うよ？」

松田課長はからかうような口調で場の雰囲気を和ませようとする。でも、一瞬見せた悲しげな瞳はごまかせない。

私が立ち入っていい問題じゃないよね。誰にだって踏み込んでほしくない領域があるのに……。

葛城さんに近づけた嬉しさから、彼をもっと知りたいと欲深くなった自分が心底嫌になる。

話題を変えようと口を開きかけると、松田課長はいつもの柔らかい笑顔で、私が知らない葛城さんの過去を教えてくれた。

「社長が会長の娘の婿養子っていうのは、社内で知られてる話だけど。実は会長にはもうひとり子供がいてね、それが優生の父親なんだ」

葛城さんの父親と親しかったという松田課長の話によると、会長が自分の後継者に考えていた葛城さんの父親は、会長の経営方針に反発して会社を辞め、勘当のような形で瀬戸の家も出ていってしまったという。

そして、葛城さんが幼い頃にその父親が他界し、仕事に復帰して家を留守にすることが多かった母親の代わりに、彼の面倒を見ていたのが、松田課長と奥さんだったらしい。

「まだまだ母親に甘えたい時期だろうに。文句ひとつ言わず、仕事に行く母親を見送る優生をね、大人びたしっかりした子だと思ってたんだけどね」

そこで言葉を止めた松田課長は息をつく。トーンの落ちた声で話は続いた。

「いつだったか、優生が僕の家に遊びに来たことがあって。手を洗うこともなく、『お昼寝する』って言って、ごろんと横になっちゃってね」

その様子になにかを感じた松田課長が葛城さんの様子を窺うと、安らかな寝息が聞こえてきたらしい。

気のせいだったのかとホッと息をつき、用意した布団を彼の背中にかけたところで、小さな掌《てのひら》に複数の傷があることに気づいた。

〝いじめ〟という言葉が頭をよぎる。でもそれは、すぐに違うとわかった。

「優生が自分でつけた爪痕だった。大人の事情をわかってたんじゃなかった。わかろうと必死で、泣きわめきたい気持ちを抑えて、親指を強く握りしめてできた爪痕だったんだ。父親が急に亡くなって母親ともなかなか会えない生活に、心がついていかなかったんだろうね」

そこで言葉を止めた松田課長の横顔が、対向車のライトで照らされる。

暗い陰を含ませた瞳に胸がギュッと締めつけられた。

「情けなかったよ。気づくチャンスはあったはずなのに。あの子とちゃんと……正面から向きあえてなかった自分に」

松田課長と顔を合わせるたびに新しくできていた爪痕は、自分の思いを押し殺した葛城さんの強さ、痛みの深さを表していた。

それからしばらくして、母親の仕事の都合で日本を離れた葛城さんは、学生時代の大半を海外で生活したという。

「優生は父親譲りで賢い子とは思っていたけど、海外の名門大学を卒業してね。そのあとは自動車業界と離れた仕事に就いたから、数年前に突然転職してきたときは驚いたなぁ。でも、優生の今のポジションや、会長の孫というのが社内で伏せられてることを考えると、転職は会長の願いだったのかもしれないね」

松田課長の苦笑いに、そうなのかもと思う。

会長にもうひとり孫がいたなんて話は、派閥争いに積極的な重役たちが喜びそうなネタだから、社内で伏せられているのは会長が気を遣ったからだと思った。

そこまで話した松田課長は、最後にこんな願いを私に託した。

「優生は不器用な性格だからね。今でも目に見えない傷を心の奥底に作ってるんじゃないか、ってときどき心配になるんだ。だからもしこの先、彼ひとりでは耐えきれない傷を負ったときには、支えになってあげてほしい」

真摯な瞳に小さく頷くと、柔和な笑顔を返される。

松田課長、葛城さんのこと、本当の子供みたいに大事なんだな……。

ふたりの間に感じた空気の正体を知って、心が穏やかになった。


葛城さんの過去を聞いた夜から数日経った、金曜日。

今日もまた仕事帰りに葛城さんに誘われ、彼のマンションで私が作った夕飯をふたりで食べ終えたところで、彼はポツリと言った。

「そういえば。あの日、どうだった？」

そこで視線を流した彼を見て、きっとあのことだ、と心でにんまり笑う。

「なにがでしょう？」

「和希は俺のこと、なにか言ってたか？」

「あの毒舌は百回死んでも治らない」

「なに！」

「私ではなく、館山さんが」

噛みつきそうな勢いにわざと仕事モードな口調で返すと、葛城さんは眉間に皺を寄せて箸を置く。それを見て、『勝った』と心でガッツポーズ。

我ながら性格悪いよなぁと思いながら、緩みっぱなしの頬を手で覆った。

あの日、館山さんは私がタクシーを降りるまで爆睡していたし。

葛城さんが話されて困るような恥ずかしエピソードは、結局教えてもらえなかったんだけどな。

館山さんになにかを暴露されたと感じたのか、それからしばらく葛城さんの顔は不機嫌なままだったけれど、「ごちそうさま。おいしかった」と、今日も言ってくれた。

葛城さんのさりげないひとことって、ちょっと、いや、すごく嬉しかったりする。

仕事でも頼まれ事を済ませると、「ありがとう」のあとに嬉しいひとことを添えてくれる。

それは「早くて助かった」とか、「資料わかりやすかった」だとか。

彼らしく短くまとめた感謝の気持ちなんだろうけど、そういった気遣いを嬉しく思うのは私だけではないよね。

気持ちよく働きやすい環境は仕事の効率を上げることにも繋がるから、そういった意味でも葛城さんは仕事ができる上司なんだよね。でも、そろそろ機嫌を直してくれないかなぁ。

ふて腐れモード全開でソファに体を預ける彼に近づき、「食後の飲み物、葛城さんはお茶ですよね?」と声をかけると、目線だけチラリとこちらに動いた。

それは、『YES』ってことだよね?

予想が当たったといっても、ここには緑茶とコーヒーしかないみたいだし。

彼が食後に緑茶を好んで飲むことは、何度かランチをごちそうになって知っていた。

お湯を沸かしてお茶を淹れた湯飲みを渡すと、立ちのぼる柔らかい湯気が不機嫌な葛城さんの表情を和らげてくれる。

実はこれが、最近の楽しみだったりするんだよね。

仕事中は隙のない彼が、緑茶を楽しむ時間だけは幸せそうな顔を垣間見せる。

だからふたりで残業をする時にはお茶を淹れて、こっそり葛城さんの顔を見つめながらのブレイクタイム。

それは会社でしか見ることのできない貴重な時間だと思っていたのに、まさかプライベートでもこんな時間ができるなんてね。

私だけが知っている葛城さんの素顔。

ずっと見ていたい。この時間がずっと続いたらいいな……。

無理に会話をしなくても、穏やかな時間が流れていく。

飲み終えたふたり分の湯飲みをキッチンへ運ぼうとすると、「俺が洗う」とお盆を奪われてしまった。

さっきの不機嫌もどこへやら、鼻歌交じりに湯飲みを洗い始めた葛城さん。

大好きな緑茶を飲めてご機嫌ですか？　お茶の名産地静岡出身の私としては嬉しいですけどね。

意外と単純だった彼を見て、かわいいところもあるんだな、と思っていると、湯飲みを洗い終えた彼がソファに座る私の隣に戻ってきた。

そうだ、〝あのこと〟を注意しておかないと。

不機嫌オーラを纏っていた彼に、言えなかったことを切り出してみる。

「それはそうと葛城さん。なんでもかんでもマヨネーズって、体によくないですよ？」

そうそう。この前から気になっていたこと。

食材のない冷蔵庫に存在感を放つ大量マヨネーズは、先週見たときより一本増えて四本になっていた。

この前は、『クールな見た目に似合わずマヨラーなの？』なんて、ほくそ笑んでたんだけど。さすがに四本は笑えないって。もはや中毒でしょうよ……。

呆れる気持ち半分で注意したら、まさかの言葉が返される。

「俺を味覚音痴のマヨラーみたいに言うな。それは和希に言ってやれ」

「え？　ということは……」

どうやらマヨラーは、『日本滞在中はここが俺の城！』と楽しげに笑っていた館山さんのものだったらしい。

「そうだったんですね。でも、三食外食っていうのも、やっぱり体に悪いですよ」

「だから、藤川に来てもらった」

「私だって毎日来られるわけじゃないですし。せめて焼き魚とお味噌汁だけでも作れたら、それだけでも全然違うと思いますよ？」

提案しながらも、祭りのとき水ヨーヨーに苦戦していた葛城さんの不器用っぷりを思い出すと、やっぱり無理かなぁと考え直す。

でも仕事はどこまでもスマートで、射的はプロ並なんだよね。葛城さんという人がやっぱりわからないなぁ。

苦笑いを浮かべていたら、ソファに座る葛城さんの足が私のほうへ組み返され、わずかに空いていた距離が縮まる。

「心配？」

一瞬で近づいた距離にドクンと胸が震え、向けられる瞳の柔らかさを直視できない。

「それは、まぁ。はい……」と自分の膝を見つめながら、曖昧に答えるのが精いっぱいなのに。

「だったら、今日から三食な」

緊張で痺れた頭に、一週間前と同じセリフが流れ込んだ。

「それ、この前も……。からかわないでください」

恨めしく訴えると、意地悪な笑みを返される。

「無理。俺のストレス解消法だから」

迷いもなく返され、わざとらしいため息をついてやった。

「葛城さんは、ずるいです。いつもそうやって、私ばっかり……」

ドキドキしてバカみたい。

さっきから落ち着きのない鼓動が悔しくて、負けを認めてしまう言葉を呑み込む。

すると、柔らかい声が静寂に溶けていった。

「私ばっかりって、本当にそう思ってるのか？」

顔を上げた先にある照れたような瞳に、愛《いと》しさが積もっていく。

もしかして、葛城さんも？

私の心の呟きが聞こえたように彼は笑った。

「やっと目を逸らさなくなったな。近づくとすぐに逃げるからな、藤川は」

「それは、だって……」

なにか言い返そうとする。

だけど、優しい色を含んだ瞳に吸い寄せられて声にもならない。

せめてもの抵抗とばかりに顔を背けようとしたら、熱い吐息が頬に触れた。

「そうやって困った顔して逃げようとする。だけど、もう無理だ」

そこで言葉を止めた彼を見つめると、胸を大きく震わせる声が届いた。

「好きだ」

至近距離にある真剣な眼差しに目頭が熱くなると、優しく肩を抱かれた。

「やっと言えたな」

照れくさそうな声に胸が痛いくらいに震えて、想いが溢れそうになる。

求めるように広い背中に手を回すと、抱きあいながらソファに倒れ込んだ。

ソファの上でキスを重ねて、甘い痺れに酔いしれそうになるとまた引き離される。

「場所、変える？」

色気を纏った囁きに、心臓がどうにかなってしまいそう。

小さく頷き返したら体ごと抱き上げられた。それはいわゆるお姫様抱っこというもので、嬉しいけれどなんだか恥ずかしい。

痩身に見えるのに筋力はあるようで軽々と抱き上げられ、そのギャップにもドキドキしていたら、照明の落ちた室内に辿り着いた。

ふわりとお尻が沈んでいく感覚に、そこがベッドの上だとわかる。

緊張が走った体を葛城さんは優しく抱きしめてくれて、気持ちが落ち着くまで髪を撫でてくれた。

暗闇で表情もよくわからないはずなのに。どうしてわかっちゃうんだろう……。

優しい気遣いに愛しさが積もり、自然と力が抜けた体が倒される。

首筋をゆっくり伝い落ちる唇に、胸を柔らかくほぐすような手つきに、思考も体も溶かされてしまう。

身に着けているものがひとつずつ奪われ、素肌を這《は》う唇が時折、執拗《しつよう》に甘い刺激を落としていく。

長い時間をかけた愛撫《あいぶ》に体が小刻みに震え出し、のぼりつめていく。

彼の手を思わず掴むと、窓から射し込む月の光が葛城さんの頬を明るく照らした。

「愛……」

そんなにも優しく呼ばれたら、自分の名前さえ愛おしくなる。

スッと力が抜けるのと同時に、体の芯まで突かれた快感に身を委ねていった。

絶頂に達したあと、腰を打ちつけた彼が息を吐きながらゆっくり体を倒してきた。

重なりあう肌の感触が心地いいな。

葛城さんは快感に溺れそうになるときでも、ひとりよがりにならずに優しく抱いてくれたから、一度高みにのぼったあとも時間をかけて彼を受け入れる準備を整え、長い時間をかけて何度も抱きあった。

髪に、頬に、唇に――。

愛しさが伝わるような優しいキスを落とされると、言葉になんかしなくても想いは通じているのだと思える。

温かい腕に包まれながら意識が遠のいていった。

ふたりで寝るには充分なサイズのダブルベッドで迎えた朝。

紫外線の強そうな光に薄目を開くと、至近距離にある瞳が意地悪に細まる。

「そろそろ離してくれないと困るんだけど？」

朝一番の訴えに、「え？」と首を傾げる。肌触りのいい毛布の下で絡みあった指先をギュッと握り返され、慌てて指をほどいた。

「ごめんなさい！」

私ったら、葛城さんの手を握りながら寝ちゃってたの⁉

寝起きとは違う涼しげな瞳に、葛城さんが私よりもずっと早くに目を覚ましていたことがわかる。

「そうですよね、困りますよね。喉も渇くし、トッ、トイレとか……」

あぁ。目覚めの一番にトイレとか言っちゃって、お色気ゼロで恥ずかしい。

でもそんなことより、私はどんな体勢でも寝られちゃうタイプだから平気だけど、葛城さんは手が固定されて寝づらかったに違いない。

「私っ、お水持ってきます！」

そう言って体を起こそうとしたら、左手が強く引かれる。

不意打ちのそれに固まった体ごと優しく抱きしめられた。

「そう、困った。こうすることもできなかったからな」

耳たぶに触れる甘い囁きに、トクンッと心臓がもう何度目かわからない幸せな音を響かせる。

長時間絡みあった指先が私の頭を引き寄せ、コツンッとぶつかりあう額。

「熱っぽいな」

「それはっ、そう……ですよ」

葛城さんが朝からドキドキさせるから……。

そんなことは恥ずかしくてとても言えないでいたら、「昨日あんなに愛しあったのに、まだ足りない？」と柔らかく口づけされる。

そのまま下唇を甘く噛まれたら、深いキスへ変わる合図。

挑発的な囁きが意地悪だなぁって思うのに、一度触れてしまった唇は受け入れるように開いてしまう。

求めあうようにキスを重ねて、息継ぎにそっと瞳を開く。

「これから、どうする？」

瞳の色がわかるほどの距離に、心臓がうるさい音を刻むというのに。

「このまま抱いていい？」

唇を触れあわせながらの甘いヴォイスに、心臓もそろそろ限界かも、と思う。

熱に浮かされたようにポーッとした頭で頷くと、ひと晩で私を知りつくした指先が彼に借りたTシャツの下を滑り出す。

柔らかい手つきに体がすぐに酔いしれ、「はぁっ」と荒く乱れ始めた吐息をごまかすように問いかけた。

「葛城さんはっ……どうして私のこと、好きになってくれたんですか？」

そう、ずっと不思議に思っていた。

どうして、葛城さんみたいな素敵な人が私なんかのことをって。

こんなこと聞くのも恥ずかしかったけど、ポロリと出ちゃった言葉だ。

動きを止めた彼を見つめ返すと、ボソッと呟かれた。

「朝っぱらから、バカップル、か」

呆れたような瞳に、「うっ」と息を詰まらせる。

カップルという響きにキュンッときちゃった胸も、相当痛いと思うけど。

「ダメ、ですか？」

上から組み敷く彼にチラリと視線を送ると、いつになく真剣な声で切り出された。

「理由なら、ちゃんとある」

そこで、なにか迷いを吐き出すように息をついた唇が動きかけた、そのとき。

ベッドサイドのテーブルから、なにかの振動音が響いた。

規則的な振動の正体は私のスマホのバイブ音で、寝る前にメールをチェックしてそこに置いたままだった。

あぁ、こんなときに！　なんで、電源を切っておかなかったかなぁ、私‼

変な誤解をされるのも嫌だから、少し捲《まく》れたTシャツの裾を直し、のろのろと体を起こしてスマホを手に取る。

メールの差出人の欄には、【藤川浩志《ひろし》】と父の名前があった。

「やっぱりね。あっ、父からの誕生日カウントダウンメールでした」

「カウントダウン？」

ベッドから上半身を起こした葛城さんが、不思議そうに首を傾ける。

「ええ。毎年九十日前から始まって、早朝だったり、深夜だったり、これがまた少々迷惑な話で。この前、時間を決めてくれってお願いしたら、ぴったり九時に送られてくるようになりました。」

なんだろうな。

「ふざけたところがある父で、恥ずかしいんですけどね……」

「そうか」

でも、お父さんがこんなことを始めたのは、〝あのこと〟を今でも気にしてるから

心で呟くと、目が腫《は》れるほど涙を流した幼き日の出来事が、脳裏に蘇った。

あの日、いろんなことがあって家を飛び出した私は、たったひとりで山奥にある絶景スポットまで足を運んだ。

まだ一度も見たことのない流れ星に、ある願い事をするために。

でも一瞬で流れてしまった眩い光に、願い事なんてできるわけがない。

泣きじゃくっていた私に声をかけてくれたのが、瑞樹だった。

『僕が覚えててあげる。だから泣かないで？』

差し出された手の温かさに、止まったはずの涙がまた頬を伝い、嬉しくても涙が出ることを初めて知った。

この一度きりの出会いが初恋だと気づいたのは、いつだったろう？

もう一度会いたくて、でも会えなくて。

大人になって再会した彼は、あのときの会話をよく覚えてないと言っていたけれど、彼との出会いを運命だと思った。

『実は俺、ずっとやりたいことがあってさ』

夢を語る瑞樹に、もう一度恋に落ちて。

彼の夢が、自らがデザインした車を世に出すことだと知ったときには、本当に嬉しかった。

瑞樹と別れてふたりの関係は変わってしまったし、彼の夢があの頃と変わっていたとしても、その夢が叶うといい。

つい最近まで、こんなふうに瑞樹を思いやる心の余裕はなかった気がする。

葛城さんに出会うまでは、完全に吹っ切れてなかったのかもしれないな……。

だから今、穏やかな心で彼の幸せを願えるようになれたことを嬉しく思った。


思いを馳せていたのは、ほんの数秒。

現実に引き戻す柔らかい笑みが私に向けられた。

「お父さんに、大事にされてるんだな。俺も、大事にしないとな……」

そっと抱かれた肩越しに低い囁きが溶けていく。言いようのない想いで胸が温かくなり、彼に体を預けた。

しばらくベッドで抱きあったあと、簡単な朝食を葛城さんの家で済ませ、歩いて五分ほどの場所にある大型ショッピングモールに行くことにした。

都内最大級の広さを誇るショッピングモールをぶらぶらしてから、朝食が少し遅めだったこともあり、昼を過ぎた時間を狙ってとんかつ屋に入る。

ランチを済ませ、ショッピングモールをしばらく歩くと、全国で数店舗しかない北欧系の雑貨店が目に留まった。

足を止めたところで、「悪い」と断りを入れた葛城さんが小刻みに震動するスマホを耳に押し当てる。

『あそこで待ってますね』と目で合図して雑貨店に足を向けた。

そういえば葛城さん、今日の夜も接待なんだよね。出張から帰ってきたばかりなのに、忙しいんだなぁ。

静かな場所を探すように、足早に立ち去った背中にそんなことを思う。

店内はグリーンやオレンジの落ち着いた色合いの中にも、かわいらしさがある雑貨や食器類が陳列《ちんれつ》されていた。

あっ、これ。かわいい。

思わず手に取ったのは、小さな四つ葉のクローバーがワンポイントの白い陶器製のマグカップ。しばらく眺めていたら、名札を付けた女性店員が笑顔で近づいてきた。

「そちらのクローバーシリーズのカップは、温かい飲み物を入れると、カップの底に文字が浮かぶ特殊加工がされてるんですよ」

「へぇー。面白いですね」

「夫婦やカップルで贈りあったりと人気の商品なんですよ。こちらに詳しく書いてあるので、ぜひご検討ください」

「ありがとうございます」

差し出されたB5サイズのチラシを受け取ると、彼女はレジのほうへ歩いていった。

シンプルなデザインと特殊加工にも惹《ひ》かれるなぁ。どうしよう。

「うーん」と唸り声を上げたところで、「藤川」と背中に声がかかる。電話を終えたらしい葛城さんの顔を見て、「あっ」と思わず声が出た。

「なに？」

「えっと……」

夫婦やカップルで贈りあったりとか言ってたから、どうかなって思ったけど。

葛城さんって、こういうの嫌だったりするかな？

いやいや、それより。カップルって！　昨日の今日で、さっそく彼女面って、それのほうがどうなの？

百面相で慌てていたら、呆れたようにボソッと呟かれた。

「だから、言ったのにな」

「は？」

「さっきのとんかつ屋。藤川は絶対後悔するから、大盛りにしとけって言ったろ」

「べっ、別に。後悔なんててっ！」

ランチで入ったとんかつ屋で、大盛り無料の文字が気になってしまったことを言ってるんだろうけど。

できるわけない。私だけ大盛りを食べるとか……。

だって、定員さんは確実に、大盛りを葛城さんの前に置いちゃうだろうし。それをコソコソ交換する絵なんて想像したくない。

あぁ、なんでこんな胃袋に生まれてきちゃったんだろう！

歴代の彼氏たちの誰よりも巨大な胃袋を、恨めしく思う。

「腹減ってないなら、その珍妙な顔はなんだよ？」

「珍妙な顔は生まれつきですよ……って、違いますよ！ 顔の話でも、大盛りの話でもなくて。このカップかわいいなぁって思って」

「あぁ、いいな。シンプルで」

葛城さんも興味ありげな視線を向ける。

「ですよね！ 文字も入れられるみたいで」

「へぇー」

「好きな文字や名前を入れて贈りあったりするとか、カッ……プルがっ」

流れでカップルと言ってしまい、なんだか恥ずかしい。

目を泳がせたら、低く呟かれた。

「昼っぱらから、バカップル、か」

呆れたように小さくため息までつかれて、返す言葉も出てこない。

まぁね。確かにね。お揃いとか葛城さんのキャラじゃないですよね？ 会社では一応クールな地蔵キャラなわけですし。

「ははっ」と苦笑いを浮かべてマグカップを棚に戻そうとしたら、横から奪われる。

柔らかい瞳が私を見下ろした。

「別に、嫌とか言ってないだろ……」

少し照れたような声に、トクンと服の内側が反応する。

お揃いで買えるなんて嬉しいなって思っていたのに、葛城さんは意地悪く笑った。

「藤川にぴったりな言葉、思いついたし」

「は？」

なんでしょう、その意地悪な響きは？

ものすごーく嫌な予感がして、背筋を変な汗が伝っていくと、彼は楽しげに呟いた。

「トン」

「えっ？」

それって、まさか⁉

「豚」

「えぇ！　嫌ですよっ。やめてください‼」

「なんだよ？　俺が買うんだから、文句ないだろ」

「うぅ……」

「ふたつ買うから、藤川も好きな文字入れていいぞ？」

葛城さんはそう言って、近くにあった買い物かごを手に取り、新しい商品を入れる。

空いている彼の手がスッと私に伸びて、「行くぞ」とそのまま右手を取られた。

「えっ」と驚きながら顔を上げたら、「なに？」と声が返ってくる。

「いえ」

ちょっと意外だったから……。葛城さんって、外では手とか繋がない人だと思ってたし。

絡みあう指先が少しだけ照れくさい。

これって、恋人繋ぎっていうんだっけ？

恋人とかカップルとか、そんな言葉をいちいち気にしてしまう自分は、やっぱり頭に花が咲いているバカップル丸出しなのだと思う。

でも、欲しかったマグカップをお揃いで買えることになったわけだし。結局のところ優しいんだよね、葛城さんは！

本気で〝豚〟文字を入れる気なのかは謎だけど……。

それから会計とカップに入れる文字入れの注文をそれぞれ済ませ、店をあとにする。

ショッピングモールをどこに行くでもなく歩いていると、雑踏から穏やかな声が聞こえてきた。

「この週末は、久々に楽しかった」

不意打ちの優しい響きに、向けられる瞳の柔らかさに、トクンと心臓が跳ね上がる。

「藤川は、そうでもない？」

覗き込まれた瞳が揺れたように見えて、歩みを止めて声を張った。

「そんなことないです！　また、朝まで一緒に過ごしましょう‼」

思わず力が入ってしまい、ハッと息を呑むも遅かった。

まわりからクスクスッと笑い声が漏れる。

しまった！　『朝まで』とかリアルすぎだし‼　しかも催促してるみたいだってば。

驚いたように目を見開いていた葛城さんも、周囲の視線に我に返る。数秒前の甘ったるさを消し去った鋭い瞳で睨まれた。

「すっ、すみません！」

あぁ。穴があったら入りたい。むしろ掘ってでも、埋めてください……。

近くを歩く小さな女の子が、「朝までってなぁに？」と母親らしき女性に聞いているのが見える。

そちらにも頭を下げたくなると、葛城さんは私の手を強く引いて歩き出した。

「怒ってます、よね？」

しばらく歩いたところで無言の圧力に耐えきれず聞いてみたら、「ふぅっ」と短く息を吐かれた。

「怒ってない。藤川のやらかしぶりには職場で免疫できたしな」

やらかしぶりって……。

なんて耳が痛い言葉。でも、今だけは否定できませんよ。

「ははっ」と苦笑いを返したら、葛城さんはホッとしたように表情を和らげる。

「否定されなくて、よかったよ」

小馬鹿にされながらも、何気ないひとことがたまらなく嬉しい。

見つめあって笑いあえる。

こんな時間がなによりも愛しく思えて、絡みあう指先に少しだけ力を入れる。

指先から伝わる温もりに、松田課長から託された願いが頭をよぎった。

『もしこの先、彼ひとりでは耐えきれない傷を負ったときには、支えになってあげてほしい』

葛城さんの下で働くようになって、私も感じたことがある。

彼に与えられたポジションと、水面下で社内改革を推し進めることに対する嫉妬や煙たがる空気。

松田課長に託されはしたけれど、私たちはまだ始まったばかりで、葛城さんが望んでいるかもわからない。

だけど、目に見えない負の感情を受けている彼が、心から安らげる偽りのない場所を私が作ってあげられたら。

もしこの先、耐えきれない傷を彼が負うことがあるのなら、その痛みも受け止めて癒せるような存在になりたい。

強く願いながら指先に力を込めると、優しく握り返された。

第七章　それぞれの気持ち

平年より少し遅く梅雨明けが発表された、七月下旬。

私が経営統括室の臨時社員となって、一ヵ月と少しの時が流れていた。

会社の昼休み。女子トイレの一角にあるパウダールームで化粧直しをしていたら、首筋にうっすらと不自然な痕があることに気づいた。

これたぶん、いや、間違いなく葛城さんだよね。

ショッピングモールでの悲劇『朝まで一緒に過ごしましょう』オープン宣言以来、彼と何度か朝まで過ごして、残業で帰りが遅くなった昨夜も彼のマンションに泊めてもらった。

誰にも気づかれないようにしなくっちゃ。

キスマークを襟で隠し、女子トイレをあとにした。

今日のランチは、久々に愛美と待ちあわせをしていた。

会社近くのカフェでメニューを眺めていると、テーブルに影が差す。

顔を上げたら、愛美が息を切らせて立っていた。

「ごめんねっ、ちょっと遅れちゃった」

「全然だよ。急に誘っちゃって、大丈夫だった？」

「こっちこそ、全ー然っ。私は婚約して仕事も辞めちゃったし。毎日が日曜みたいなもんだから」

　ふたりでハンバーグランチを注文し、愛美が氷入りの水をひと口飲んでから話を切り出す。

「それって、禁断のオフィスラブってやつ？　なんかエッチね」

『上司と付きあい始めたんだ』と声をひそめたら、そんな言葉を返された。

「やだっ、会社ではそういうことしないから」

「ふふっ。顔赤いし！　昨日の夜あたり〝そういうこと〟してたとか」

　どうして、美人っていうのは勘が鋭いのか。

　痛いところを突かれて、「ははっ」と苦笑いを返す。

　臨時とはいえ、上司である葛城さんとの禁断のオフィスラブ。

　あっ、本当だ。言葉にすると、ちょっとエッチな響きだ……。

　オフィスラブ経験のない愛美は、私の話に興味津々といった感じだった。

社内恋愛は禁止されてないとはいえ、葛城さんが直属の上司である今、オフィシャルにしていいものかと悩む気持ちがあって、愛美を呼び出した。

電話で少しだけ打ち明けたら、『三年ぶりの愛の恋バナ、会って詳しく聞きたいな』と言われて、今のランチに至る。

「でも羨ましいなぁ。私なんて親が持ってきたお見合いで婚約したじゃない？　だからそういうドラマみたいな恋に憧れちゃうのよねぇ。あっ、すみません！」

愛美は会話を切るように、すぐそばを通りかかった店員に声をかける。まだ半分も食べ終えてないランチプレートを下げさせた。

「愛美、食欲ないの？」

「えっ？　あー、ちょっとね。朝ご飯食べたのが遅かったから」

「そっか、ごめんね。私の予定に合わせちゃったから」

「あぁ、もう！　愛はすぐそうやって気にするんだから。気遣い屋さんは疲れちゃうよ？」

愛美はおどけるように言うとテーブルから身を乗り出し、向かいあって座る私の額を軽く弾いた。

自分のことよりもまず相手を気遣う優しさに、私が昔、彼女につけてしまった古傷を思い出す。

何度頭を下げても謝りきれない〝あの出来事〟を思うと、傷を負わせたのは私なのに胸が痛んだ。

「愛美は、昔からそういうところ、全然変わらないよね……」

「ええ、なにそれ？」

私の心を見透かしたのか、愛美は困ったように微笑んだ。


結局、一時間という短くもない昼休みは、私の恋バナで終わってしまった。

会計を済ませて店を出ると、愛美が風に吹かれて頬にかかった髪を耳にかける。

腰まである黒髪をふわりと揺らす仕草は、シャンプーのＣＭモデルのように様になっていた。

「あれ、愛美？」

なにかが気になって声をかける。

「ん？」

「あっ、ううん。なんでもない」

自分で言ったくせに、違和感の正体がわからない。

「えぇ～、なによぉ。言いかけてやめるなんて、気になるじゃない」

「ごめんごめん！　でも本当に、なにを言おうとしたのか、わかんなくなっちゃって」

「なにそれぇ」

不満げに頬を膨らませる愛美に、「ごめんね」ともう一度謝ってから、首をひねる。

なにが気になったんだろう？

実家にいた頃、よく父が出かけたと思ったら戻ってきて、『忘れ物がなんだったのか、忘れちまったぞ、コノヤロー‼』と弟を巻き込んで暴れていたのを思い出す。

あぁ。今なら、お父さんの気持ちがよくわかるよ。言葉にしようとしたら忘れちゃうのって、こんなにも背中がむずがゆいものだったんだなぁ。

「もうっ！　そんなこと言うなら、愛の恋人に会いに行っちゃうんだから」

「えぇ⁉　ちょっと待ってよ、愛美‼」

愛美が、そびえ立つ自社ビルに向かってスタスタと歩き出す。

うわっ、会社でご対面とか、全社員にバレちゃうし！

慌てて駆け寄り、私よりも数センチ高い彼女の肩を掴むと、私たちがいる場所とは反対方向から、会社に向かって歩く葛城さんの姿がちょうど視界に入った。

いきなり親友に紹介とかドン引きかもしれないけど、人で溢れるロビーで話すよりいいよね。

私の制止を無視して歩き続ける愛美に、「付きあってる彼は、あの人だよ」と葛城さんを指差す。私たちに気づかず早足で歩く彼を、「葛城さん」と呼び止めた。

「藤川？」

どこから話しかけられたのかわからない様子の葛城さんが、ぐるっとあたりを見渡してから近づいてきた。

「ずいぶんのんびりしてるけど。午後の会議の資料は用意できてるのか？」

「はい。バッチリです！」

愛美の前だし、ちょっとかっこつけてみる。

「自信満々な藤川のバッチリは、いまいち当てにならない」

いつもの調子でバッサリ返されてしまった。

親友の前でそれはないって……あれ？

「愛美、どうかした？」

あんなに会う気満々だったのに、愛美はこちらに歩み寄ってきた葛城さんを避けるように背を向けていて、そっと肩に手を置くと微かな震えまで伝わってきた。

気のせいか顔も青白く見える。

「具合でも、悪い？」

呼びかけに反応せず、俯いたままの顔を覗き込む。駆け寄ってきた葛城さんも身を屈《かが》めて彼女の顔を覗き込んだ。

ふたりの視線が交錯し、互いに表情を硬くするのがわかった。

「私っ、帰るね！」

突然走り出した愛美に、「えっ、愛美⁉」と思わず声が大きくなる。

それは近くを歩いていた人を振り返らせるほどのものだったのに、彼女の足は止まらず、背中はどんどん小さくなっていく。

その間も、葛城さんの瞳はまっすぐ愛美に向けられていた。

「あのっ。さっきの彼女、私の親友なんですけど。もしかして、葛城さんとお知りあいでしたか？」

角を曲がった後ろ姿が視界から消えたあとも、微動だにしない葛城さんにおずおずと聞いてみる。

初めて見るどこかうつろな瞳に、ドクンッと心臓が脈を打つ。

強い横風が葛城さんの黒髪を揺らし、風に乗った静かな声が届いた。

「……藤川には、関係ない」

硬質な声色が頭の芯まで届く。

一瞬見えた彼の歪んだ顔に、穏やかな水面に鉛が落とされたかのように不安が広がっていった。

「そう……ですか。でもっ」

続けようとした言葉も、葛城さんは遮るように歩き出してしまう。

そんな彼の態度に、ただただ呆然と動けないでいると、「藤川さん」と背中に声がかけられる。

振り返った先には、数日前にドイツから一時帰国した仙道さんがいた。

「あのっ、今っ……友達と私がいて、それでっ、葛城さんが知りあいだったみたいで」

声にするとひどく支離滅裂で、自分で思っているよりも動揺していると気づかされる。すがるような私に、「ええ。そうね」と彼女は綺麗にマスカラが塗られた長いまつげを伏せた。

「もしかして仙道さんも、愛美のこと知ってるんですか？　ふたりはどういう――」

「ごめんなさい。私からはなにも言えない」

遠慮がちに返されてしまい、彼女からそれ以上聞き出すことは無理だと思った。

遠ざかる葛城さんの背中を見つめながら、右手をギュッと握りしめることしかできなかった。

それからの数日。葛城さんと愛美の間に流れていた不穏な空気の意味を聞こうと、彼女に何度か電話をしてみた。

でも電話に出てはもらえず、胸に不安を抱えながら時間だけが過ぎた。

葛城さんにはとても聞ける雰囲気じゃないし、どうしよう……。

ぼんやりした頭に、「藤川さん」と遠慮気味な声が紛れ込む。声のしたほうへ視線を流すと、困惑した仙道さんの顔があった。

いけない、今は仕事中なのに。なにしてんだろ。

パソコンの液晶モニターを見て、我に返る。

一時帰国している彼女に、これまでの業務の引き継ぎをしているところだった。

この引き継ぎが終わり、仙道さんが正式に帰国したら、私は経営統括室の仕事を外れることになっている。葛城さんと会社で顔を合わせることも、ほとんどなくなるだろう。

小さく息を吐くと、「ねぇ」と隣の仙道さんから声をかけられた。

「朝からずっと顔色が悪いけど、体調悪いなら早退してもいいのよ?」

「いえ。大丈夫です」

「本当？」

「はい。実は、昨日ちょっと夜更かししちゃって……」

わざとおどけたように言うと、「そう？」と仙道さんも肩を竦める。

半分は嘘だった。

あの日、逃げるように立ち去った愛美の後ろ姿が何度も頭に浮かんで、夜ベッドに入っても、深い眠りに就くことができなかった。

プライベートな問題を職場に持ち込むなんて、どうかしてる。集中しないと仙道さんにも迷惑がかかるのに。

心配げな瞳に無理やりな笑顔を返したら、デスクの上の電話が内線を告げる音色を奏でる。

「はい」と受話器を取ると、低い声が耳に届いた。

『葛城だけど。そこの会議室まで来てほしい』

鋭い声色にスッと背筋に緊張が走る。

「わかりました」と返して、受話器を置いて立ち上がった。

会議室は仕事でミスをしたときに呼び出される場所で、そこに足を運ぶのは久々だった。

経営統括室の隣にある会議室の扉をノックし、「どうぞ」と声がかかるのを待って中に入る。

室内の一番奥の長テーブルに片肘《かたひじ》をつき、回転式の肘かけ椅子に腰かけている葛城さんは、テーブルに広がる書類に視線を落としていた。

彼の右手に握られたボールペンが、テーブルの上でカツカツと一定の速さで音を鳴らす。

それは、彼が相当頭にきているときの癖だと、前に仙道さんが教えてくれた。初めて見る仕草に、チクリと針が刺さったように胸が痛む。

ゆっくり歩み寄ると、鋭い視線で瞳を射抜かれた。

「ここに呼ばれた理由、わかるか？」

「わかりません……」と小さく答えたら、息をついてから彼は続けた。

「昨日今日と、藤川の気の抜けた勤務態度は目に余るものがある。それについてなにか言い訳はあるか？」

「言い訳なんてするつもりないです。プライベートで気になることがあって……」

思わず心の声を吐き出してしまい、『しまった』と思うよりも先に、ボールペンを鳴らす音がピタリと止まる。

俯いた視線をおそるおそる上げたら、凍てついた瞳が私を見つめた。

「藤川が気になってるのは、俺が関係ないって言ったことじゃないだろうな？」

身震いするほどの声色に、頷くことしかできない。

沈黙がしばし流れ、彼は回転式の椅子をくるりと動かして背を向けた。

「関係ないと言ったはずだ。そんなことが気になって仕事に支障をきたすなら、もう帰れ……」

冷たく突き放す言葉に目の奥が熱くなる。

葛城さんの命令は絶対だ。

でも、唇が、足が、腕が。私を遠ざけようとする彼の言葉に反して動かない。

結局、葛城さんに呼ばれた仙道さんが私の肩を抱いて歩くまで、その場から動くことができなかった。

情けないことに早退を言い渡されてしまった。

けれど、仙道さんは明日の午前中の便でドイツに戻ることになっていたから、頭を切り替え、彼女への引き継ぎを続けた。

それから一時間の残業を終えてアパートに帰り、ベッドに横になる。

どうして、葛城さん、あんなに怒ったんだろう……。

私の勤務態度は確かに問題があった。でもそのことより、愛美との関係を気にしてほしくないように思えてしまい、重い鉛を抱えたように心が沈んでいく。

やっぱりふたりにはなにかあるんだよね……。

そこまで考えたところで、あまり睡眠が取れていない体は、休息を求めるようにまぶたを下ろしてしまった。


翌日。出勤してすぐ葛城さんに改めて謝罪をすると、彼は気にするふうでもなく仕事の指示をくれた。

今朝の便でドイツに戻ってしまった仙道さんにも、葛城さんにも愛美のことを聞けず、悶々《もんもん》とする気持ちを抱えて、また仕事をこなした。


そして週末の土曜日。美希ちゃんが左手を怪我して入院したと知り、手土産持参で彼女が入院している病室を訪ねた。

「たいしたことないのに。わざわざ来てもらってすみません」

「ううん。でも気をつけてよ」

「はーい」

明るい声を上げた彼女は、合コン帰りの夜道で酔って転倒したらしい。

検査入院も終わり、明日には退院できると聞いてホッとしたところで、買ってきた花束を手に、パイプ椅子から立ち上がった。

消毒液の匂いが鼻につく廊下を進み、来客用の給湯室に着く。

いくつか置いてある花瓶からちょうどいいサイズを選んでいると、葛城さんから逃げるように走り去った愛美のことを思い出した。

あれから連絡の取れない愛美と、彼女との関係を語ろうとしない葛城さん。

あのときの態度からふたりが顔見知りだったのは、明白だ。

もしかして男女の関係？

一瞬そんなことが頭をよぎった。

でも知りあって間もない葛城さんはともかく、愛美から彼の名前を聞いたことはなかったから、それは違うと思った。

ふたりの関係がどんなものかは、わからない。

でも、走り去った愛美の後ろ姿はひどく儚げに見えた。

それが高校二年の〝あの出来事〟と重なるようで、胸がギュッと締めつけられる。

そう。愛美はいつだって、自分の気持ちは後回し。いつだって、私を一番に考えてくれていた。

私だったら、あのとき同じことができただろうか？

できたとしても、あんなふうには笑えない。あんなふうに、強くはなれない。

「愛美に、会わなくちゃ」

そうだ。このあと、愛美に会いに行こう。

もし会ってくれなかったら、また明日。それでも無理なら明後日。毎日通ったっていい。

電話ではなく、面と向かって話がしたいと思った。

そう心に決めたら、胸のもやもやが消え失せる。

手早く花瓶に花を挿し終えてから美希ちゃんの病室に戻ると、私が買ってきたプリンを平らげた彼女は、すやすやと寝息をたてていた。

簡単なメモを残して病室を出ると、「あれ？」と驚くような声が背中にかけられる。

振り返った先には、ダークブラウンのスーツ姿の瑞樹が、面食らったように私を見下ろしていた。

「瑞樹……」

どうして彼がここに？

思わず名前を呼んでしまうと、瑞樹は右手に持つ花束を掲げてみせた。

「俺は、会長のお見舞いなんだけど」

会長は持病が悪化して入院したっていう噂は、本当だったんだ。

少し前に聞いた噂をぼんやり思い出していたら、瑞樹の視線が私に向けられていることに気づく。

「あっ、私はこの病室に、同じ販売部の子が入院したから」

「そっか……」

小さく頷いた彼の視線は床に落ちてから、またチラリと私に戻る。

なにか言いたげな瞳に、なんだろうと思っていたら、瑞樹は意を決したように口を開いた。

「ごめん。五分でいいから、付きあって」

「えっ」

「頼む。来てくれたら、もう迷惑かけないから」

一瞬、秘書室でされたようなことを想像した。

でも、それが違うとわかる真剣な眼差しに、どうしようと迷っていたら、彼は私の答えを聞かずに廊下を歩き出してしまった。

「ちょっとっ……」

戸惑うような呼びかけにも、彼の足は止まらない。

このあと、愛美に会いに行こうとは思うけど、今さら急ぐことでもないし。

一瞬、葛城さんの顔が頭を掠める。でも、切羽詰まった様子の瑞樹も放っておけず、遠ざかる背中を早歩きで追いかけた。

「ありがとう。来てくれて」

渡り廊下を進む彼に追いつく。

「それはいいんだけど、ちゃんとわけを話してくれない？」

「すぐにわかるよ」

どこか緊張した面持ちの瑞樹に、やっぱり断ったほうがよかったかなと不安が胸に広がったところで、「ここだよ」と彼の足が止まる。

瑞樹が視線を投げた扉の横には、白いプラスチック製の入院患者名のプレートが張りつけてある。そこにある名前に息を呑んだ。

〝瀬戸総一郎《そういちろう》〟。

それは葛城さんと瑞樹の祖父である会長の名前で、瑞樹が高級感のある木製の扉をノックすると、「どうぞ」と低い声が聞こえてきた。

えっ、入るの⁉

瑞樹が私を連れてきた意味がわからず、困惑した顔を隣に向ける。

でも、「失礼します」と静かな声を出した彼は、扉を横に開いてしまった。

「会長。藤川 愛さんです」

瑞樹がスッと自分の体をよけると、斜めに上がったリクライニングベッドに体を預けた白髪の男性の姿が目に入る。

それは、入社以来数えるほどしか見かけたことのない会長だった。

至近距離で初めて見る切れ長の目元が、どことなく葛城さんに似ている気がした。

「君は、確か……販売部の社員だったね？」

「はい」

会長が私のような末端社員の存在を知っていたことに驚く。

でも、それ以上に驚かされる言葉が背後から届いた。

「彼女は、僕が初めて本気で好きになった人です」

どうして、そんなことっ……。

思わず出かかった声は、振り返った先にある真剣な顔に気圧されて喉の奥へ消えていく。

トクンッと心臓が脈打つのと同時に、意志の強さをたたえた瞳で瑞樹は続けた。

「ですから、今回の見合いは断らせてください」

そう言って腰を折った彼を、会長は射抜くように見つめる。

固唾を呑んで状況を見守っていたのは、ほんの数秒。

「顔を上げなさい、瑞樹」

張りつめた空気に静かな声が響くと、瑞樹はゆっくり顔を上げる。

会長の柔らかい瞳が彼を見つめた。

「お前のそんな顔、初めて見たな」

「申し訳ありません」

「謝らないでいい。それよりも、お前の母さんへの言い訳を考えたほうがいい」

「母さんにも自分の思いをきちんと伝えるつもりです。それが母さんのためにもなると思うので」

「そうか、そうだな。あれも、いつまでも瑞樹に依存するようではな」

そこで言葉を切った会長が、わずかに瞳を細めた。

「藤川さん。今日は、あなたに会えてよかった。私はまた……同じ過ちを犯すところだった」

それって、どういう意味？

瑞樹を振り返ると、コンコンッと軽いノック音が扉の外から聞こえてきた。

色濃い夕日が病室をほのかなオレンジに色づける。

あれからすぐ、看護師と会長が検査のために病室を出ていくと、瑞樹は会長が寝ていたベッドに腰かけながら、「さっきの会長の話だけど」と語り出した。

「優生と俺が従兄弟だってことは、知ってる？」

「うん」

「俺の母親は、自分の兄だった優生の父親が瀬戸の家を勘当のような形で出ていって、親父と見合い結婚したんだ。他に好きな人がいたみたいだけど、その相手には会社を任せられるって思わなかったんじゃないかな。諦めたみたい」

床の一点を見つめながら、瑞樹は続ける。

「だから母さんは、伯父《おじ》さんが家を出なかったら自分の人生は変わってたのにって、今でも伯父さんを恨んでる。それは親父に愛人がいるってことも原因なんだけどね。かわいそうな人、なんだよね……」

そこで言葉を止めた彼は、「ふぅ」と少し疲れた息を吐き出す。でも、私と目が合うと嬉しそうに笑った。

「実は俺、転属試験に通ったから、秋からドイツ支社の開発部で働くことになった」

「えっ、すごいね！」

ドイツ支社の開発部といえば、研究開発の拠点で瀬戸自動車の中枢を担うといっても過言ではない。

付きあっていた頃に瑞樹がよく語っていた夢。

その場所は、かつて彼が目指していたところだから……。

「おめでとう」

自然な笑みを浮かべると、瑞樹は足を組み返しながら俯きがちに顔を逸らす。

それは彼のすごく照れたときの癖だ。

「ありがとう」とポツリと言った瑞樹が一瞥をくれてから、なにか聞き取れないほどの声でさらに呟かれた気がして、「え？」と首を傾げる。

私を見つめる瞳が柔らかく細まった。

「やっと笑った。三年ぶりに見た」

向けられる瞳があまりにもまっすぐで声を失う。

「実は、転属願いを親父……いや、社長に出すのは、もう八回目。今度こそは、って時間をかけて説得したら、やっと受け取って人事に回してくれた」

「そう……だったんだ」

入社したての頃、たびたび思ったことがある。

瑞樹の乗ったエレベーターが社長室のある最上階で停まるのを見るたび、その場所は本当に彼が望んでいる場所なのかって。

何度か聞こうとしたことがあった。

でも、私を避けるようにした彼に傷ついて、結局なにも言えなかった。

やっぱり難しい立場にあったんだ。

だから今、夢を叶えた瑞樹の笑顔を嬉しく思う。

少し前までわずかに残っていたわだかまりも完全に消え失せ、気まずさとは違う穏やかな沈黙が流れていく。

すると、瑞樹はそれまでとは違う低い声で、「三年前のこと話していい？」と切り出した。

三年前。それはきっと、曖昧な言葉で終止符を打たれたあのときのこと。

ずっと聞きたかったのに、聞けなかった言葉。

その真意を語ろうとする瑞樹に、心臓が震える。

「うん」と頷くと、瑞樹は淡々と語り出した。

「あの頃の俺は、自分の夢を嬉しそうに語る愛が眩しくて、気がついたら俺も夢を語ってた。でも、俺には叶うはずもない夢だよ。大学は工学部を選ばせてもらったけど、その先の人生に選択肢はないと思ってたから……」

彼はそこで言葉を止めると、躊躇《ためら》うように私から視線を外す。

「俺しかいないのに、って泣きわめく母さんの期待を裏切れないってわかってたんだ」

色濃い夕日が、膝に落ちた彼の瞳に影を落とす。

そんな複雑な事情があったんだ……。

苦痛に歪んだ顔は初めて見るもので、彼がどれほどの葛藤を抱えていたのかを思い知らされる。

かける言葉も見つけられず奥歯を噛みしめていたら、瑞樹はまっすぐ私を見つめた。

「そんなことばかり考えてたら、いつしか楽しそうに夢を語る愛を責めたくなった。どんなに頑張ったって、俺には叶えられないのにって……。俺の事情を知らない愛は、なにも悪くないのに。知らないことさえ責めてしまいそうになった。だから、そんな自分に嫌気が差して、さよならしたんだ」

淡々と語り続けた唇はそこで閉ざされる。

知りたかった別れの理由は、胸を軋ませるものだった。

夢を語る私の隣で、瑞樹がどんな思いでいたのか。

大切で大好きな人だったのに、彼の苦しみにどうして気づけなかったのだろう。

どんなに語りあっても、そこに相手を気遣う優しさや、つらい現実から逃れようとする嘘があったら、その人のすべてを知ることなんて、きっとできない。

だからこそ私たちは、大切な人が出すサインを見逃さないように、ちゃんと向きあって、たくさんのことを話さなければならなかった。

それができていたら、いつか別れが訪れたとしても、こんなにも悲しい別れにはならなかったかもしれないのに。

「私、瑞樹の優しさに甘えてばかりで、自分のことしか見えてなかったね」

弱々しく返すと、「それは違う」と明るい声が返ってくる。

「楽しかったよ。付きあった期間は一年くらいだったけど、冷たく突き放すことでしか手放せないくらいにね」

そこで瑞樹は清々《すがすが》しい笑顔を向けてきた。

「それに、感謝してるんだ。この前、好きなことはやれてるのか、って背中を押してくれたこと。それで頑張れたから」

その言葉に嘘がないことは、濁りのない笑みが教えてくれる。

少しは力になれたのかな？

そう思うと胸が温かくなる。

口を開きかけたら、真剣な瞳が私を捉えた。

「最初からわかってた。変えられない現実から逃げるためや、自分を飾るための嘘をつく俺と、何事にもまっすぐな愛が長くは続かないって。でも、やっと一歩踏み出せた。だから、もう嘘はやめる。さっき言った言葉に、嘘はひとつもないよ」

あまりにも思いがけない言葉に、声が出ない。

そこにある彼の思いが、じんわりと体に染みていく。

でも、素直な思いを口にした。

「私、今……葛城さんと付きあってるの」

目を逸らすことなく返すと、「うん」と瑞樹は小さく頷く。

「そうなるんじゃないかって、初めてふたりがいるところを見たときに思ったよ」

彼は驚きもせず、いたずらっぽく笑った。

「この前は、社長に転属願いを突き返されたばっかりで、つい意地悪しちゃったけど。

ふたりのことを邪魔するつもりはないんだ」

無理やりでない笑顔。でもそれは、もしかしたら強がりなのかもしれない。

だけど、あえてそうしてくれる瑞樹に、やっぱり優しい人だなって思う。

そこで、ベッドから立ち上がった瑞樹が窓際に歩いていく。

鍵を外してカラカラと窓を横に引いた彼の前髪が、風を受けてふわりと揺れる。ゆっくりこちらを振り返った彼が、ポツリと言った。

「あの場所に行きたいな」

「え？」

「ふたりが出会った場所。ほらっ、愛の実家に行ったときに、一度行こうとしたろ？工事中で行けなかったけどね」

「思い出の場所……」

声にしたら、幼い頃に一緒に過ごした時間が鮮明に蘇る。

そういえば、付きあっていた頃にふたりで行こうとしたことがあった。

あのときも確か、瑞樹から行こうと誘ってくれたんだっけ？

邪魔はしないと言った彼の言葉に、嘘はないと思う。だけど、葛城さんと瑞樹との複雑な関係を考えたら、やっぱりそれは難しい気がした。

なんと答えればいいかわからず目を泳がすと、瑞樹はそれがわかっているような、少し寂しげな笑みを浮かべた。

それからしばらくして、看護師の女性が瑞樹を呼びに来て、彼と過ごす時間が終わりになった。

瑞樹はもう少し話をしたそうだったけれど、仕方がないといった様子の彼と病室をあとにし、ひとりで下りのエレベーターに乗りながら呟く。

「やっぱりダメだなぁ、私」

他人の気持ちに鈍感な自分に嫌気が差して、重いため息を吐き出す。

するとエレベーター内にチンッという到着音が響き、慌てて降りる。

勢いよく踏み出した右足と、前に出た左手を見て、あるビジョンが頭をよぎった。

もしかしてあれは、そういうことだったの？

愛美とランチをしたあと、彼女が見せた異変がなんだったのか、ようやく気づいた。

彼女の〝あれ〟がなかったのは、あのときだけだった？

震える心に問いかけると、もうひとりの自分が『わからない』と悲しげに答える。

いつか交わした会話が鼓膜から響いてきた。

愛美の家を訪ねたとき、珍しくハーブティーを出された。

肌によくて安眠効果もあるから、はまってるって言ってた。でも本当に、それだけだった？　それが彼女の〝あれ〟がなかったことと繋がっているとしたら……。

心臓が早鐘を打ち始め、早足で病院を出た。


電車を乗り継ぐ時間も惜しい。

タクシーで彼女のマンションの近くまで来て「ここでいいです」と運転手に告げる。

早く、愛美に会わなくちゃっ。

急いで会計を済ませてタクシーを降りると、少し離れたところにあるカフェの扉が開くのが見えた。

扉を手で押しながら出てきた背の高い男性の姿に、「えっ」と掠れた声が漏れる。

さらに「待って！」と追いすがるように彼を呼び止めた女性を見て、強い衝撃を受けたように頭がぐらりと揺れるのを感じた。

私と彼らを遮るようにそびえる街路樹が、横風を受けて緑の葉をざわざわと揺らす。

歩みを止めた彼が彼女を振り返った。

「どうすれば許されるのかって、それは俺が考えることじゃないだろ」

抑揚のないその声を私はよく知っている。

視界の端に映し出された彼の横顔に、胸が潰れそうなショックを受けた。

「わかってる。もう会わないって決めたのは、私……」

今にも泣き出しそうなか細い声も、私は——。

目の前の光景をどう捉えたらいいのか、頭が追いつかない。

震える胸に手を当てて、まつげを伏せてからゆっくり開く。

変わらない現実に打ちのめされそうになった。

扉から出てきたのは、葛城さんと愛美だった。

やっぱりふたりは知りあいだったんだ。でも、いったいどういう関係？

『もう会わない』って、いったい……。

この場所は、彼らから死角になっている。

どんなに強く訴えたところで、心臓がドクドクッと嫌な音を響かせるだけだ。

サラリーマン風の男性が、無言で向きあうふたりにチラチラと興味津々な瞳を向けながら通り過ぎていく。

男女間の関係で思い浮かぶのは？

答えを弾き出そうとすると、頭の奥がひどく痺れる。

そんなわけない。だって、愛美から彼の名前を聞いたことはなかった。

この広い都会で偶然出会って、同じように恋に落ちるなんてあるわけがない。

うるさく鳴り響く鼓動に、『そうだ』と強く言い聞かせる。

実は、ふたりを見たあの日からそうやって無理やり納得してきた。

でも、今にも泣き出しそうな愛美を見下ろす彼の切なげな瞳を、私は何度か見たことがあった。

なにかつらいことを押し殺すような瞳。

彼が時折見せるそんな瞳にひどく胸が締めつけられて、ずっと気になっていた。なにがそんなに彼を苦しめるのだろうと。

それはもしかして、愛美が関係しているの？

俯く愛美を見下ろす瞳は、どこか憐《あわれ》みがあるようにも感じた。

葛城さんは、私には関係ないことだと言った。

どうして、『関係ない』なんて言ったの？

胸を襲う不安の影に立ちつくしていたら、「お客さん、どうしました？」と背中に声をかけられた。

振り返ると、ついさっき降りたタクシーの運転手が心配げに私を見つめていた。

日に焼けた浅黒い肌が静岡に住む父に重なって見えて、「ごめんなさい。もう一度乗せてくださいっ」と、思わず助けを求めるように後部座席のドアに手をかけていた。少し声を張ってしまったから、「えっ。あぁ……いいですよ」と彼は戸惑いながらも、後部座席のドアを開けてくれる。

「それで、今度はどちらに?」

「とりあえず、この場所から離れてくださいっ」

運転手が言われて一番困るであろうセリフを告げると、車は彼の戸惑いを表すようにのろのろと動き始めた。

しばらくしてからぐったりと背もたれに体を預け、突きつけられた現実から逃れるようにまぶたを閉じる。けれど、目を逸らしたい現実は、暗いまぶたの裏に焼きついたままだった。


それからの数日は、あの日見た光景が頭を何度もよぎった。

相変わらず、愛美とは連絡が取れない。

でも直接会いに行くことも、葛城さんに聞く勇気もまだ持てなかった。

そんな心の弱さがたまらなく嫌になる。

そして珍しく定時で仕事を終えた帰り。そのまま自宅へ帰ろうと乗った電車を途中で降りて、美希ちゃんを待ち伏せすることにした。

彼女のアパートの前でふらりと姿を見せたら、「うっ……ひゃあ！　あっ、愛さん!?」と悲鳴のような声を上げられてしまう。

電車の中で頭を掻きむしりながらいろいろ考えていたから、髪もぼさぼさ状態の私は、さぞ不審者のようだろう。

でも、ただ事でないと察してくれた彼女は、「一杯やりますか？」と言って、よく行くジャズバーに誘ってくれた。

時間はまだ七時を過ぎたばかりとあって、薄暗い店内の客は私たちだけだった。

生演奏が聞ける店を貸し切ってしまったようで、いつもなら嬉しく思うのに、そんなことを考える余裕もないほど落ち込んでいた。

美希ちゃんと並んでカウンター席に腰を下ろす。

彼女と同じカシスオレンジを注文して、それが運ばれるのを待って切り出した。

「ごめんね。急に」

「やだなぁ、そんなの気にしないでくださいよ！」

明るく言った美希ちゃんに背中を軽く叩かれると、こんなやり取りを愛美ともよくしたことを思い出して、また目頭が熱くなる。

今にも零れ落ちそうな熱をグッと目の奥に押し込むと、隣に座る彼女が懐かしそうに語った。

「まだ、私が新人の頃。部長にいびられるたびに、よくここで愚痴を聞いてもらいましたよねぇ」

「そう……だったかな？」

「そうですって！　だから今日は、愛さんが私に甘えちゃってください」

にっこり笑った美希ちゃんは、「まずは乾杯！」とグラスを合わせてきた。

明るい笑顔に少しだけ元気をもらえた。

高校を卒業し、地元を離れてひとり暮らしをしたら、大人になれた気がした。

大学を卒業して社会人になったら、強い大人になれた気がした。

でも些細《ささい》なことですれ違ったり、人を好きになって傷ついたりして。

私はまだ恋なんて知らなかった幼い頃より、ずっとずっと弱くなってしまったのかもしれない。

それでもつらいことがあったら誰かに支えられて、なんとかやってこられた。

職場では、美希ちゃんが。仕事がない日は、愛美が。

愛美……。

心でそっと名前を呼ぶと、高校時代の記憶が蘇る。

容姿端麗な彼女は、つまらない嫉妬から陰口を叩かれることもよくあった。

でも、決して涙を見せなかった彼女が、葛城さんの前ではひどく儚げで消えてしまいそうに見えた。彼と向きあう彼女の、今にも泣き出しそうな顔が脳裏に浮かぶと、胸がズキンッと締めつけられる。

私、なにしてんだろ……。こんなふうに落ち込んでる暇なんてないのに。愛美に会わなくちゃ。

強く決意すると、心は不思議なほど落ち着いていた。


それから一時間ほど美希ちゃんとお酒を交わして、彼女と店の前で別れた。

電車を乗り継ぎ愛美のマンションを訪ねる。何度かチャイムを鳴らすと諦めたようにドアが開き、少しやつれた顔の彼女が部屋に招き入れてくれた。

几帳面《きちょうめん》な彼女らしくない乱雑した部屋の様子に少し驚く。

これも、私が気づいた〝あれ〟と関係があるのかもしれない。

やっぱり、もっと早く会いに来るべきだった。

紅茶を淹れてくれた愛美がテーブルの向こう側に座るのを待って、私が見たことを告げると、彼女の瞳に影が差した。

「そう……。あのとき、見てたんだ」

ポツリと零した唇が震え出すのがわかる。

愛美は青ざめた顔を隠すように、視線を落としながら続けた。

「私たちのこと……愛は知らないほうがいいと思うの」

「わかってる。でも、私になにかできることがあるなら話してほしいの」

身を乗り出すと、愛美は両手で頭を抱え込んだ。

長い髪に挿し込まれる白い指先。

左手の薬指には、今日もあるべきものがない。

ランチのときに気づいた異変の正体は、愛美がいつもつけている婚約指輪だった。

婚約したての頃は、お風呂と寝るとき以外はつけてるって言ってたのに。

いつからだったんだろう？　どうしてしなくなったんだろう？

どうして私は、見逃してしまったんだろう……。

左手薬指に輝く〝幸せの証〟を初めて見たとき、まだ新しい恋に踏み出せない自分と比べて、愛美がすごく遠い存在に思えた。

新しい恋が始まったら今度は自分のことばかりで、また大切な人が出すサインを見逃していたの？

心の呟きに、加速する鼓動がどうしようもなくうるさい。

なにかを話そうと口を開きかけてはやめる愛美に、私から口火を切った。

「婚約者の人とうまくいってないの？」

静かに問いかけたら、テーブル越しの彼女がハッと頭を上げる。

じんわりと瞳を潤《うる》ませる彼女に、優しい声で続けた。

「それはもしかして、愛美に好きな人がいるから？　それは……」

一度そこで言葉を止める。

うるさい心臓に、落ち着けと言い聞かせながら大きく息を吐く。

揺れる瞳をまっすぐ見据えて、「私が付きあっている葛城さんなの？」と声にした。

それは、心で何度も練習した言葉。

いざ口にしてみたら、想像よりもずっと胸が苦しくなった。でもそれは、私からの電話に出られなかった愛美も同じだと思う。

短い沈黙が流れて、愛美は躊躇いながらも小さく頷く。

テーブルに視線を落としたまま、彼女は語り始めた。それは、私が描いた想像よりもずっとつらく、胸にのしかかるものだった。

やっぱり、愛美と葛城さんは付きあっていた。

「付きあってすぐ……結婚を意識したの」

そこで口を結んだ愛美は、私の反応を窺うように視線を向けてくる。

「でも、反対されて……」

消え入りそうな声が鼓膜まで響き、耳を塞いでしまいたい衝動に駆られる。

打ちのめされる事実に、呆然と俯く頭を見つめることしかできなかった。

なんとか気持ちを落ち着かせ、「反対されたって、もしかして会長に？」と優しく問いかける。彼女の頭が小さく縦に動いた。

会長を初めて近くで見たあの日。

目尻に皺を刻んだ暗い瞳を思い出す。

『私はまた……同じ過ちを犯すところだった』

あの言葉は、会社のために見合い結婚をした瑞樹の母親のことを言っているのだと思った。でも愛美から話を聞いて、もしかしてと思ったら、やっぱりだった。

葛城さんも会長の孫にあたる。

会長が瑞樹に見合いを勧めたように、彼にも相応しい女性を、と思ったのかもしれないって。

知りたくなかった事実は、ナイフのような切れ味で体をひと突きにする。

それでも懸命に言葉を続けようとする彼女の声に、なんとか耳を傾けた。

「反対されてまで、結婚なんてしたくなかったの。だから、わざと嫌われるのが一番いいと思った。嫌いになったから、もう会わないって嘘をついたの」

それまで俯いていた愛美が、ふと私を窺うように目線を上げる。

切なげな瞳に胸が擦りきれそうになった。

愛美がついた悲しい嘘は、婚約解消に納得のいかなかった葛城さんを絶望の淵に追いつめた。

彼女の嘘を信じた彼は、二度と会わないことを約束したという。

「どうしてそんな……つらいことっ、相談してくれたらよかったのにっ」

思わず口調を強めてしまうと、儚げな笑みを返される。

一度言葉にしてしまった思いは、止め処《とど》なく零れていくのか、彼女らしくない早口で一気に吐き出された。

「忘れられた、って思ってた。でもっ、会ったら気持ちを抑えられなかったの」

愛美はそこで大きく息をついて、両手で顔を覆った。

再会してはいけないふたりを、私が会わせてしまったんだ……。

心で呟くと、愛美を見つめる葛城さんの姿が頭に浮かんだ。

あの切なげな瞳は、まだ彼女を愛してるから？

じゃあ、どうして私に好きだなんて言ったの？

すべてを包み込むような優しい眼差しで、幸せを感じていたあのベッドで、愛美を想い続けながら私と？

心が砕けそうになる。目頭でなんとか留まっている涙が姿を見せようとする。だから、奥歯をギュッと噛みしめてなんとか堪えた。

違う。葛城さんはそんな人じゃない。でも、愛美と出会って想いが蘇ったのかもしれない。

混乱する頭が出した結論は、まわりにある色彩をすべて取り除くものだった。

視界が滲《にじ》んで、意識が遠のいていく。

ぼんやりとした意識を呼び戻したのは、初めて見る愛美の涙だった。

「ごめんっ……ごめんね、愛」

白い頬をひと筋の線になって零れ落ちる涙が、ぽたりとテーブルに染みを作り、ハッと我に返った。

私、なに考えてるんだろう？

愛美だってつらいに決まってるのに、自分のことしか考えられないなんて最低だ。

心で叱責《しっせき》する間も愛美の嗚咽《おえつ》交じりの声は、「ごめんなさい……ごめんなさいっ」とまるで壊れた機械のように同じ言葉を繰り返す。

椅子から立ち上がり、彼女の震える肩を抱くと、私の腕にすがりつくよう体を預けた愛美から悲痛な声が上がった。

「私っ、愛とはずっと友達でいたいって思ってる。でも、つらいのっ。だから、もう彼と話さないでっ。彼と別れてほしいのっ」

必死の要求を理不尽とは思わない。知らなかったことを言い訳にしたくない。

だって、愛美はいつだって自分のことは後回しなんだから。

同じ人を好きになった私に言えなくて、ずっと苦しんで、つらかったはずだから。

でも本当は……。

「ずっと言いたかったんだよね？」

そこで、体を預けてきた愛美の肩が激しく揺れる。

おそるおそる顔を上げた彼女の瞳には怯えや不安が見えた。だから、明るく笑う。

「私だって聞きたい。愛美の嘘のない気持ち。だから……今やっと本心を聞けて、嬉しいんだよ？」

それは嘘じゃない。強がりでもない。でも、できるならその相手が葛城さんでなかったら、もっと心から喜べるのに……。

でもそれは、愛美だって同じことを思ったはずだ。

彼女に深い傷を負わせた高校二年の夏の出来事を思い出す。

夕日が沈んでいく美術部の窓辺で、真剣な眼差しで絵筆を持つひとりの男性に私は恋をした。

漫画の世界のように、一瞬で恋に落ちることがあるのだと浮かれていた私は、まわりがまったく見えてなかった。

私よりもずっと前から彼に想いを寄せていた、彼と同じ美術部の愛美の気持ちに気づかず、彼女に告白をした彼も傷つけてしまった。

愛美が彼を好きだったと知ったのは、私たちが高校を卒業して二年後のこと。

卒業後、初めての同窓会で、彼女と同じ美術部の子たちが話しているのを立ち聞きしてしまった。

それから愛美を何度問いつめても『それは誤解だよ』と、彼女はまったく私の話に耳を傾けようとしなかった。

今でも忘れられない。

彼を好きじゃないって言った愛美の弱々しい笑顔を……。

「やっぱり本当は、佐々木《ささき》先輩のこと好きだったんだよね？　でも、私が先に好きだって言ったから言えなかった。だから先輩に告白されたときも、私を思って断ったんだよね？」

そこで、彼女の頬を伝う涙をハンカチで優しく拭うと、抑揚のない声が自分の鼓膜から響いてきた。

『……藤川には、関係ない』

言葉の裏にある思いを、彼が時折見せる切なげな瞳を、思い出す。

目に見えない負の感情を受けながら日々過ごしている彼が、心から安らげる場所を作ってあげたいって思っていた。

でもそれは、本当に私でいいの？

震える心に問いかけると、まぶたの裏が熱くなる。

でも、強い決意が心に芽生えていた。

愛美から話を聞いた、二日後。

残業を終えて会社を出たとき、スマホをデスクの引き出しに置いてきたことに気づいた。

経営統括室に取りに戻り、給湯室の前を通りかかると、葛城さんがコーヒーメーカーの前でぼんやりと佇《たたず》んでいるのが見えた。

彼に近づき、「お疲れさまです」と声をかける。

「あれ？　帰ったんじゃなかったのか」

「ちょっとスマホを忘れちゃって……」

「相変わらずそそっかしいな」

いつもと変わりない憎まれ口が心地いい。ここ最近は、ずっと張りつめた空気が流れていた気がしたから。

葛城さんに聞きたいことはたくさんあった。でも、場所を選ばないと話せない内容ばかりで……いや、それは違う。

誰の邪魔も入らない今だって、聞きたいことが多すぎて、なにから口にすればいいのかわからなかった。

「葛城さん、まだ残業ですよね？　私が淹れますよ」

まずは気持ちを落ち着けようと思い、彼が使っているブルーのマグカップを戸棚から取り出す。

でも指先に力が入らなくて、ガシャンッと鋭い音をたててマグカップは床の上で割れてしまった。

「ごめんなさいっ」

慌てて床にしゃがもうとしたら、「俺がやるから」と静かな声が背中にかけられる。

柔らかい手がそっと肩に落ち、不意に彼と過ごした時間が頭をよぎった。

初めて一緒に朝を迎えたとき。

見つめあって笑いあえる、その時間がなによりも愛しくて、彼がくれる何気ないひとことがたまらなく嬉しかった。

思いを馳せながら、まぶたを閉じていたのは、ほんの数秒。

走馬灯のように駆け巡る幸せな風景に終わりを告げて、まぶたを開く。

『言葉にしてはならない』というように心臓が脈を打つけれど、強い意志を持って声にした。

「愛美から、すべて聞きました」

強い思いとは裏腹な弱々しい声を、床にしゃがみ込む彼の頭に落とすと、破片に伸びかけた彼の指が動きを止める。

「私には、関係ないなんて……嘘っ……じゃないですか」

途切れ途切れに言葉を紡ぐと、ゆっくり立ち上がった彼が私を振り返った。

切なげに歪んだ顔に、胸が一瞬で切り裂かれる。

だけど、胸を襲う痛みを堪えるように、唇を噛みしめてから声にした。

「彼女、言ってました。まだ葛城さんのことが好きだって」

「俺のことを?」

私の言葉に目を見開いた彼は、次に戸惑いと苦痛が入り交じる険しい顔になる。

いつも冷静な葛城さんがそれほど動揺するなんて……。

愛美の存在の大きさを目《ま》の当たりにして、ひどく傷ついていることに気づく。

愛美には、『彼に私が話したことは言わないで』と口止めされていた。

でも聞いてしまったら、伝えないわけにはいかない。確かめないわけにはいかない。

なにも知らないふりをして、このまま葛城さんと付きあうことはできなかった。

誰に頼まれたわけでなく、言い出したのは私だ。

だから、もっと気を張らないとダメだって思うのに。頭が痺れて、膝から力が抜けていく。

ふらりと揺れた肩を葛城さんが支えてくれた。

「ごめん……なさいっ」

そう言って彼の胸を押し返すのと同時に、静かな声が響いた。

「彼女が俺を好きだなんてあり得ない。俺が言えるのはそれだけだし、俺の気持ちは変わらない」

じんわりと鼓膜の奥まで流れ込む言葉は、欲しいと願っていたものだった。

でもそれは、彼がつく優しい嘘。

同情に過ぎないと、言葉よりも饒舌《じょうぜつ》に目の前にある切なげな瞳が教えてくれる。

葛城さんなら、きっとそう言うだろうと思った。

思いを押し殺す強さを持つ彼なら、私を傷つけないために気持ちを偽ってでも、そう言ってくれるって思ってた。

でも、本当は少しだけ期待してた。

初めて抱きあったときのように、『好きだ』と優しい眼差しで告げてくれることを。

彼がそうしてくれたら、愛美にどんなに恨まれても、彼のそばを離れないって決めていた。でもそれは、叶わなかったから……。

だから、私は自分ができることを、頭で何度も練習してきた言葉を、伝えなきゃならない。

大好きなふたりを苦しめているのは、私なんだから……。

震える心に言い聞かせると、胸がひび割れていくのを感じた。

彼の瞳に含まれた重い影が、愛美を想う痛みにも見えて、やっぱりつらい。

だけど、まっすぐ彼を見つめて声にした。

「嘘つかないでください。それじゃあ、どうして。どうしてっ……そんなにつらそうな顔をするんですか？」

それまでとは違い声を張ると、「それはっ」と葛城さんがなにかを言いかける。

でも彼は、表情を固くして押し黙ってしまう。そんな彼を見ていたら、じわじわと広がり始めた胸の痛みに鋭さが増していく。

だけど、引きつる頬に、まぶたの端でなんとか堪える涙に、もっと頑張れって言い聞かせた。

「私、愛美の親友なんです。だから、大丈夫です！　愛美は私に嘘なんかつきません。親友の私が保証します」

精いっぱいの笑顔を浮かべると、彼は声を失い、視線を床に落とした。

私との恋を始めてしまったことを後悔してるのかもしれない。

そう思ったらやっぱりつらい。

でも、大丈夫。まだ引き返せる。私は大丈夫だから……。

「大丈夫です。葛城さんが思うより、私ずっと強いんですからっ」

ひと際強く声を張ると、わずかな沈黙のあと。

「少し待ってくれないか……」

静かな声が鼓膜まで響いた。


それから、ふらふらと会社をあとにし、いつものように混みあう電車に揺られ、駅に着いた。

脳裏をよぎる彼の影を振り切るように、人で溢れる商店街を足早にすり抜けながら、アパートの部屋まで辿り着く。

電気も点けずにベッドに倒れ込んだ。

でも、頭から追いはらおうとすればするほど彼の存在は鮮やかな色を放ち、心を捉えて離さない。

葛城さん……。

言えなかったことが、言いたかったことが、たくさんあるんです。

クールに見えて、でも本当は優しくて。

隣にいるのが悔しくなるほど綺麗な顔をしていて。それでも隣にいたかった。

でも、これ以上は無理。これ以上一緒にいたら、引き返せなくなる。

ふたりの幸せを心から願えなくなってしまう。そんな自分を私は――。

「嫌いになっちゃいそうだから……」

言葉にしたら、それまで堪えていた涙が零れ落ちた。

泣きたくなんかなかった。だって涙は、本当の別れを意味する。

でも、震える胸に言い聞かせるように、心がからっぽになるまで涙は止まることはなかった。

第八章　初恋の彼に触れた日

夢を見た――。

夢の中で私は髪をひとつにまとめて、リクルートスーツを着ている。

隣には、同じように真新しいスーツに身を包む背の高い男の人がいた。

白い肌にうっすらと浮かぶ片えくぼ。

私を見つめる柔らかい瞳に、これが夢でなく現実にあった出来事だと気づく。

あぁ、そうだ。これは、瑞樹と再会したあのときの……。

瀬戸自動車の会社説明会の帰り。ロビーで定期を拾ってもらったことが縁で、彼と何度か会うようになった。

就活情報を交換したカフェの帰り、突然こんな話を振られた。

『愛ちゃんってもしかして、静岡の高良町《たからちょう》の出身じゃない？』

『えっ。瑞樹くん、どうして知ってるの？』

『ハンカチに名前があったから……』

『ハンカチ？』

ハンカチというキーワードにドクンッと鼓動が跳ね上がる。信じられない思いで彼を見つめた。

『もしかして瑞樹くんと私って、昔会ったりしてる？』

『会ったこと……あるよ』

私の言葉に、瑞樹は少し困ったように微笑んだ──。


そこで、体に巻きついた掛け布団が無理やり引き剥がされる。

ぼんやりとした頭を左右に動かすと、三つ下の弟が呆れた瞳で私を見下ろしていた。

「いい加減に起きろっつーの‼」

頭の芯まで響く声に、夢から覚めたことにようやく気づいた。

葛城さんと話をしてから二週間の時が流れていた。

彼に愛美の気持ちを伝えたと彼女に話したら、数日前に報告メールが届いた。

葛城さんに直接好きだと伝えた彼女は婚約を解消し、ふたりはうまくいっているらしい。

確か、葛城さんは時間が欲しいようなことを言っていたけれど、結局気持ちは変わらなかったのだろう。

『最近、ハーブティーにはまっている彼に、ブレンドをプレゼントしたら喜んでくれたの』

電話越しの愛美が遠慮がちに、でも嬉しさを隠せないように話していた。

そして、仙道さんに引き継ぎが終わった私は、販売部に復帰している。

経営統括室を離れてからは、なにかと忙しい葛城さんと社内で会うこともなく、彼との繋がりはゼロになった。

でも、このタイミングで販売部に戻れてよかったと思う。

情けないって思うけど、なにもなかったような顔をして彼のそばにいることには、きっと耐えられないから……。

私が経営統括室を離れるとき、葛城さんはなにか言いたそうにしていた。

会社で会わなくなってからも、彼から何度か電話があった。

でも、どうしても電話に出ることはできなかった。

言い訳や謝罪の言葉なんて聞きたくない。

『なかったことにしてほしい』

もしそんなことを言われたら、きっと胸が張り裂けてしまう。

けれど、なかったことにできたら、どんなに楽だろう。

だから、ふたりで過ごした時間を思い出す暇もないように、販売部に戻ってからは仕事に没頭して、週末は美希ちゃんを誘って遊びに出かけた。

なにも知らない美希ちゃんには『せっかく葛城さんとお近づきになれたのに、アプローチしないなんて、もったいない！』と説教されてしまい、胸が痛んだ。

それでも、きっと時間が解決してくれる。

時折痛む胸に言い聞かせていたらお盆休みになり、毎年の恒例行事である実家に帰って羽を伸ばすこと、三日目。

今日は、私の二十六回目の誕生日だった。

「……ったく。よくそんなに寝てられるよな。脳みそ腐ってるんじゃねぇ？」

寝すぎで痛む頭に、大地《だいち》の大声がキンキン響く。

最近、仕事を辞めて県内の調理師学校に通っている大地は、父に似て色黒で口が悪く、声まで大きい。

「私、何時間くらい寝てた？」

「もう昼だから、十五時間くらい寝てんじゃね」

「嘘!?　そんなに」

昨日は確か、夜の八時過ぎには寝たはずだよね？

ベッドサイドの時計を見ると、液晶ランプは十一時を指している。

さすがに寝すぎだなぁ。本当に脳みそ腐りそう。

ぼさぼさの髪を手櫛で整えながら、今日はなにしよう、とぼんやり考える。

すると、クローゼットを断りもなく開けた大地が、ぶつぶつとなにかを言い出したと思ったら、白いコットンワンピースをベッドに投げつけてきた。

「やっぱ、女は純白だよな！ ……ってことで。さっさとそれ着て、化粧して下りてこいよ」

大地はそれだけ言うと、バタンッとドアを閉めて部屋を出ていった。

化粧って、お客さんが来てるのかな？

一階は父が営む定食屋の造りになっていて、カウンター席の他にテーブル席が八つほどの手狭いスペースだ。

でも、店を開いて三十分もすれば満席になる。

それは舌を唸らす料理というのもあるけれど、町内会長をもう何十年も続けている情に厚い父を慕って客が集まるこの店は、町の駆け込み寺のような存在だ。

瑞樹と出会った六歳の誕生日。父は町内会の仕事で家を空けていた。

いくら待てども帰ってこない父に、誕生日を忘れられたと傷ついた私は、留守番に来てくれていた叔母《おば》の目を盗んで家を飛び出した。

そして、あの場所で瑞樹と出会ったんだよね……。

遠い日に思いを馳せながら、ワンピースに着替えて化粧をする。

トントンと静かに階段を下りて、のれんを片手でよけながら店に足を踏み入れると、テーブル席に大地と向きあって座る男性の姿が目に入り、ヒュッと変な息が漏れた。

「なんで！　瑞樹が、ここに⁉」

予想外の人物に声が思いっきり裏返り、ゲホゲホッと激しく咳き込む。

すると、椅子から立ち上がった瑞樹に、「はい」と透明な液体が入ったコップを差し出され、「ありがとう」と水らしきそれを一気に飲み干す。

「あっ」と小さく漏らした瑞樹が顔を寄せてきた。

「それ、俺のだった。間接キス、しちゃったね？」

至近距離にあるいたずらっぽい笑みに、ドキッとしたのは私、ではなく。

ダンッとカウンターに手をついた父だった。

「愛！　おっまえ、結婚前の生娘がセクハラってどういうこった⁉」

わなわなと唇を震わす父に、「ぷっ」と大地から笑い声が漏れる。

「セクハラの使い方間違ってるし。生娘って戦後かよ。平成にいねぇよ、そんな女」

ケタケタと笑う大地の肩を、カウンターから飛び出した父が鷲掴みにする。

「おい、コラ！　どこの馬の骨ともわからねぇてめぇの女と、俺の愛娘を一緒にするんじゃねぇ‼　あーぁ。親の面が見てみてえなぁ‼」

「アホか。鏡でそのきたねぇ面見てみろよ！」

「あぁ⁉」

すっかり見慣れた小競りあいに、あぁ、実家に帰ってきたんだなぁ、としみじみしながらも、人様の前で子供じみた喧嘩はちょっと恥ずかしい。

胸をぶつけあうふたりの間に割って入ろうとすると、明るい声が上がった。

「ははっ。やっぱ、いいなぁー、この空気」

瑞樹の清々しい声が店内に響くと、ふたりも少し照れた様子で互いに距離を取った。

すごい。私だったらこんなにスムーズにいかないのに！

そういえば、付きあっていた頃に一度連れてきたときも、こんなことがあったっけ。暴れる野獣を一瞬で手懐けた瑞樹に、やっぱりすごいなぁと感心していたら、彼が私のそばに歩み寄る。

「少し話せるかな？」

ひそめた声に、「えっ」と振り返ったら、「大事な話があるんだ」と返される。

それまでとは違う真剣な瞳に胸が震えた、次の瞬間。

「大事な話ぃ⁉」と声を裏返したのは私、ではなく大地で。

「それって、やっぱ、アレっすか！　お父さん、娘さんを僕にくださいってやつっすよね⁉」

鼻息荒く割り込んできた大地の後ろで、ドスンッと床に尻もちをついた父に、「はぁー」と長いため息をついた。

藤川愛、二十六回目の誕生日。

長い一日の始まりは、こうして慌ただしく幕を開けたのだった。


大事な話があると言った瑞樹だけれど、騒がしいふたりがいたら話せないと思ったのか、「またあとで来るよ」と言って店を出ていってしまった。

話ってなんだろう？

わざわざ東京からやってくるくらいだから、よほどのことだよね。

父が作ってくれた朝食を食べながら、彼の用件を考えていると、「こんにちは〜」と店の引き戸がガラッと開く。

父の釣り仲間である金田《かねだ》のおじさんが姿を見せた。

「よぅ、ヒロちゃん！　今日は、夜の七時からでよかったんだよな？」

金田のおじさんの呼びかけに、「おう！」と父はニンマリ笑い、青地に和風柄のバンダナをキュッと頭に巻きつける。

「金《きん》ちゃんだけに遅刻はゲンキン、なーんちゃってな‼」

「ははっ。ヒロちゃん今日も冴《さ》えてるな！　なぁ、ふたりもそう思うよな？」

今年還暦を迎える父の寒すぎるオヤジギャグは、地球温暖化には優しいけれど、本気で笑えない。

顔を見あわせる私と大地に、金田のおじさんは満面の笑みを向けてきた。

「それにしても。愛ちゃんも、もう二十六歳かぁ。今日はみんなで盛大にお祝いするからな！」

ポンッと肩を叩かれて首を傾げる。

みんなで盛大に？　お祝い？

いったいなんのことだ、と隣の大地に視線を流す。

「親父のやつ、はりきって配ってたぞ」

そう言って差し出されたチラシには、見慣れた父の達筆でとんでもないことが書かれていた。

【定食屋藤川　看板娘生誕パーティーのお知らせ
日時　本日夜七時～気の済むまでＯＫ！

場所　定食屋藤川
会費　気持ち程度でＯＫ！

企画　町内会会長　藤川浩志】

そのあとにも、細かく説明書きがあった。でも、そこまで読んでくらくらしてきた。

「まさか、これ……」

「道行く人全員に配ってたぞ」

へらっと頬を緩ませる大地に、わざとらしいため息をついてやる。

「じゃあ、ヒロちゃん、あとでな！」と金田のおじさんが立ち去ってから、父の肩を鷲掴みにした。

「ちょっとこれ、どういうこと？　私、全然聞いてないよ‼」

「驚いただろ？　お前こういうサプライズ、昔から大好きだったもんなぁー」

少し天然っ気がある父とは、ときどき会話が成り立たない。

こんなまわりを巻き込みまくるサプライズ好きじゃないし！　満足そうに頷いている意味もわかんないから‼

「三十人より五十人って言うだろ？」

「まぁまぁ。姉ちゃん、いーじゃねぇか。家族三人でお祝いするより三十人。三十人より五十人って言うだろ？」


「にひひ」と悪ノリしてきた大地を睨みつけると、「お前っ！　珍しくいいこと言うじゃねぇか！」と父は大地の肩に手を回す。

「よし！　はりきって料理の準備に取りかかるから、主役とはいえお前も手伝え‼」

すでに力尽きてるんですけど。娘の心、親知らずだって……。

盛り上がるふたりに、無理やりカウンターの中へ引きずり込まれた。


そして定刻通り、宴《うたげ》は始まる。

父の人望なのか、夜の七時を少し過ぎたばかりだというのに、狭い店内にはすでに入りきれないほどの人が集まってくれた。

結局、パーティーとは名ばかりで、日頃お世話になっている人たちをもてなしたいだけなんだよね。

一升瓶を片手にお酒を注いで回る父に、そんなことを思う。

そのあと、父に代わってひと通りお酒を注ぎ終えてから、外の空気を吸おうと店の外に出た。

道路を挟んだ反対側には、ベンチと滑り台だけの小さな公園がある。

そのベンチに腰を下ろして、東京よりも明るい夜空を仰いで息を吸う。

澄みきった清涼感のある空気が体全体に染み込むと、祭りの夜の出来事が頭に浮かんだ。

静寂さえ心地よく感じたあのときにはもう、彼に惹かれていたのだと思う。

でも今は、からかうように笑った横顔も、髪を優しく梳いてくれた指先も、なにも感じることができない。

葛城さんがいない……。

何気なく暮らしている毎日の中で、彼ひとりいなくなるだけでたまらない気持ちになり、胸が締めつけられる。

ふたりのことをちゃんと祝福できるように、早く忘れなきゃいけないよね。わかってるけど……。

心に何度言い聞かせても、時が経つにつれ、想いは意に反して深まってしまう。

静寂を際立たせるような強い横風が頬に触れて、身に染みる心細さに、膝に置いた両手をギュッと握りしめた。

「頑張って……忘れなきゃね」

まぶたの裏を熱くするものを堪えるように視線を上げる。すると、暗闇を照らしながら近づいてくる灯りに気づいた。

砂地にザッザッと音をたてた人物が、私の前で足を止めた。

「どうしたの？」

温かみのある瞳が、優しく気遣う言葉が、今一番聞きたかった声とリンクする。

ずっと我慢していた涙が溢れそうになった。

「瑞樹、どうして？」

涙は堪えたものの、喉の震えはごまかせなかったかもしれない。

「うん」とだけ頷いた瑞樹は、懐中電灯を消してから隣に腰かけた。

「大地くんが教えてくれて、これも貸してくれた」

彼は掲げた懐中電灯を膝に置いてから続ける。

「実はさ、『お盆は毎年家族で過ごす』って愛が言ってたの思い出して。誕生日だし、優生と来てるんじゃないかって思ったんだよね。もしかして、遅れて来るとか？」

そこで顔を覗き込まれ、首を横に振る。

「あぁ、仕事？　お盆だってのに、社長にこき使われてんだぁ」

闇夜よりずっと暗い私を気遣うように、瑞樹が声を張る。

いつまでもこんなんじゃ、ダメだよね。

ひと呼吸置いてから、口角を引き上げた笑顔を隣の彼に向けた。

「違うの。葛城さんには、フラれちゃったんだ」

あぁ。言葉にするとやっぱりつらいなぁ。

胸の痛みをごまかすように乾いた声で笑うと、瑞樹が息を呑んだのがわかった。

「嘘だ。そんなわけ……」

「嘘だったら、よかったんだけどね。本当なんだなぁ、これが」

わざとおどけるように言ったら、「無理するなよ」と静かに返されてしまう。

すべてを見透かす言葉に胸がキリキリと軋み出す。

じんわり侵食していく痛みを堪えるよう空を仰ぐと、明るい夜空を白い光が流れるのが見えた。

願いが叶うという眩い光は、いつだって一瞬で、願う時間すら与えない。

欲深い人間の願いに、神様が困ってしまうからかもしれない。

そんなことを思っていたら、ふと瑞樹がなにかを呟いた気がして、「え？」と聞き返す。

夜空を仰いだまま彼は言った。

「こんな綺麗な空を見てたら、いろんなことがどうでもよくなる。愛の気持ちが誰に向いてるとか、どうでも……」

そこで言葉を止めた瑞樹が私を振り返る。

風を受けてざわめく木々の音に交じり、静かな声が耳に届いた。

「好きだよ。今でも……」

揺らぎのない真剣な瞳に、胸が打たれないわけがない。

今日初めての張りつめた静寂に息苦しさを感じる。

けれど、素直な想いを吐き出してくれた瑞樹をまっすぐ見つめて、声にした。

「瑞樹。私……」

続きの言葉は、私の足元を照らすように揺れた白い光に気づいて、喉の奥に消えていく。ザッザッと砂地を歩く足音が近づき、顔を識別できるほどの距離から呼びかけられた。

「あれぇ？　水ヨーヨーの姉ちゃんじゃん⁉」

ふたつの声が重なって届く。

短いスポーツ刈りはそのままだけど、日焼けした肌は、数ヵ月前より黒くなった気がする。

暗闇から姿を見せたのは、葛城さんと行った祭りで出会った男の子ふたり組だった。

「ふたりとも、どうしてここに？」

確か、彼らの家は隣町だったはず。

思わぬ人物の登場にベンチから立ち上がると、ふたりは鼻の頭を掻きながら白い歯を見せた。

「この町で祭りがあるって言うからさっ」

痩せ型で背の高い男の子が得意げに笑うと、もうひとりのぽっちゃりした子が、「違うよ！」と声を張る。

「あっちゃん！　祭りじゃなくてパーティーだよ」

『あっちゃん』と呼ばれた子が、「そうだっけ？」と首を傾げながら、ズボンのポケットからくしゃくしゃに丸まった物体を取り出した。

「あー、本当だ。看板娘の生誕パーティーだって！　……ってか誰だよ、看板娘。まぁ、ケーキ食べられたし、どうでもいいけどな」

「いいけどな！」

そこで、にかっと笑ったふたりは、「どうでもいいーどうでもいいー！」とはしゃぎ出す。それを見てガクッと肩を落とした。

お父さんってば、隣町にまであんなビラ配って恥ずかしすぎる……。

深いため息をつくと、「ねぇねぇ」とあっちゃんに腕を引かれる。

彼はベンチに座ったまま、事の成り行きを見守っている瑞樹をチラリと見てから声をひそめた。

「この人、姉ちゃんの彼氏？　やっぱり、水ヨーヨーも取れない男はダメってこと？」

「そりゃそうだよ。だからチューもできないでフラれちゃうんだ」

ぺらぺらと捲し立てられて、一瞬なんのことだと首を傾げる。

でもすぐに、祭りで水ヨーヨーに苦戦していた葛城さんのことだとわかると、胸を突くような痛みに押しつぶされそうになる。

気を抜くといとも簡単に入り込んでくる彼の影に、今日何度目かわからないため息をついた。

やっぱり私って、相当諦めが悪い女だよね。

もう一度重いため息をつくと、「ねぇねぇ」と再び右腕が下から引かれる。

「そういうことなら、俺たちもう行くね」

「あっ、そう？　暗いから気をつけて帰ってね」

踵を返した背中に手を振ると、くるりと振り返ったふたりは呆れた顔を見せた。

「なに言ってんだよっ、これから山の絶景スポットに行くの！ 姉ちゃんの代わりに兄ちゃんを慰めに行くんだろ‼」

怒るようなあっちゃんの声に、もうひとりの彼も「そうだよー」と大きく頷く。

そんなふたりを見ていたら頭が白くなって、彼らの言葉を理解するのに数秒かかる。

私の代わりに慰めに行く？ 山の絶景スポットに。ゼッケイスポット……。

鼓動だけがドクンドクンッと静かに脈打ち、「じゃあね！」と手を振って走り出した彼らを「待って」と呼び止めた。

今の、どういう意味？

思わぬところから出てきた彼の影に、なにか言いたいのにうまく言葉が出てこない。

立ちつくすだけの私の肩が軽く叩かれ、瑞樹がふたりに歩み寄る。

「慰めに行くって、誰を？」

瑞樹は彼らと目線を合わせるようにしゃがみ込む。

「名前は知らない」とあっちゃんが首を横に振った。

「そっか。じゃあ、どんな人か教えてくれる？」

「えぇー。どんな人って言ったら……」

うーん、と困ったように唸ってから、ニヤリと笑ったふたりは、声を揃えた。

「水ヨーヨーは下手くそで、射的はうまい兄ちゃん！」

えっ——。

木々のざわめきに乗った声が鼓膜まで流れ込み、呆然とふたりの顔を見つめ返す。

余裕のない鼓動がひと際高鳴り、唇が震え出した。

「なんだぁ？　狐《きつね》に突っつかれたみたいな顔して」

「うーん。それを言うなら、狐につままれるかな」

あっちゃんの間違いを優しく言い直す瑞樹の声も、どこか遠のいていく。

「嘘……だよ」

乾いた唇から、やっと出てきた言葉を心で反芻した。

嘘に決まってる。だって、どうしてっ。どうして葛城さんが？

どうして、瑞樹と出会った〝あの場所〟にいるの？

彼らが言う山の絶景スポットは、町を見下ろす展望台から少し林道を歩いた場所にある。

そこへの道は案内板もなく、地元の人間しか滅多に足を踏み入れない隠れスポットなのに。

信じられない思いが頭をよぎり、震える唇を両手で押さえつける。

すがるように瑞樹の背中を見つめると、彼が振り返った。

「ごめん……」

切なげに歪んだ顔が、言葉よりも饒舌に真実を伝える。

痺れ出すこめかみを右手で押さえつけると、静かな声が耳をよぎった。

『藤川はどうして、うちの会社に入ろうと思った？』

祭りの夜、どうしてあんなことを聞くんだろう、と少し思った。

あのとき私は、彼ともっと話をしなければならなかったのかもしれない。

そんなことを悔やみ見上げた夜空に、白い光が線を描くように横切る。

突き動かされるような思いが込み上げ、ポロリと呟きが漏れた。

「瑞樹、ごめん。私、行かなくちゃ……」

私の言葉に瑞樹が小さく笑う。

それを見て走り出す私の背中に、「やったぁ！」と明るい声がかけられる。

一度足を止めて彼らに手を振ると、ちょうど店から出てきた父が小走りで近づいてくるのが見えた。

「おう！　そろそろ戻ってこい。お客様がお待ちかねだぞ‼」

取られた右腕を左手で押さえる。

「お父さん。私、どうしてもっ、行かなきゃならないの！」

申し訳なくて瞳を伏せたら、深いため息をつかれる。

「それは、お前のために集まってくださったお客様を置いてでも、行かなきゃならない用事なのか？」

頷くと、父が大きく息を吸う気配を感じた。

「だったらなぁー。俺を納得させてぇーなら、ちゃんと目ぇ見て言ってみろ！」

その言葉にハッとする。それは、幼い頃から言われてきたことだった。

大事なことは、ちゃんと相手の目を見て伝えること。

「お父さん、ごめんなさい。どうしても、今会いたい人がいるのっ」

今度は目を逸らさずに言うと、掴まれた腕がほどかれ、父は満面の笑みを浮かべた。

「よし！　それでこそ俺の娘。走って行ってこい‼」

前のめりになるほどの強い力で背中が押され、自然と前に動いた足は勢いそのままに走り出す。

公園を出る直前に振り返ると、父は大きく手を振っていた。

ねぇ、お父さん。本当は、知ってるんだ。六歳の誕生日をお父さんが忘れてなかったこと。

忘れたふりをしてあとで驚かそうと準備をしていたのに、あの日は町を騒がす事件が起きてしまい、駆り出された父はそれどころではなくなった。

『愛は、俺の宝物だからな！』

父はいつもそう言って、優しく頭を撫でてくれたのに、それが全部嘘だと思って悲しかった。

でも、黙っていなくなった私を見つけたとき、父は叱るでもなくただ抱きしめてくれた。

ついさっき、金田のおじさんがこんなことを教えてくれた。

『愛ちゃんの六歳の誕生日な。自分の悪ふざけが愛ちゃんを傷つけちゃったこと、ヒロちゃんはずっと悔やんでた。だから今回は、なんとか喜ばせようと必死だったんだ』

街灯がぽつぽつ照らされる道路を走りながら、目の奥が熱を持つ。

父のやることは少しピントがずれていて、ハラハラさせられる。でも、父との思い出は嬉しくて、泣きたくなるようなものばかりだ。

誕生日のことだって、誤解だって教えてくれればよかった。

でも起きてしまったことに言い訳をせず、自分を責め続け、思いを押し殺すところが、今私が会いたい彼と似ているんだ。

葛城さん……。

運命や奇跡を信じるなんて言ったら、あなたはきっと笑うよね？

でも、ダメかな。賭けてみたら、ダメかな。

もしも今日、あの場所であなたに会えたら、奇跡だって思ってもいいかな……。

夏の生ぬるい夜風が心地よく感じられるほど必死に走っていたら、展望台の駐車場に辿り着く。

「疲れたー」

ちょっと休もう。

マラソンを走り終えたランナーのように、ふらりと前のめりに立ち止まった、そのとき。

闇夜に細く光る一点が私に向けられる。

考えるよりも先にドクンッと心臓が跳ね上がり、立ち竦む私に、誰かが歩み寄ってきた。

もしかして――。

心の呟きに反応するよう、背後で発進した車がその人の顔を明るく照らす。

彼がここに存在するというだけで、心を打たれたように動けなくなる。

夜風にふわりと髪を揺らし、懐中電灯を片手に現れたのは——葛城さんだった。

少し頬をつねってみた。普通に痛かった。

「なにしてんだ？」

高いところから呆れた声が落ちて、今度は思いっきりつねったら涙目になった。

「やめろ、バカ！」

容赦ない厳しい口調に、これが夢ではなく現実だと実感できた。

「だって、こんなところで葛城さんに会うなんて、夢か、幽霊かと思って」

「人を勝手にコロスな」

「すみません……でもっ、すごい偶然ですね！　あはっ、あははははー!!」

望んでいたことが現実になった。

ここで会えたら奇跡だって思っていたのに、まだどこか信じられない。

すると「行くぞ」と、身動きの取れない私の左手が取られた。

「えっ!?」

さすがにそれは、愛美に悪い。

振りほどこうとするのに、掴まれた手は固く指を絡めながら、痛いくらい握り返される。

そのまま無言で歩き出す彼に、『どこに行くの？』とは、聞かない。

落ち葉が何層にも重なる獣道を進む彼の足が、答えを教えてくれるはずだから。

触れた指先が嬉しい。でもこれは、ほんの一瞬。

この手をほどいたら、彼はまた愛する人の元へ戻っていく。

切なさが胸を襲いかけたとき、「着いた」と隣から満足そうな声が漏れる。

顔を上げると、手を伸ばしたら届きそうなほど近くに感じる星空が、私たちを迎えてくれた。

「大きくなったら、流れ星だって掴めるって思ってたんです」

自然と零れ出す言葉。

「流れ星を手に入れたら、毎日たくさんの願い事を叶えてもらえる。そんなバカなことを思ってた……」

そこで、私の言葉に耳を傾けていた葛城さんがなにかを呟いた気がした。

「えっ？　なにか――」

聞き返そうとしたら、繋がれている手が強く引かれ、一瞬にして温かい腕に抱きしめられた。

「葛城さんっ」

戸惑いの声を漏らしたら、「このままで……」と首筋に顔をうずめた彼が囁く。

嬉しいのに苦しい。諦めることがこんなに苦しいなんて、知らなかった。

佐々木先輩を諦めたときの愛美も、きっと……。

彼女に悪いと思いながらも、胸板から感じる温もりにそっと体を預ける。すると、近くの木々が空気を揺るがすほどの山風を受けてざわざわと騒ぎ出す。

ざわめきに紛れた声が静かに届いた。

「誕生日おめでとう」

その瞬間、記憶にかけられたヴェールを拭い去るように、ひと筋の眩い光が夜空を駆けていった。


六歳の誕生日。大事な日を父に忘れられたことがショックだった私は、たったひとりで山奥にある絶景スポットまで足を運んだ。

『流れ星の神様って、なんでもお願いを叶えてくれるんだって！』

クラスの誰かが言っていた言葉を信じて、まだ一度も見たことのない流れ星に、ある願い事をするために。

そして、満天の星で飾られた明るい夜空を仰ぎ、数時間が過ぎた頃。

待ち望んでいた瞬間がやってきた。

でも、あまりにも一瞬で願い事なんてできるわけない。

膝を抱えて泣きじゃくっていたら、『どうしたの?』と暗闇から声がかけられた。

顔を上げると絵本から抜け出たみたいに綺麗な顔をした男の子が、隣にちょこんと座っていて、天使が舞い降りてきたのか、と大きく目を見開いた。

『泣いてるの?』

優しく聞かれ、堰《せき》を切ったように涙が溢れ出す。

『流れ星……。見つけた……のにっ』

『うん』

『お願いできなかったのっ。空飛ぶ車をくださいっ。私をいい子にしてくださいって。だって、私がっ、いい子じゃないから、お母さんいなくなっちゃった。いい子じゃないから、お父さんだって、今日の誕生日を忘れちゃった』

半年前に病気で亡くなった母に、空飛ぶ車で会いに行きたかった。

それは、当時流行《はや》っていたCMの影響があったのだと思う。流れ星よりも速く夜空を走る車のCMは、瀬戸自動車のものだった。

そして欲張りな私は、流れ星の神様にもうひとつ願いを叶えてほしかった。

『どうか、私をいい子にしてください』

いい子になればお父さんだって、私の誕生日を思い出して頭を撫でてくれるはずだから。

自分でもなにを言いたいのかわからなかった、嗚咽交じりの言葉。

黙って聞いていた男の子が、涙で濡れた手を握りしめて約束してくれた。

『流れ星の神様の代わりに、僕が叶えてあげる。空飛ぶ車を作ってみせるよ』

意志の強い声に、溢れ出た涙がピタリと止まる。

『今日誕生日なの？』と顔を覗き込まれ、涙でぐしょぐしょに濡れた顔を縦に振った。

すると、私を見つめる瞳が柔らかく細まり、彼は一番欲しかった言葉をくれた。

『お誕生日おめでとう。大丈夫。きっと、お父さんも思い出すよ。でも、お父さんが思い出すまで、僕も覚えてるから』

いたわるように髪を撫でてくれる指先の温かさに、止まったはずの涙がまたひと筋頬を伝う。

嬉しくて言葉が出ない私に、四つ葉のクローバーが差し出された。

『これ、あげる。約束のしるし』

手に入れることが困難なそれは、幸せになれるお守りだって知っていたから、伸ばしかけた手を慌てて引っ込めた。

『いいよ。だってこれ、なかなか見つからないんだよ？』

『いーんだ』

欲しいけど男の子の幸せを横取りしちゃダメだよね。

どうしよう、と迷っていたら、男の子が泣きそうな顔になった気がして、『ありがとう』と礼を言って受け取った。

すると、プレゼントをもらったのは私のほうなのに、彼は宝物を手に入れたような満面の笑みになった。

なにかお返しがしたいな……。

愛らしい顔を見ていたら気持ちが突き動かされ、背負ったままだったリュックから水筒を取り出す。

水筒の中身は地元名産のお茶で、それを彼にごちそうしようと思った。

だけど『いらない。お茶、苦いから嫌い』と首を横に振られてしまい、茶の名産地で生まれ育ったプライドが、それを許さなかった。

『絶対おいしいから、騙されたと思って飲んでみてよ！』

父が嫌いなものを食べさせようとするときに、よく使うセリフを言ってみた。

でも、ぷいっと顔を背けられてしまう。

『嫌だ。騙されたくない』

その態度にムカッときた私は、『このやろっ、飲め！』と男の子の口を押さえて、無理やりお茶を飲ませてしまった。

『ゲホッ！　くっ、苦し……』

『うわぁー、ごめんね！』

お茶が気管に入ったらしく、むせ始めた背中をさすりながら、どうしよう、とおろおろしていた私の手が、ギュッと強い力で掴まれる。

『大丈……夫だよ？』

苦しそうに咳き込みながらも笑顔を見せてくれて、優しい子だなって思っていたら、男の子の左手が傷ついているのに気づく。

『大変！　血が出てるよっ』

『えっ。あぁ……さっき転んだときに、折れた枝に触って切っちゃったから。でも、もう血は止まってるし大丈夫』

男の子はそう言ったけれど、痛々しい傷痕が気になってしまい、リュックから絆創《ばんそう》膏《こう》を取り出す。

『これ、あげる』

男の子に手渡した絆創膏は、クラスの女子の間で流行っている猫《ねこ》のキャラクターのもので、大事に使っていたけれどもったいないとは思わなかった。

『これ……女の子が使うやつだよね？』

『そうだよ！　かわいいでしょ？　痛いの飛んでいくんだから』

得意げに返したら、『へぇー』と呟いた男の子は、傷を隠すように絆創膏を貼りつける。

左手の薬指に巻かれたピンクの絆創膏が、指輪みたいでかわいいなって思った。

『ありがとう』

嬉しそうに微笑んだ男の子の顔は、やっぱり天使みたいに愛らしくて、全力で走ったあとみたいに、心臓がドキドキしていた。

透き通った真っ白な肌、意志の強そうな瞳。

あの子は――。

「あのときの男の子は……葛城さんなの？」

抱き寄せる腕を緩めた葛城さんを見上げると、「あぁ」と彼は小さく笑った。

満天の夜空が創り出す青白く幻想的な光が、目の前の笑顔を明るく照らす。

色褪せた写真が蘇るように記憶が鮮明となり、溢れる涙が頬を伝った。

「あのとき出会ったのが私だって、いつ気づいたんですか？」

「再会して、すぐにわかった。藤川、全然変わってなかったから。すぐムキになるとことか。こうやって、すぐ涙ぐむとことか」

葛城さんはからかうように言いながら、そっと涙を指で拭ってくれる。

「どうして、教えてくれなかったんですか？　私、ずっと瑞樹だと思ってて」

「忘れない約束をしたのは俺だけだったし。それに、藤川が瑞樹との思い出を大切にしてるってわかったから」

「そんなっ……」

だったら、葛城さんの気持ちはどこへ行くの？

唇を噛みしめて俯くと、「でも」と小さく呟いた彼に背中を抱かれた。

「今日の誕生日は、藤川が教えてくれた。だからもしこの場所で会えたら、おめでとうって言いたかった」

胸を突かれる言葉が耳たぶに触れて、止まったはずの涙がまた伝い落ちていく。

名前も聞けずに別れたことを、ずっと後悔していた。

だって、あの日の出会いがなかったら、私はこの場所で泣き続けて、今よりもずっと泣き虫になっていたから。

だから、あのとき言えなかった、『一緒にいてくれて、ありがとう』という言葉を伝えたくて。

この場所に来るのが、なんとなく日課になって。でも会えなくて。

もう一度会いたいって願っているのは、私だけだと思っていたのに……。

泣きじゃくる私の髪を柔らかく撫でる手つきに、鼓膜まで響く優しい声に、言いようのない想いで目の奥が熱くなる。

なにか伝えたいのに声は嗚咽になるだけで、涙が止まらない。

ここで会えたら、奇跡だって思った。

でも、神様がくれた奇跡より、彼の意志で叶えられたことが嬉しい。それが、なによりも嬉しい。

穏やかな沈黙が流れていく。心を落ち着かせてから顔を引き上げた。

「あの日も、今日も一緒にいてくれて、ありがとう……ございます」

二十年分の想いをあの頃と同じ優しい眼差しに届けると、葛城さんはそれに応えるように抱きしめてくれた。

温かい腕に包まれると、ダメだって思うのに、もっと泣きたくなってしまう。

彼のことを諦めないといけないのに、どこか期待してしまうバカな自分がいる。

愛美に悪いと思いながらも体を預けたままでいると、少しだけ腕の力を抜いた葛城さんに顔を覗き込まれる。

心配げに揺れる瞳が愛おしくて、胸がキュッとなった。

「泣かせたくないって思う気持ちは、あの頃と変わってないのに。俺は、藤川を泣かせてばかりだな……」

切なげな声に胸がチクリと痛みを帯びる。でも、首を大きく横に振った。

涙腺が緩みっぱなしの顔でそんなことをしても、説得力がないかもしれない。

だけど、ひどく歪んだ彼の顔は涙を見せずに泣いているようにも見えた。

「そんなことないです」

今できる一番の笑顔を向けたら、小さな笑みが返される。

背中に回った腕がほどかれて、ポンッと頭を軽く叩かれた。

「もう遅いから、帰りながら話そう」

葛城さんはそう言って私の手を取り、ゆっくり歩き出す。

歩調を合わせてくれた彼は、私たちが出会ったあの日のことを語り始めた。

幼い頃から英才教育を施されていた葛城さんは、全国でもトップクラスの名門小学校へ通っていたという。

「入学後の初めてのテストで学年トップになった。そのときは単純に嬉しかった。でも、次のテストでも一番を取ったら、だんだんクラスメートに無視されるようになった。テスト後にそんなことが続いて話す相手がいなくなった頃、ようやく気づいた」

そこまで話した彼の声が止まる。

月の光に照らされた横顔が寂しげに歪んでいった。

「勉強は誰よりもできたのに、たったひとりの気持ちを掴むことさえ、俺にはできなかった」

かける言葉が見つからない。

ありきたりな慰めの言葉を口にしたら傷つけてしまう気がして、繋がれた指に力を加えると、彼はすぐに笑顔を見せた。

「なんて顔、してんだ」

「えっ。どんな顔ですか？」

「世界一不幸な人間を前にして、憐れむ顔」

「それはっ……」

言葉を詰まらせると、葛城さんは小さく息をつく。

「でも確かに、あの頃は生活環境も変わって、学校でもそんなふうで……。自分が世界一の不幸者だって思って心が壊れる寸前だった。そんなとき、この町で藤川に会った。あの日は藤川の誕生日だったけど、かけがえのない贈り物をもらったのは、俺のほうだったんだ」

そこで言葉を切った彼は、少し照れくさそうに笑ってから話を続けた。

夏休み。小学校の野外研修でこの町にやってきた葛城さんは、透き通った川、道路を横切る蛙《かえる》に驚いた。

普段の生活で触れることのない緑に囲まれた世界。そのすべてが新鮮に映り、心を高ぶらせたという。

展望台近くの野原で昼ご飯を食べたあと。

『幸せになれる四つ葉のクローバーをみんなで探しましょう!』

急に思いついたかのような女性教師のかけ声で、四つ葉のクローバー探し大会が始まった。

あたり一面に広がる緑の絨毯の上で、クローバーを一番必死になって探していたのは、葛城さんから最初に離れていったクラスメートだった。

彼の背中をじっと見つめていた葛城さんは、自分のためでなくその子のために探そうと思った。

そして、汗だくになって探すこと十分。

『見つけた……』

やっとの思いで見つけた四つ葉のクローバーを持って、『見つけたよ』とその子に笑顔で差し出したら、悲痛な顔をされた。

『僕が欲しいもの、どうして優ちゃんは……みんな持ってっちゃうの？』

『違っ――』

胸がズキンッと鈍い音をたてた次の瞬間。

体がふわりと宙に浮き、突き飛ばされたことを知ったときは、地面に体を打ちつけていた。背中に激痛が走る。でもそれよりも、弾かれた胸が痛かった。

『優ちゃんなんかっ、いなくなっちゃえばいいのに！』

見下ろされる冷たい瞳に、目の前が真っ暗になり、駆け寄ってきた女性教師の腕をすり抜けて走り出した。

涙を堪えて道なき道を進み、気がついたら夜になっていた。

そして、一度転んで辿り着いた場所には、膝を抱えて泣いている私がいたという。

彼の話に耳を傾けながら思った。

あのとき私は、自分のことでいっぱいいっぱいで、葛城さんがどんな思いで四つ葉のクローバーを差し出したのかはもちろん、躊躇《ちゅうちょ》する私の顔を祈るような気持ちで見つめていたことにも、まったく気づいてあげられなかったんだ……。

あのときの状況では、それも仕方なかったのかもしれない。

でも悔いるように今、繋がれてない左手で拳を作った。

そこから先の話は、私もよく覚えている。

あの場所で少し話したあと、ふたりで手を繋いで町まで戻った。

そして、私の姿を見るなり駆け寄って抱きしめてくれた父の腕の中にいると、悲鳴のような声が上がった。

『どうしてっ！　突然、いなくなったりするの‼』

それは葛城さんの担任である女性教師の怒りに震える声で、まわりには制服を着たおまわりさんや町の人たちがたくさんいた。

ひそかに私の誕生日パーティーを企画していた父が駆り出されることになった事件とは、いなくなった名門小学校の生徒を探すこと。

それは、葛城さんのことだった。

『黙ってたら、わからないでしょ！』

下唇を噛みしめて黙り込む彼に、女性教師が声を荒らげる。

彼女の持つ懐中電灯の灯りが、泣きそうに歪んだ顔を照らした、次の瞬間。

胸がドクンッと大きく震えて、気がついたら父の手をすり抜け、葛城さんを庇うように女性教師の前に立っていた。

『この子は悪くないよ！　私が呼んだのっ。一緒にいて、ってお願いしたの!!』

なにかを必死で堪えるように両手を握りしめる彼を、ただ守りたかった。

今思えば、子供ながらにも私にしかできないことだって、わかっていたのかもしれない。

『だからっ、この子のこと怒らないで？』

この言葉は、葛城さんの涙腺を一気に緩ませ、これまで何度も堪えてきた涙の粒がぽろぽろと彼の頬を伝い落ちる。

泣いたら、私がついた嘘だって、バレちゃうって思った。

『泣かないで？』

止め処なく零れ落ちる涙を、いつも父がしてくれるみたいにハンカチでトントンと拭うと、彼がハンカチをギュッと握りしめた。

あのとき私は、まだ知らなかった。嬉しいときに流れる涙の意味を――。

あの頃のように、足場の悪い林道を手を繋ぎながら歩いていく。

ふと視線を感じて顔を横に向けると、優しさをたたえた瞳が私だけを見つめた。

「嬉しくて泣いたことなんてなかった。あの日、言葉で救われることを初めて知ったんだ……」

柔らかく細まる瞳は、いつだって私の胸を温かくしてくれる。

しばらく足を止めて見つめあうと、葛城さんはジャケットの内ポケットからなにかを取り出す。クールな彼には似合わない花柄のハンカチに見覚えがあった。

「これ。あのとき、藤川に返しそびれたハンカチ」

差し出されたハンカチを受け取ると、そこには確かに父の字で『ふじかわあい』と書かれていた。

あぁ、そうか。瑞樹が私の名前を知っていたのは、もしかしたら葛城さんが持っていたハンカチを見たからかもしれない。

そんなことをぼんやり思っていると、葛城さんが小さく笑う。

「それにしても、お茶を無理やり飲まされたときは窒息するかと思った」

「ごっ、ごごっ、ごめんなさい！」

「でも、なぜだかあの味が忘れられなかった。それからだ。茶と名のつくものが嫌いだった俺が唯一、日本茶だけを好きになったのは。昨日も日本橋《にほんばし》でやってた〝世界のお茶展示会〟で試飲してきたけど、やっぱり日本茶以外は飲む気になれないな」

「そうだったんですね」

そういえば、葛城さんの家には緑茶とコーヒーしかなかったもんなぁ。

幼い頃の無茶ぶりからそこまで緑茶にはまってくれたなんて、ちょっと悪いことしちゃったけど、なんだか嬉しい。

思わず頬を緩めると、冷たい山風が隣を歩く彼の前髪をふわりと揺らす。

しばらく言葉なく歩き続けて、駐車場の灯りが遠くに見えると、繋いだ指先に少しだけ力を込めた。

駐車場に着いたら、この手はきっと離れてしまう。

そう思うと胸が締めつけられ、ふと足を止めた私の髪が風に乗り、頬を掠める。すると祭りの夜のように、ひんやりとした指先が髪を優しく耳にかけてくれた。

指先が頬を掠めるだけで、胸が苦しい。

何度も押し寄せた痛みを否定することなんて、もう無理だと思った。

愛美、ごめんね。私、やっぱり葛城さんが好きだよ。

彼との繋がりがわかって、気持ちはより高まってしまった。

葛城さんを忘れるためには、彼があの日出会った男の子だと知らないほうがよかったのかもしれないし。今ふたりでこうしていること自体、愛美に対する裏切りだとも思う。

『だから、もう彼と話さないでっ。彼と別れてほしいのっ』

ふと、愛美の悲痛な叫びが耳の奥で響き、それが嬉しそうに弾んだ声に変わると、全身にぞわりと鳥肌が立つのを感じた。

ちょっと待って。〝あれ〟って、どういうことなの？

心の呟きに胸が大きく震える。

頭の隅にぼんやり浮かんだ影のようなもののせいで、胸の震えが全身に伝わり、絡みあう指先にギュッと力を加える。

すると、震える心を落ち着かせるような優しい声が届いた。

「嘘は誰かを傷つけたり、陥れたりすることもあるけど。あのとき藤川がついてくれた嘘は、俺にとってすごく必要なものだった……」

彼の言葉ひとつひとつが、心に、体に染み渡っていく。

「だから、また会うことができて、一緒に仕事ができて、嬉しかった。ありがとう」

それはきっと、私から言わなきゃいけない言葉で。でも、一番言ってほしかった言葉だ。

まっすぐな想いを伝えてくれた彼に、胸がいっぱいで返す言葉が見つからない。

でも、警笛を鳴らすような体の震えは止まらず、頭に浮かんだ考えに背筋がスッと冷えるのを感じた。

第九章　守るための真実

お盆休みが終わり、東京へ帰る新幹線の中で愛美にメールを打った。彼女からの返信によると今日は家にいるようだったから、旅行バッグを持ったまま彼女のマンションへ向かうことにした。

旅行帰りはいつも体が重く疲れきっているけれど、今日のそれは今までの人生でぶっちぎりの一番と言えるかもしれない。

父が持たせた惣菜《そうざい》やら土産で、行きよりもずっと重たくなった旅行バッグを肩にかけながら、駅の改札を出る。

タクシーでもバスでもなく、あえて歩くことを選択したのは、愛美に会うのを少しでも先延ばしにしたかった気持ちがどこかにあるのだと思う。

ふと、葛城さんの苦痛に歪んだ顔と言葉が頭をよぎる。

『もっと疑う気持ちを持って人と接したほうがいい……』

その通りだった。

相手の言葉を額面通りに受け取ってしまう私は、いつも大事なことを見落としてしまう。

一昨日《おととい》の夜、葛城さんと思い出の場所で会って、そのあと彼の車で実家まで送ってもらった。

これまで彼がくれた言葉を繋ぎあわせていくと、ある疑問が浮かび上がり、辿り着いた答えは信じ難いものだった。

答えは、葛城さんに聞けばすぐにわかるだろう。でもそれよりも先に、愛美と直接会って話さなくてはと思った。

重い足取りで愛美のマンションに着く。

私が訪ねてきた本当の理由を知らない彼女は、土産であげたお茶を啜《すす》りながら小さく笑った。

「ハーブティーもいいけど、やっぱり緑茶は高良町のが一番よね」

弾んだ声に曖昧な笑みを浮かべながら、「葛城さんに、ブレンドしたハーブティーをあげたって言ってたもんね……」とテーブル越しに座る彼女に話を切り出す。

「うん……彼ね、私がブレンドしたハーブティーを気に入っちゃって。最近はそればっかりなの」

その言葉に息を呑むのと同時に、膝に置いた指先が震え出す。

それは、すべての疑問を解き明かすものだった。

「もう……やめて」

膝に視線を落としたまま消え入るような声を漏らすと、ハッと息を呑む気配がした。

「ごめん。私、無神経だったよね」

ゆっくり顔を上げると、愛美の瞳に切なげな色が差す。

まっすぐ彼女を見据えながら声にした。

「謝らなくていいっ。いい……から……本当のことを教えて？」

「えっ……」

そこで彼女が声を詰まらせたのは、私の言葉がよく聞き取れなかったから、ではないだろう。

「愛美、私に嘘ついてるよね？」

彼女の瞳が揺れ動き、視線を逸らされる。

それが、答えだと思った。

いつも一番近くで見守ってくれていた。信頼できると思っていた。大好きだった。

それなのに、愛美を問いつめなければならない状況が、その原因を作った彼女が、許せなかった。

「葛城さんと結婚の約束をしてたっていうのも……今付きあってるっていうのも、嘘なんでしょう?」

喉の奥がひどく渇いて、声が掠れた。

松田課長から聞いた幼い頃の葛城さんは、まわりを気遣い、自分の痛みを押し殺す強さを持つ男の子だった。

大人になってからの彼は、重役に盾突くことになっても弱い立場の現場スタッフを庇う、曲がったことが嫌いで心優しい人だった。

彼の性格は、一緒に仕事をするようになって、優しさに触れて、わかっていたはずなのに。

ふたりが付きあい始めたと知って、ショックのあまり大事なことを見落としていた。

そんな彼が、どうして私とちゃんと向きあわずに愛美と付きあうような、不誠実なことをするだろう?

それとは別に、思い出の場所で葛城さんから話を聞いたとき、不自然さを感じた。

そしてなにより、今の愛美のひとことが決め手となった――ハーブティー。

葛城さんは普段、コーヒーと緑茶しか飲まない。

緑茶以外で〝茶〟と名のつくものを昔から好まないと、ついこの間も言っていたばかりだ。

私の言葉に愛美は顔を引きつらせている。

それは、嘘を認めたも同然。やっぱり愛美は嘘をついていた。

「でも、どうしてもわからない。愛美がなんで、そんな嘘をついたのか」

それがわからないから、彼女の嘘を見抜けず、彼を信じることができなかった自分を恨んだ。

重苦しい沈黙がしばし流れる。

思い立ったように椅子から立ち上がった愛美は、静かに口を開いた。

「婚約者の彼が浮気してたの。それで婚約破棄を親に相談しようとしたら、先に手を回されていた。彼、詐欺師のように口がうまいの。だから彼の浮気も、マリッジブルーからくる私の勘違いだ、って親は彼のほうを信じた。昔から、世間体ばかりを気にする親だから、そのほうが都合よかったのよ、きっと……」

彼女はそこで大きく息をつき、窓際のチェストに置いてあるアンティークの時計を右手でそっと撫でた。

「どうすればいいか悩んでいたときに、なにも知らない愛はこの時計をくれた。アンティークのすごい高いものよね。無理して買ってくれたんだって思ったら、祝福してくれてるって思ったら……言えなかった。だから、いつものように我慢して……私が我慢すれば、すべて丸く収まるって思った」

そこで言葉を止めた愛美が、下唇を噛みしめた。

彼女の心の痛みを知り、胸が締めつけられる。

返す言葉を探していたら、熱を持った瞳が私を見据えた。

「だって、昔からそうだったから。佐々木先輩のことも、そうやって諦めた。それでいい、って納得してきた。でも、どうして傷つくのはいつも私なの⁉　どうしてっ、誰も……私の思いに気づいてくれないのよっ」

天井に突き抜けそうなほど声を張り上げた愛美は、顔を両手で覆い隠し、頭を激しく振った。

愛美は、私のために好きな人を諦めてくれた。それがどれほど苦しいことかは、葛城さんへの想いを断ち切ろうとした今ならわかる。

いつも幸せそうに笑っていた愛美。

そんな彼女の左手薬指には、私が憧れても手が届かない〝幸福の証〟があった。

婚約者の裏切りがわかっても外せなかったであろう〝それ〟が、彼女の手からいつなくなったのか思い出せないくらい、私は彼女の変化に気づいてあげられなかった。

悲痛な訴えに、悔しさと怒りにも似た感情が込み上げてくる。

ふたりだけのリビングルームに再び静寂が訪れ、愛美は視線を床に落としながらぽつぽつと語り始めた。

「昔からそうだった。私が大事に思う人は、いつも私を一番に考えてくれない。私の気持ちをわかってくれない。親だって、彼だってそうよ。だから、愛にはわかってほしかった。私が言わなくても気づいてほしかったのに……」

そこで、淡々と語っていた愛美の唇がわなわなと震え出すのがわかった。

「でも、愛が気づいてくれるわけないよね。だって、私のこと大嫌いなんだし」

思いも寄らない言葉に息を呑む。

「……なんで？　そんなことないよっ」

嘘をつかれたのはショックだったけど、なにか理由があるはずだから……。

理由も聞かずにそんなことを思うわけがない。愛美の発言があまりに突飛で、思わず今の状況を忘れて笑い飛ばしたくなったのに、確信に満ちた瞳で言い放たれた。

「とぼけないでよっ。この前の同窓会で言ってたでしょ！　聞いてたんだからっ‼」

咎《とが》めるように顔を歪めた愛美を、呆然と見つめる。

電流に打たれたような強い衝撃が体を突き抜け、数ヵ月前の同窓会での出来事を思い出す。

愛美の悪口を言っていた三人組に、わざと話を合わせるようなことを言った。

愛美がそこの部分だけ聞いてしまったとしたら。

そのあと、彼女たちを非難する私の言葉も聞かず、顔を歪めて走り去った彼女の姿が簡単に想像できた。

あれは違う。違うの……。

そう言いたいのに、早く否定しなきゃいけないのに……。

偽りの言葉でも彼女に聞かれてしまったことがショックで、喉に声が張りついたようになって言葉にならない。

ただ心の音を響かせることしかできないでいると、愛美はなにか汚いものを見るような目つきで続けた。

「親友だって思ってたのは私だけだった。それはそうよね。だって、愛には私以外にも友達がたくさんいるから。でも、私はそうじゃないっ。私には愛しかいないのに。私にはっ、彼しかいないのに……。だから、大事な人の一番になれないなら、みんな私みたいに傷ついちゃえばいいって思った。だから……」

そこで言葉を止めた愛美が視線を上げる。冷えきった瞳が私を見つめた。

「愛が襲われそうになった、婚活バーの男を差し向けたのは……私だよ」

耳を疑う言葉が背筋にスッと冷たいものを滑らせ、呆然とした瞳を彼女に向けた。

「今……なんて？」

それ以上言葉が続けられない私に、愛美は口の端を少しだけ引き上げる薄っぺらい笑みを浮かべる。

凍てつくようなそれに、私たちの関係が今まさに崩れていくようで……。

違う。きっと私が知らなかっただけで、壊れかけていた。

腹立たしいよりも、ただ悲しかった。

「愛の恋人になった彼は、愛をホテルへ連れ込もうとした男から話を聞いて、私のところへわざわざやってきたの。だから、『愛にはもう二度と会わない』って言って、その場は帰ってもらったのよ」

宙を睨みつけながら、淡々と語る彼女を信じられない思いで見つめる。

目の前にいる彼女は、本当に私が知っている愛美なの？

いつしか零れ落ちていた涙は頬を濡らし続ける。でも、それを拭う気力は残されていなかった。

葛城さんのことを、ただの通りすがりのおせっかいな人間だと思った愛美は、それからも普段と変わらない態度で私と会っていたという。

再会を望まなかったふたりを、私が会わせてしまったんだ……。

そのあと、会社の前で私と愛美が一緒にいるところを見た葛城さんは、私のことが心配になって愛美に事情を聞きに来たという。

その姿を想像すると、「あぁ」と嗚咽のような吐息が零れ、彼の言葉が耳の奥で蘇る。

『……藤川には、関係ない』

走り去る愛美の背中を見つめていたときの言葉は？

『彼女が俺を好きだなんてあり得ない。俺が言えるのはそれだけだし、俺の気持ちは変わらない』

ふたりの関係を問いつめた私に返した、あの言葉は――。

親友に裏切られた私を必死に守ろうとした、優しい嘘だった。

大好きな人にあんな言葉を言わせてしまったことが悔しくて、堰を切ったように溢れた涙がテーブルにぽたぽたと染みを作っていく。

「それがすべてだよ。なにか言いたいことがあるなら、聞いてあげる。でも悪いけど、少しも後悔してないし、謝る気もないからっ」

愛美は吐き捨てるように言うと背を向けた。

そんな彼女を見ていたら、熱くなった頭も冷めていき、涙で濡れた頬だけがヒリヒリと痛んだ。

言いたいことは、たくさんあった。

だけど言葉にしようとすると、愛美と過ごした楽しかった日々が鮮やかな色彩を持って脳裏に蘇り、唇を震わすだけで声にもならない。

「言いたいこともないなら、もう帰って！」

不意に振り返った彼女に強引に腕を取られ、玄関に追いやられる。

スニーカーを履き、旅行バッグを肩にかけてから振り返ったけれど、愛美はこちらを見ようともしなかった。

玄関をあとにして、ドアの閉まる音が背中に届く。ドクンッと強く脈を打った鼓動がなにかを訴えかけてきた。

このまま帰る？　冗談じゃない。帰れるわけないじゃないっ！

勢いそのままにドアノブに手をかける。

もう一度ドアを開けると、玄関先に手を付いてうな垂れていた愛美が驚いたように顔を上げた。

「愛美が私にしたこと、簡単には許せないよ」

「別にっ。許してもらおうなんて、思ってないわよっ！」

鼻声で言い返す愛美は、きっと泣いていたのだと思う。

でも彼女を見下ろしたまま、強く言い放つ。

「愛美はずるい。結局ただの八つ当たりじゃないっ」

玄関に響くほどの声で言ってやったら、少し怯んだように彼女の瞳が揺れた。

「佐々木先輩のことだって、私が好きになってもうまくいかないってわかってたんじゃないの？　本当は心の中で笑ってたんでしょっ」

同窓会のときのように、心にない言葉をわざと吐き出して彼女の本音を引き出そうとすると、愛美の唇が震え出す。

彼女の瞳から大粒の涙がぽたりと床に落ちた、次の瞬間。

悲鳴に近い声が上がった。

「違う！　そんなこと思ってないっ。あのときは本当にっ、彼よりも愛のことが大事だった。大事だったのっ‼」

声を張り上げた彼女が、涙でぐしゃぐしゃになった顔を両手で覆う。

悲痛な叫びが頭の芯まで響くのと同時に、目の奥に引っ込めたはずの涙が頬を伝い落ちた。

すべてを聞いて、愛美を許せないと思った。

でも愛美が泣いている気がしたら、やっぱりだった。

彼女の頬を止め処なく流れ落ちる涙。私にはそれが、少しの濁りもないもののように思えた。

嗚咽を堪えながら泣きじゃくる愛美の背中に腕を回す。

「やっと聞けた。愛美の本当の気持ち」

首筋に顔をうずめると、彼女の嗚咽が激しくなる。だから、もっと強い力で抱きしめた。

「いつもひとりで苦しんで、バカだよ本当。でも、いつも気づいてあげられなくて、ごめん。同窓会のことも、本当にごめん。でも信じて？　あれは誤解なの」

いたわるように髪を優しく撫でながら、震える両肩を掴んで少しだけ体を引き離す。

「愛美、今すごく後悔してるんだよね？」

返される言葉はない。でも、大きく揺れる瞳が、そうだと教えてくれた。

「ねぇ、愛美。物事には必ず原因があって、愛美が私にしたことを後悔して苦しんでるのは、自分が選んだことが間違っていたからだよ」

私はそれを葛城さんから教わった。だから彼を好きになったんだ……。

「違っ……う。後悔なんてっ」

嗚咽を堪えながら愛美は必死に否定する。

でも、弱々しい声に説得力はなく、涙で濡れた顔を覗き込んだ。

「昔から愛美は、人前で絶対泣いたりしなかった。でも、葛城さんとのことを聞いたとき、愛美は泣いてた。泣いて謝ってた。ずっと友達でいたいって言ってくれた。あれが演技だったらアカデミー賞ものだよ？」

少しおどけた様子で笑ってみせたら、苦しげな嗚咽が彼女から零れた。

「同窓会で、私を嫌いだって言う愛の言葉がショックだった……。それから毎日、信じたい気持ちと信じきれない気持ちで、頭ん中ぐちゃぐちゃだった。でも、愛に直接聞く勇気もなかった……。だってっ、面と向かって嫌いって言われたら、私――」

そこでしゃっくりをした愛美は、ひと呼吸置いてから続ける。

「そんなとき、婚約した彼に裏切られてからやけになって通っていた婚活バーで、あの男と知りあって……酔ったせいもあって『友達のことちょっとからかって』って言ったのっ。でも……あの男が、まさかホテルに連れ込もうとするなんてっ……思わなくて。怖かった」

嗚咽を呑み込んだ愛美が、そこで肩を大きく震わせた。

軽い気持ちで言ってしまったことが大事《おおごと》になってしまい、怖かったんだろう。だから、嘘をついてでも隠そうとしたんだ……。

「愛の恋人になった彼が、あの男から私のことを聞いて初めて会いに来たとき、勢いで『愛には二度と会わない』って言ったの。でも、本当に会えなくなるって思ったら、急にっ、怖くなった。彼がもう一度会いに来たときも、『愛には私から本当のことを話すから待ってほしい』って頼んだのに、どうしても言えなかった……っ」

途切れ途切れでも、必死に言葉を紡ぐ愛美の背中を優しくさする。

どんな理由があるにせよ、愛美に裏切られたことは衝撃だった。

でも、愛美だってこんなにも苦しんでたんだ……。

「本当のことを知った愛に嫌われたくなかった。だからっ……ふたりを遠ざけるためにあんな嘘をついたの。今さらあとに引けない状況で、やっと気づいた。こんなことをしたら、元に戻れないことはわかってたのに。大切だった……のに。ごめんっ、なさい」

愛美の本心をすべて聞けたら、枯れきったはずの涙が再び頬を濡らした。

誰かに話したら、裏切られたのにバカだなって怒られちゃうかもしれないし、お人好しだって、呆れられるかもしれない。

それでも私は、これまで愛美と過ごした時間がすごく大切で、これからもなくしたくないって思うから。

「はぁー」とわざとらしい息をついてから小さく笑った。

「愛美、せっかくの美人が台無し。パンダになってるよ」

「なによっ。愛だって、ひどい顔してる」

涙で濡れた頬を突っついてやったら、愛美も泣き笑いの顔でやり返してくる。

それからしばらく、まだ恋も知らなかったあの頃のように、くだらないことでふざけあった学生時代のように、何年かぶりに心の底から笑いあえた気がした。


葛城さんが隠そうとした真実は、小さなすれ違いから生まれたものだった。

それでも愛美の裏切りはショックだったし、この先、ふとしたときに思い出して傷つくこともあるだろう。

些細なことで喧嘩して、新たな傷を作ることもあるかもしれない。

でも、私たちには傷を癒すための限りない時間がある。だからきっと、大丈夫。

だって、どんなに深い傷でも『わかりあいたい』。

そう強く想いあえれば、これからもきっと、大丈夫だ。

愛美と話した翌日、彼女から婚約者と正式に別れたと連絡があった。

すでに結婚式の招待状も発送していたし、世間体を気にする愛美の両親は最後まで彼女を説得していたらしいけれど。

『あんなわからず屋な両親、こっちから縁を切ってやるって脅《おど》してやったの。それと彼にも、会社に乗り込まれたくなかったら式のキャンセル料はアンタが払えって言ってやったわ。こんな簡単に済むなら初めからこうしてればよかったのよね。本当に、ごめんね』

電話で報告をしてくれた愛美は、申し訳なさそうに何度も謝った。

そして今日は、お盆明けの初出勤日。

定時後に葛城さんと会って話がしたいと思っていたけれど、社内情報にやたら詳しい美希ちゃんの話によると、彼は夜の便でドイツに飛び立つという。

一週間の出張らしいけど、そんなに待ってられない。

迷惑は百も承知で、昼休みに経営統括室に立ち寄ると『葛城さんは外出先からそのまま空港へ向かう』と、ひとりの男性社員が面倒くさそうな顔で教えてくれた。

タイミングがなにかと悪いなぁ。でも恋の神様を恨もうとは思わない。

運やタイミングなんてものは、ほんの些細な問題だ、と今一番会いたい人が教えてくれたから。

それから気合いを入れて仕事を処理し、定時ダッシュで会社を出る。

横から吹きつける強いビル風に足を取られそうになりながら、歩いて十分ほどの東京駅になんとか辿り着く。

ちょうど出るところだった成田《なりた》行きの特急に飛び乗ると、大きなキャリーバッグを片手に持つ瑞樹とばったり出会った。

「もしかして、見送りに来てくれた？」

きょとんと首を傾げられ、「えっと」と言葉に詰まる。

そうか。瑞樹もドイツ支社で働くって言ってたもんね。

背の高い彼をチラリと見上げたら、柔らかい笑みを返された。

「……なんてね。わかってるよ。優生の見送りでしょ？」

「あぁ、うん。実は、そうなの。でも、飛行機の時間とかわからないんだけどね」

「えっ？　だってあの日、ふたりの思い出の場所で会えたんじゃなかったの？」

気遣うような瞳に影が差して、慌てて手を左右に振る。

「会えたよ。でも、ちゃんと気持ちを伝えられてないから……」

言葉にするとチクリと胸が痛んだ。

愛美に話を聞いてからと思い、葛城さんにはまだ自分の気持ちを伝えてなかった。

『俺の気持ちは変わらない』

愛美との関係を問いつめたときに返された、切なげな瞳。

そこに込められた想いに胸が締めつけられ、ため息をついた私の頬がぎゅーっと横から引っ張り上げられる。

「いっ、痛っ！　痛いよ、瑞樹‼」

肩を跳ね上げ瑞樹から距離を取ると、「痛いようにやってんだから、当たり前でしょー」と、いたずらっぽい声が頭上に落ちた。

バイトでミスして落ち込んだときに、彼がよくそうしてくれたことを思い出す。

そのあと決まって優しく抱きしめてくれて、それだけで元気になれて、また好きな気持ちが積もったんだ。

ふと懐かしさが胸をよぎり、高いところにある瞳を見つめたら、柔らかい吐息を落とされた。

「大丈夫だよ。前にも言ったけど、初めてふたりを見たときから『そうなる』って思ってたから」

含みのある言葉に首を傾げると、「座って話そうか？」と視線を流される。デッキから移動して、ふたつ空いている座席に並んで腰を下ろした。

「実は、お盆のとき会いに行ったのは、俺がついた最大の嘘を謝りたかったからなんだ。ずっと騙しててごめん……」

深く頭を下げられ、「ううん」と首を横に振る。

瑞樹があのときの男の子でなかったことは、本当に驚いた。でも、今にして思えば不自然なことはいくつかあった。

幼い頃に交わした会話を覚えてないと言われたこと。それと――。

「瑞樹は出会った場所のことをずっと『ふたりが会った場所』って言ってたよね。『俺たちが会った場所』とは一度も言ってなかった気がする」

私の言葉に、瑞樹は俯いていた顔を上げてから口を開いた。

「結果的に嘘をついてたことには変わりないんだけど、そこだけはダメだって思ってたから。嘘をついたのは、知りたかったからなんだ。あの日、ふたりの間になにがあったのかを……」

瑞樹はそこで言葉を止めると、視線を私から車窓に流す。

そして、外を流れる景色よりもずっと遠くを見つめる瞳で、ぽつぽつと語り出した。

「前に話してくれたよね。幼い頃の俺に会って、自分は強くなれたって。でもそれは優生も同じなんだ」

静かな声で語り出した瑞樹の話は、ふたりがまだ幼かった頃まで遡《さかのぼ》る。

葛城さんより二歳年下の瑞樹は、彼と同じ小学校に通っていたらしい。葛城さんはその頃から、成績もスポーツもトップクラスで、性格もおとなしい優等生キャラだったという。

「そんな優生があるとき喧嘩をして、相手の子を殴っちゃったことがあった。優生の大事なものを相手の子が窓から投げ捨てたのが原因なんだけど。その大事なものってなんだと思う？」

「わからない」と首を横に振ると、瑞樹は柔らかく笑う。

「女の子の名前が書いてあるハンカチ」

「もしかして、私の？」

小さく頷いた彼は、それで私の名前を知ったと教えてくれた。

「それまでの優生は、父親が瀬戸の家を出ていったこともあって、どこか俺や母さんにも遠慮がちで、性格も内向的だったんだよね。でも喧嘩の相手には、俺は悪くないってすげぇ勢いで怒ってさ。その頃からかな、性格も明るくなって友達もできた」

そんなことがあったんだ。葛城さん、私のハンカチを大切にしてくれてたんだ……。

その喧嘩の一ヵ月前。三学年合同の野外研修でいなくなった葛城さんを心配した瑞樹は、先生と一緒に町の役場で彼の帰りを待っていたという。

でも待ち疲れて寝てしまい、外の騒がしさに起きたら、女の子と一緒に泣いている葛城さんの姿が見えて、なにがあったのだろう、とずっと気になっていたらしい。

「知りたかったんだ。なにが優生をそんなに変えたのかって。『ふじかわあい』って子は、どんな魔法をかけたんだろうって」

そして、ずっと頭にあった名前が会社説明会の帰りに拾った定期入れにあって、思わず私に声をかけてしまったという。

「でも、愛からふたりの出会いを聞いてわかった。自分には心から信じられる人がいる。そう思うことで強くなれたんだなって」

淡々と語る瑞樹の声がそこで途切れて、彼の瞳が私をまっすぐ見つめた。

「だから、初めはそんな興味があって愛に近づいた。でもいつの間にか本気で好きになって、嘘だって言えなくなった。本当に、ごめん」

顔を歪ませ俯いた瑞樹に、ずっと思っていたことを口にするべきか少し迷った。

でも、ついさっき彼がしたように、ぎゅーっと頬をつねってやった。

「いっ、痛っ！　痛いよ、愛‼」

目を丸くして距離を取った彼に、「痛いようにやってんだから、当たり前でしょー」と、いたずらっぽく笑ってみせる。

「付きあってたとき、瑞樹はなんでも私のことわかってくれるって思ってたけど、違ったね」

そこで言葉を止めて、また考える。

この先のことは、言わないほうがいいかもしれない。

でも嘘のない気持ちを届けてくれた瑞樹に、伝えたいって思ってしまった。

「思い出なんてなくてもよかった。だって、私、瑞樹があのときの男の子だって知る前から好きになってた」

瑞樹に嘘をつかれたことが思ったよりショックでなかったのは、そういう気持ちがあったからだろう。

私の言葉に、瑞樹は虚を突かれたように声を失う。ひと呼吸置いてから、ふっと表情を和らげた。

「そっか、バカだな俺。俺たち、もっと話しあえたらよかったのかもな」

寂しげな声に静かに瞳を伏せる。

瑞樹と付きあっていたときのこと、愛美が私にしたことを思い返す。どんなに語りあっても、どんなに相手と向きあっているつもりでも、そのすべてを知ることなんてできないだろう。

だからこそ私たちは、ちゃんと向きあって、たくさんのことを話さなければならなかった。それができていたら、もしかしたら……。

心の呟きをそのまま胸に閉じ込め、ゆっくりと瞳を開く。

さっきよりも強まった雨風が車窓を叩きつけ、雨雲の中に消えていく飛行機が小さく見えた。


瑞樹が乗る飛行機が葛城さんのものと同じかは、彼にはわからないという。

空港に着いてすぐ瑞樹と別れてフライト掲示板に駆け寄っていくと、「藤川さん」と背中に声がかけられた。

聞き慣れた女性の声に振り返ると、仙道さんの姿があって、その隣に立つ彼の姿に胸が大きく震えた。

「葛城さん……」

消え入りそうな声が漏れる。

驚きを含んだ瞳と視線が絡みあい、彼は歩み寄ってきた。

「藤川。なにかあったか？」

気遣うような声色が心に染みていく。

顔を見るだけで想いが溢れそうになって、勢いよく頭を下げた。

「あのっ。葛城さんの時間を十分、いや、五分でいいので、私にください！」

ドクンドクンッと心臓を高鳴らせて、待つこと数秒。

「無理だろ。藤川に、俺の分給を払えるわけない」

バッサリ非情な言葉を投げ返され、ガクッとくる。

嘘！　どうしよう……。

すると、放心状態の私の肩が優しく叩かれた。

「いつもの冗談よ。飛行機の時間まで余裕もあるから、大丈夫。まったく、藤川さんにはどこまでも意地悪よねぇ」

軽く睨みつける仙道さんの声に重なるように、接近している台風の影響でこのあとの便が欠航になるとのアナウンスが流れ、「やっぱりか」と葛城さんから小さなため息が漏れた。

「まぁ、そういうことだし。特別に、十三分だけ時間をやるか」

「かなり微妙だけど延びてる！　やっぱり葛城さんは優しいんですよね」

タチの悪い冗談も、久々に聞くとなんだか心地いい。

思わず声を張り上げたら、なぜか葛城さんは眉間に皺を寄せ、仙道さんは「ぷっ」と笑った。

あれ？　なにか変なこと言った？

なんだか様子がおかしいような気もするけれど、まぁいいやと思い、「ありがとうございます！　それでは行きましょう‼」と促す。すると、彼の眉間の皺がますます深まった。

「行くって、どこにだよ？」

「えっ」

それは決めてない。

でも、話の内容的にどこか人気《ひとけ》のないところに移動したいというのはあって、どうしよう、と目を泳がせる。

「ここじゃできない、大事な話でもあるのか？」

至近距離から顔を覗き込まれて、心臓がドキッと脈を打つ。

「そう……なんですっ」

あまりの緊張から声を震わせると、葛城さんはある提案をしてきた。

そのあと、この日のフライトを諦めたふたりと東京まで戻ることになった。

東京駅で仙道さんと別れてから、葛城さんとタクシーに乗って彼のマンションに向かう。

タクシーを降りてマンションのエントランスへ移動する際、突風で傘が飛ばされそうになり服が濡れてしまって、玄関先で葛城さんにバスタオルを手渡された。

「結構濡れたな。これ、藤川の服だから」

バスタオルと一緒に渡されたのは、置いたままになっていた薄いグレーのマキシワンピースだった。

「ありがとうございます」と言って受け取ったところで、クシュンッとくしゃみが飛び出る。

葛城さんが心配げに瞳を細めた。

「早く着替えたほうがいいな。風呂は時間かかるから、熱いシャワーでも浴びるか？」

「あっ、えっと……」

そこに深い意味はないのに、シャワーと聞いて緊張してしまう。

心配して言ってくれてるのに、変に意識して失礼だよね。

「じゃあ、お借りします」

高級感のあるオフホワイトが基調の浴室は、何度か泊まったときに使わせてもらったことがある。

玄関を上がり、少し歩いた先にある洗面所の扉を開けようとしたら、「悪い」と葛城さんが前に出た。

「シャワー壊れたみたいで、お湯の出があんまりよくないんだ。先に調整する」

そう言って浴室に入った彼がシャワーのコックを回すと、時折強弱をつけながら流れ出す湯気で室内は真っ白に染まる。

「修理は出張から帰ってきてからって思ってたけど、失敗だったな」

調整がうまくいかないのか、ぶつぶつと聞こえてきた不機嫌な声に、「私、やりましょうか？」と靴下を脱いで浴室に足を踏み入れた。

「わわっ！」

大きく踏み込んだせいか足がつるっと滑り、体勢が崩れる。

ぐらりと前のめりに倒れそうになったところを、温かい胸板が受け止めてくれた。

「……ったく、危なっかしいったらないな」

一瞬で近づいた距離に、それだけで鼓動が速まってしまうのに。

私を庇うようにシャワーに打たれてびしょ濡れになったシャツが、葛城さんのスラリと引き締まった体を透かしていて頬が熱くなる。

慌てて逸らした視線を自分の胸元に落とすと、雨に濡れた白いカットソーが体に張りついていた。

「すみませんっ。余計濡れちゃいましたね」

「あぁ」

伏し目がちに見下ろされてなんだか恥ずかしい。

下着が透けて見える胸元を腕で隠そうとしたら、私の両肩を支える彼の手に、力が加わった。

「藤川」

熱気のこもる浴室に彼の声が響くと、心臓が早鐘を打つ。

思わずギュッと瞳を閉じると、肩に置かれた手が離れてポンッと頭を叩かれた。

「そのままシャワーにしろよ。ちょっと出が悪いけど、体冷やすよりはいいだろ」

私を見下ろす瞳が柔らかく細まり、くるりと背を向けた彼が浴室のドアに手を伸ばす。それを見て、後ろから抱きつくように体を預けた。

「全部っ、繋がってたんですね……」

感情が高ぶって、声が擦りきれてしまう。

反転した葛城さんが体を屈め、私の顔を覗き込んできた。

心配げに陰を帯びる瞳。

私の言葉ひとつで動揺する彼に愛しさが込み上げ、言いたいことや聞きたいことがたくさんあるのに、涙が溢れそうになる。

ちゃんと気持ちを伝えるまでは、泣いたりしたらダメ。

込み上げる熱を抑え、言い聞かせてから声にした。

「葛城さんは、いつも正しかった。でもひとつだけ間違ってた」

心配げに揺れる瞳に、今できる一番の笑顔を向ける。

「私は真実を受け入れられないほど、弱い人間じゃない。でも葛城さんに出会う前の私なら、目を背けていたかもしれない。私が強くなれたのは、葛城さんの隣にいても恥ずかしくない女になりたかったから」

思わず引き寄せられる優しい眼差しに、愛しさが積もっていく。

一度大きく息を吐いてから、ずっと伝えたかった言葉を声にした。

「葛城さんが好きです」

喉を震わせた必死な想いに、葛城さんが息を呑む。

「初めて会ったあの日から、ずっと——」

好きでした。

伝えたかった言葉は、待ちきれない、とばかりに柔らかい唇に奪われてしまった。

触れあうだけで、不安な心がほどかれて温かい気持ちになれる。

肩から腰へと伝い落ちるシャワーの飛沫《しぶき》よりも熱いキスを重ねていくと、唇が名残《なごり》惜しそうに離れていく。

腕の力を緩めた葛城さんは切なげに顔を歪めた。

「藤川の友達が後悔してるのはわかってた。だから、このまま真実を隠したほうが、藤川を傷つけないと思ってた」

そこで一度息をついた彼の話は、愛美から聞いたものと同じだった。

会社の前で、私と愛美が一緒のところを見た葛城さんは、愛美の思いを確認するために彼女に会いに行き、『愛には自分から本当のことを話す』と言われたという。

「もう一度彼女の思いを聞いて、この問題はふたりで解決しないと関係を修復できないと感じたから、俺は間に入らないほうがいいと思った。でも、彼女が俺を好きだという嘘を藤川についたと知ったときは、戸惑ったけど。藤川が大事に思う彼女を、俺も信じて待とうと思った……」

そこで暗い影を落とした彼の瞳に、こんなことを思う。

言葉はすごく難しいのだ、と。

伝え方や受け止め方で、こんなにもすれ違ってしまう。

少しの間を置いてから、私を見下ろす瞳に優しい色が差す。彼は小さく笑ってから話を続けた。

「経営統括室で働くようになって、新車プロジェクトのプレゼン資料にあった藤川の名前に驚いた。それからすぐ、会議室で藤川に会って、きっと動揺してたんだろうな。たまたまドイツから来ていた麗華に聞かれたよ、『資料にある彼女とは知りあいなのか』って。そのときはごまかしたけど、藤川を助けたあの日、藤川がいた婚活バーに俺もいたんだ……」

葛城さんの告白に、目を丸くして驚いた顔をしてみせる。

実はこの話は、ついさっき東京駅で別れる前に、仙道さんがこっそり教えてくれていた。

葛城さんに気持ちを伝えたい。でも、彼を信じきれなかった私の気持ちは受け入れてもらえるだろうか？

不安を抱えていた背中を強く押してくれた、仙道さんの話。

それは、私が行ったあの婚活バーに葛城さんと仙道さんがいたという、驚きの事実だった――。


私が会議室にお茶を運んだ日。

経営統括室に戻ってきた葛城さんの様子がおかしいと感じた仙道さんは、以前から気になっていた『藤川 愛』という社員を探しに販売部のフロアを訪れたという。

女子更衣室近くで私のことを他の社員から聞いた彼女は、婚活バーの開店時間に遅れそうだ、と急いでエレベーターに飛び乗った私が落としたチラシを拾ったらしい。

あの日、なくしたと思っていた店までの地図は、仙道さんが拾っていたのか。

そこまで話をしてくれた彼女が、『ふふっ』と得意げに笑ってみせた。

『優生にね。藤川さんとどういう関係なの、って聞いても教えてくれないの。だから、行動に移しちゃった。嫌がる彼を連れて婚活バーに行ったら、彼、あのルックスでしょ？　あっという間に女の子に囲まれてる間に、藤川さんが一緒にいた男といなくなっちゃって。急いでバーを出たら、藤川さんがホテルに連れ込まれそうになってて。あのときの優生の動揺した顔ったら。あんな彼を見たのは、初めてだったわ』

そこで仙道さんは、唇の上に人差し指を添えた。

『今の話、私がしたってことは内緒ね？　だって、上司の秘密をバラしたことが知られたら私、クビになっちゃうから。だから、これは社内秘ってことで』

いたずらっぽく笑った仙道さんの話は、今彼から聞かされているものと同じだった。男から首謀者は愛美だと聞いて、『その友達に、落とし前をつけさせてやる！』と強く出た仙道さんに、酔いつぶれた私の介抱を任せた葛城さんはホテルをあとにした。

それから、葛城さんは愛美のマンションまで行き、彼女と話をしてくれたという。

あの日、葛城さんが言っていた『ツレ』とは仙道さんのことだった。あれからずっと見守ってくれていたふたりの存在に、じんわり胸が温かくなる。

葛城さんが私を助けてくれたのは偶然だと思っていた。でも、それも違っていた。

自分にとって都合のいい奇跡や偶然は、大切な誰かが繋げてくれたものなのかもしれない。

もしそうだとしたら、すべての出来事に感謝したい気持ちになった。

淡々とあの日のことを語る唇が、短い息を吐く。

肩を打ちつけるシャワーの熱と、優しい告白で心地よく温められた体が抱きしめられる。

私の首筋に顔をうずめた葛城さんが、切なげな声を漏らした。

「ホテルに連れ込まれそうな藤川を見て、たまらない気持ちになった。そのときに、いや本当は、再会したときにはもう、気持ちは動いてたのかもしれない……」

素直な想いを吐き出す唇に、優しく包み込む指先に、言いようのない想いが込み上げる。

そこで腕の力を緩めた彼との間に隙間ができたのを見て、少し背伸びをしてキスをすると、葛城さんは驚いたように目を丸くした。

「そんなに煽るな。このままここで、抱きたくなるだろ？」

照れくさそうな声は、いつだって私の胸を温めてくれる。

そのまま唇を軽く触れあわせながら、「それでもいいのか？」と艶っぽく囁かれると、熱に浮かされたように頭が縦に動きそうになる。

「それは……ちょっと恥ずかしいです」

顔をそっと胸板に預けるだけで、胸がキュッと締めつけられる。

肌で感じる温もりすべてが、ずっと抱えていた不安を拭い去り、止められない感情が目頭を熱くしていく。

音もなく頬を伝った涙に、彼の指先がそっと触れた。

「どうした？」

心配げに細まった瞳に、またひとつ自分の弱さを知る。

いつもたくさんの人に守られて、愛されることばかりを望んでいた私は、まだまだ頼りないと思う。

でも、今ある気持ちを声にした。

「私は、葛城さんを大切に思う他の誰かと同じようには、なれないと思う。だけど、初めて会ったあの日……」

穏やかに脈打ち始める鼓動に耳を傾けると、幼き日のふたりの姿が頭をよぎった。

『これ、あげる。お守りだよ』

あのときの葛城さんは、クローバーは受け取ってもらえるのか、と祈るような気持ちでいただろう。

「あのときの私は自分のことで精いっぱいでっ、葛城さんの思いに……気づいてあげられなかった」

必死に言葉を紡ぐ私を見つめる瞳は、あの頃と同じように優しい色を帯びていた。

変わらないことが、こんなにも嬉しい。

あのとき突き動かされた思いも、きっと、ずっと変わらない。

『この子は悪くないよ！　私が呼んだのっ。一緒にいて、ってお願いしたの‼』

なにかに耐えるように両手を握りしめた葛城さんを、彼を責め立てる女性教師の前に立ちはだかり、嘘をついてもなにをしてでも、ただ守りたかった。

説明のつかない思いに駆られ、体が動いた理由を、これからもきっと、私にしかできないことを、伝えたいって思った。

息が苦しい。だけど、つらいとは思わない。

胸が震える。だけどこれは、一度諦めかけた言葉を伝えられることが、泣けちゃうくらい幸せで、嬉しくて、仕方がないから。

心配げに揺れる瞳をまっすぐ見つめて声にした。

「初めて会ったときからっ……目に見えない痛みを堪える葛城さんを見てると、私は誰よりも先に体が動く。自惚れかもしれない。でもそれが、これからも私にしかできないことだって思ってるんです」

胸を震わす思いを吐き出すと、葛城さんの瞳が潤んだように見えた。

それだけで、またひとつの幸せが積もるような気がして、自然と笑顔になれる。

しばし見つめあって、彼は少し照れくさそうに言った。

「やられたな……」

「やってやりました」

いたずらっぽい笑みを返すと、「ありがとう」と囁かれた気がした。

ねぇ、葛城さん。それは、聞き間違いなんかじゃないよね？

涙で濡れた瞳をめいっぱい細めて、幸せの笑みを浮かべたら、優しいキスが落ちてきた。

epilogue

数ヵ月後。

「あっ、メール来た！」

微かなBGMだけが流れる室内に、メールの受信を告げるメロディーが軽やかに流れる。キングサイズのベッドから起き上がり、サイドテーブルに置いたスマホを手に取った。

今私がいる場所は、都内でも一流と名高いホテルのスイートルームで、今日帰国する予定の彼とここで待ちあわせをしていたのだけれど。

「嘘……」

液晶画面に浮かび上がるメール文に息を呑んだ。

【悪い。急ぎの仕事が入って、まだドイツにいる】

「仕方ないよ……ね」

用件を簡潔に告げた文面に、小さく息をつく。

ひとりで寝るには広すぎるベッドに、ボスンッと体を預けるよう倒れ込んだ。

瑞樹がドイツ支社勤務になったことで、それまで隠されていた優生の出自が社内で公になった。

会長の孫である優生は、瑞樹に代わり次期社長候補とも言われていて、今まで以上に多忙を極める彼と過ごせる時間は限られている。

社内では仕事のできる次期社長候補として、外を歩けば人並み外れた容姿によって、いずれにせよ注目を浴びてしまうこともよくあった。

『優生』と呼ぶのにも抵抗がなくなってだいぶ経つというのに、『愛』と優しく名前を呼ばれるだけで、彼が指を首筋に這わせるだけで、愛しさが込み上げてしまう。

『お互いに、隠し事なしでいこうな』

優生は愛しあったあと、そう言って優しくキスをしてくれる。

もっと会いたいな……。

そんなわがままな気持ちを隠していることは、彼が言う『隠し事』とは違うから、ベッドで何度か寝返りをしながらメールを打つとすぐに返信があった。

【わかった。仕事頑張ってね♪　……って、なんだよ？　まったく、全然、わかってないな】

目を疑う文面に、「は？」と、ひとりしかいない部屋に吐息が漏れた。

こっちは会いたい気持ちを必死に隠してるのに……。

気持ちを逆撫でするかのような意味不明な文面に、会えない寂しさが募ったところに、再びメール受信音が響き渡る。

【はぁ……。俺は今、深くため息をついた】

「もうっ、意味わかんない！」

メールでため息とかつく⁉

意味のわからないメールが二通も届いたら、寂しさが積もりに積もって怒りに変わるというもので、スマホの電源をＯＦＦにしてベッドに叩きつけた。

「もう帰ろうかな……」

静寂の訪れたベッドルームに呟きを漏らすと、無性に寂しさが胸を襲う。

隣接しているリビングルームに移動して、テーブルにサービスで置かれていたワインボトルを手に取った。

透明な白ワインをグラスに注ぐと、想いを伝え合った数ヵ月前、彼とした約束が頭をよぎった。

『愛は、酒で一度失敗してるんだし。俺がいないときは酒禁止。約束な？』

チクッと胸が痛んだけれど、「優生が悪いよ」と小さく愚痴ってからグラスを口につけた。

そのあと、ちびちびひとり酒をしていたら余計に寂しくなってしまい、結局最上階のバーに移動して、カウンター席でカクテルを注文した。

「はぁー。いつもは、こんなんじゃないんだけどな」

優生の約束を守ってお酒は控えていたから、ずいぶん弱くなっちゃったな。

カクテル二杯でも顔が火照っているのがわかる。

しかも今日は土曜ということもあって、暗がりの店内には顔を寄せあうカップルが多いことに今さら気づいた。

「結局、なにをしても寂しさは変わらないんだよね……」

小さくため息をついて椅子から立ち上がり、会計を済ませてバーをあとにする。廊下に出たところでふらりと足がもつれそうになると、「大丈夫？」と誰かに肩を支えられた。

優生？

トーンの低い声が、今一番聞きたかったものと重なり振り返ると、視線の先にいたのは見知らぬ男性で、期待に膨らんだ胸は一瞬で萎《しぼ》んでしまった。

ドイツにいる優生が、ここにいるはずないのに、バカだよね。

「ごめんなさい。ありがとうございます」

お礼を言って立ち去ろうとしたら、至近距離で顔を覗き込まれてしまう。

「なんだかふらついてるし、部屋まで送ろうか?」

「いえ。大丈夫ですからっ」

「でも、心配だなぁ」

顔を寄せてきた男性からは、鼻をつくお酒の匂いがした。

苦笑いを浮かべて壁側に逃げようとすると、肩を掴まれてビクッと体を震わせた、そのとき。

「心配なら俺がするから、まずはその手を離せよ」

少し離れたところからの低い声に振り返る。

鋭い瞳でこちらに駆け寄ってきたスーツ姿の人物に、目を見張った。

「優生。どうっ……して?」

願ったことが現実に起きてしまい、目を疑う。

彼は私の問いかけに答えることなく、男性の手を払いのけると、私の体を右腕で引き寄せた。

硬い胸板から伝わる心音がいつもよりうるさく感じられた。

でもそれを気にするよりも、ここに存在するはずがない彼と会えたことの嬉しさと、戸惑いが入り交じる複雑な気持ちになって、スーツのジャケットをキュッと掴んだ。

「愛」

優生の目線が私に移った、次の瞬間。

しめた、とばかりに男性は足早に立ち去り、優生からチッと舌打ちが漏れた。

眉間に皺を刻んだ彼の顔をそっと見つめる。

久しぶりに見た顔はお酒を飲んだかのように赤く染まっていて、息も上がっているように見えた。

信じられない。本当に優生だ……。

ぼんやりと彼の顔を眺めていたら、「行くぞ」と左手首を掴まれる。歩幅を大きく取った彼に引きずられるように足が進み、エレベーターに乗り込んだ。

下降するエレベーターにはふた組のカップルがいて、腕を組んだり、楽しげに会話を弾ませている。

でも、私たちには会話もなく、前を向く彼の瞳には怒りの色さえ滲んで見える。

約束を破ってお酒を飲んじゃったし、それで変な男にも絡まれそうになるし。きっと学習能力ないとか思ってるよね……。

このホテルは以前、私が優生に助けられて目覚めたホテルだったから、あのときのことがどうしても頭をよぎってしまう。

それはきっと、優生も同じなはず。でも、どうしてあんな嘘のメールをよこしたんだろう？

ひとりでお酒を飲まないという約束を破って、悪い気持ちはある。でも、嘘をつかれたことが引っかかってしまう。

つまらない意地なんか張らないで素直に謝れたら、どんなにかわいい女なんだろうとも思う。

でもやっぱり、意味もなく会えないという嘘をつかれて、苛立ちがあるのも事実で。

そんなもやもやを抱えながらエレベーターを降りて、彼に手を引かれるまま部屋に辿り着く。

パタンと静かな音を響かせてドアが閉まるのと同時に、背中ごと抱きしめられた。

「メールのこと、悪かった」

首筋から掠れた声が漏れると、少し前のつまらない意地が一瞬で消え失せてしまう。

「私も、約束破ってごめんなさい」

お腹に回った腕にそっと手を添えながら返すと、優しい響きが耳たぶに触れた。

「それはいい。最近会える時間が少ないし。寂しかったんだろ？」

私の思考を完全に見透かした答え。それだけで寂しかった心が埋まって、温かい気持ちになれる。

でも、好きっていう気持ちが積もるほど、心はもっと欲張りになってしまうから。

もっと会いたい、だなんて。素直に伝えても困らせるだけだ。

言葉にしてはならない想いは胸にしまい、彼の手をほどいて後ろを振り返った。

「そんなことないよ。大丈夫」

最近うまくなったと思う作り笑顔を浮かべたら、高いところにある瞳に影が差す。

腰を引き寄せられると、どこか鋭さのある瞳で顔を覗き込まれた。

「そんな顔、まったく説得力ないな。隠し事をしないって約束、破るつもりか？」

「だからっ、そんなことない。そんなわがまま……思ってないよ」

逸らすことを許さない真剣な眼差しに、心臓が大きく脈打つ。

消え入るような声を漏らした唇に、そっと指を添えられた。

「素直な気持ちを伝えるのが、なんでわがままになる？　そんなのも受け止められないほど、俺が器の小さい男に見えるか？」

そんなふうに想ってくれるんだ……。

彼の気持ちが泣きたくなるほど嬉しい。でも、やっぱり素直な想いを吐き出すのはダメだと思う。

「本当に大丈っ――」

続きの言葉は、強引に唇を奪われて声にもならなかった。

押しつけるようなキスに息を呑む間もなく、彼の熱い舌先が口内に入り込むと、右手で背中を強く抱かれて、空いている左手がワンピースの裾を捲り上げる。

ひんやりとした指先が太ももを滑らせながら甘い刺激を誘って、自分でないような声が零れた。

いつもとは違う強引な優生に戸惑いながらも、体は拒否するばかりかどんどん熱くなっていく。

太ももを堪能した指先がそっと胸の膨らみを包み込んだとき、残っていたわずかな理性で彼の手を止めた。

「こんな場所で、ダメ……」

やっと開放された唇で、息も切れ切れに言葉にする。

おそるおそる視線を上げると、不敵な笑みが私を見下ろした。

「体はダメって言ってない」

「いっ、言ってるって！」

思わず声を張ったら、ふっと余裕ありげに息をついた彼は、顔を逸らそうとした私の顎をくいっと自分のほうへ向かせる。

艶っぽい瞳が私を見つめた。

「俺には……もっとして、って聞こえるけど？」

掠れた声を漏らした唇と私のそれが軽く触れあう。

不意打ちのキスに目を閉じるのを忘れてしばし見つめあうと、優生は伏し目がちに下唇を甘く噛んできた。

それだけで体の芯がキュッと疼いてしまう。

だから、流されちゃダメだってば、私‼

「こんなドアの近くでなんてっ、外に聞こえたら恥ずかしいよっ」

長い触れあいで乱れたワンピースの肩紐を直しながら訴えるのに。

「声はお父さん譲りか。今の大声のほうが、よっぽど恥ずかしいんだけど」

しれっと返されてしまった。

付きあっていることを報告したい、と言ってくれた優生を連れて、一度実家に行ったことがある。だから、そのときのことを言ってるんだろうけど……。

言い返す気力もなくため息をつくと、耳たぶにふわっと吐息を吹きつけられた。

「ひゃっ」

それに色気のない声を上げたら、「声はダメなんだろ？」と楽しげに笑われる。

「でもっ、今のは……」

絶対、わざとですよね⁉

「そう。最後までしたくなる」

「えぇっ！」

いっ、いくらなんでもそれは！

「なんてな。さぁ、行くぞ」

そこで腰を屈めた彼の腕が膝の裏に回り、そのままお姫様抱っこで部屋の奥に足を踏み入れる。

私をベッドに下ろした優生は、長い足を組み返しながらネクタイに手をかけた。

「汗かいたからシャワー浴びるけど、愛はどうする？」

顔を傾けた艶っぽい笑みに、心臓が脈を打つ。

「わっ、私はいいよ！　ゆっくり入ってきて……」

熱くなった頬を隠すように顔を逸らすと、彼が「ふっ」と笑う気配がした。

「さっき送ったメール。もう一度ちゃんと読んで、待ってろよ?」

それだけ言い残し、ベッドルームをあとにした背中を見つめながら首を傾げる。

あの嘘つきメールを、もう一度読めと?

なんだろうと思いながらも、彼の言葉に従って、ベッドの上に転がった状態のスマホを手に取り電源を入れてみる。

【悪い。急ぎの仕事が入って、まだドイツにいる】

「これがどうしたっていうの?」

でもなんで、こんな子供っぽい、いたずらをしたんだろう? 全然、優生っぽくない。だいたい、こういったくだらないことして喜ぶのなんて、お父さんくらいなもんだしね。

「えっ。まさか……っ!?」

一瞬、頭を掠めた真新しい記憶。

交際の報告をしに実家に帰ったとき、お父さんが優生を捕まえて、しきりになにかを話し込んでいたような?

胸によぎった考えに従い、スマホの液晶画面を下のほうへスクロールさせていくと、長い改行だけの空欄が続いたあと、さっきは気づかなかった文面が現れた。

【嘘。もうホテルの近くまで来てる】

「あぁー。最悪だ」

怒りというより、心底呆れた。

そして二通目も同じように隠し文字が現れる。

【愛のお父さんが言ってた通りだな。こういうのに、すぐ引っかかる（苦笑）】

「やっぱりお父さんが仕掛け人ですか⁉　……って、優生まで乗らなくてもいいから‼」

そして、最後のメールをスクロールしたところで、ドクンッと胸が大きく震えた。

【やっぱり、こんないたずらやめておけばよかったな。ごめん。だけど、最近無理させてる気がする。愛に強がられると、なんか俺が寂しいんだよ】

「やだっ。どうして、わかっちゃうのかな……」

思いが完全に見透かされていたことを知り、目尻がじんわり熱くなる。

スマホを握りしめながら視線を落とすと、不意に近づいてきた優生にポンッと肩を叩かれた。

「そんなの、決まってるだろ」

バスローブ姿の優生がベッドの端に腰かけ、長い腕が背中に回る。

そのまま抱きあいながらベッドに倒れ込むと、熱い吐息が落ちてきた。

「俺に隠し事なんて、できると思ってんの？」

「思って……ません」

小さく首を横に振ると、体重がかからないように一瞬で距離を縮められ、耳たぶを甘噛みされる。

「やっ、ぁ……」

不意打ちの甘い刺激に吐息が漏れ、カッと頬が熱くなった。

「うっ、腕離してっ」

首筋を滑らかに這わせる唇に、声を抑えながら必死に訴えるのに。

「ダメだな」

ニヤリとした不敵な笑みに、なんだかものすごく嫌な予感。

「ゆっ、優生って！　バスローブが日本一似合うよね‼」

「なんだよ、それ。褒め落そうとしても無駄な抵抗。しかも、全然嬉しくないしな」

バッ、バレてるし！　よし！　こうなったら。

「大好き、だよ？　だから、腕離してくれないかなぁ？」

一度ギュッと目を閉じて、瞳を潤ませながらおねだりしてみるのに。

「今の顔、ヤバい」

あれ、煽っちゃった⁉　なんと、逆効果‼

そうしている間も、優生の柔らかい唇が私のワンピースの肩紐をなぞるように外し始める。

「ねっ、ねえ、優生！　私っ、本当に、このままだと声が恥ずかしくて……」

最後のお願いとばかりに言ったら、押さえつけられていた腕が楽になる。

ホッと息をつくのと同時に、まっすぐな瞳に射抜かれた。

「もう、いいだろ。我慢とか、もうすんな」

優しい声色と、切なげに細まる瞳に、言葉の意味を知る。

「愛が感じてる声、全部聞きたいって言ったら……。それも、わがままになる？」

照れくさそうな声が心に染みて、彼の首に手を回して距離を縮める。

彼の薄い唇を柔らかく塞ぎ、するりと口内に入り込んだ舌先を受け入れた。

角度を変えるたびに甘さが増していくキスを重ねて、息継ぎのたびに見つめあう。

優生が好き……。

吐息を感じる距離から目で訴えると、柔らかい口づけをされる。

唇を触れあわせながら、彼は小さく囁いた。

「愛の怒ってる声も……」

軽いキスを落とした唇が優しい声を響かせる。

「甘えてる声も、泣きそうなほど寂しいくせに我慢してる声も……」

そこで彼の腕が私の背中に回り、抱きあいながらふたりでベッドから体を起こす。

彼の穏やかな瞳が私だけを見つめた。

「俺には全部必要。ひとつでも欠けたら藤川 愛じゃなくなるからな。だから、これからもずっと……全部聞かせてもらう」

背中に回った手が外れ、照れたような笑みで左手を優しく取られる。

薬指を滑らせるひんやりとした感触に息を呑んだ。

「これで、足りないなんて言うなよ？」

左手の薬指で輝くダイヤの光に呆然と優生を見上げると、彼は唇の端を引き上げる意地の悪い笑みを浮かべた。

「返品は現金だけでしか受けつけない。嫌なら働いて返せよ？ どーせ、無理だと思うけど」

「えっ、これって……」

きょっ、今日は誕生日じゃない。いやいやー！　誕生日プレゼントにしても豪華すぎるから‼

混乱する頭を小さく振ったら、そっと肩に置かれた両手がそのまま背中に回り、温かい胸板に引き寄せられる。

「少し落ち着け」

静かな声に、うるさかった心臓が少しだけ落ち着きを取り戻す。

背中に回った腕がほどかれ、見つめあう一瞬。

どこまでも優しい声が鼓膜まで響いた。

「俺は愛と付きあうなら、初めからそういう気持ちしかないから。早すぎるなんて思わない。結婚しよう」

迷いのないまっすぐな瞳に、抑えきれない感情が涙となって溢れ出る。

「はい」

幸せの笑みで答えると、今日一番の優しいキスが下りてきた。

抱きしめられた状態でベッドに押し倒され、骨張った指先で身に着けているものを剥がされてしまう。

柔らかい手つきで胸の膨らみを包み込まれ、晒《さら》された鎖骨をキスで潤《うるお》った唇が滑り出す。

甘い刺激に体が小刻みに震え出し、時間をかけて彼を受け入れる準備が整っていく。

心地いい温もりに包まれながら、体がのぼりつめていった。

そのあと絶頂の波へさらわれた意識を取り戻すと、優しく抱きしめられる。

「やっと手に入れた」

胸を震わす囁きに、一度引っ込めた涙がまた溢れそうになってしまう。

「手に入れられちゃいました」

ごまかすように答えたら、「茶化すな、バカ」と声が返り、長いまつげを伏せた彼の顔がゆっくり近づく。

「でも……愛してる」

『好き』だけでは伝えきれない言葉と、どこまでも優しいキスが唇に下りてきた。


「愛」

柔らかい声が頬に落ちて、薄く開いた瞳に細い光を受ける。

「おはよ」と返したら、枕になってくれていた腕に体を引き寄せられ、軽く啄むような〝おはようのキス〟を何度か重ねる。

そのまま深いキスへ変わると思ったのに、柔らかい唇はそれだけで離れてしまう。

もう少しだけ、プロポーズの甘い余韻に浸りたいのになぁ……。

残念に思いながらベッドサイドの時計に視線を流すと、早朝町内パトロールが日課の父しか起床してないであろう日の出の時刻だった。

チェックアウトまで時間もあるし。もう少し優生とくっついていたいなぁ。

そんな視線をチラリと彼に向けたら、下着だけつけて寝てしまっていた体が、毛布にふわりとくるまれる。

膝の裏に回った腕が、軽々と私の体を抱き上げた。

私より先に目覚めた優生は、シャワーでも浴びたのかバスローブ姿ではあるけれど、半分ほど窓が開いたバルコニーに運ばれ、息を呑んだ。

「えっ、優生⁉」

ちょっと、まだ毛布の下は下着姿だってば！

戸惑いを込めて声を上げるのに、広いバルコニーの長椅子にゆったり腰かけた優生は、私を自分の膝の上に下ろして離そうとしない。

今、私は優生の膝の上で横向きに抱かれているというわけで！　まさか、昨日の続き……セカンドステージは、こちらですか⁉

どうしよう！　こんな青空の下でなんて……お父さんに話したら卒倒しちゃうし‼

いやいや、今はそれどころじゃないんだってば、私！

「優生。ダメ……だよ」

体をなんとかよじりながら、熱くなった頬をチラリと横に向ける。優生の顔が斜めに傾くのが見えた。

「なにが？」

「えっと。嫌ってことじゃなくて。ここでエッチするのは恥ずかしい……から」

目を泳がせながら訴えると、ふっと短い息をつかれる。

「足りないなら、早く言えよ」

「えっ？」

言われた意味がわからず、まばたきをしたら、背中を抱く優生の腕にまた少し力が加わる。耳元で意地悪に囁かれた。

「でも、さすがにここじゃあ……俺も落ち着かないんだけど？」

「えっ。それじゃあ」

「まったく。朝からキョドりすぎだろ」

なんかものすごーく催促をしてしまったようで、恥ずかしくなる。

耳まで熱くなった頬を下に向けると、慰めるようにポンポンと頭を叩かれた。

「落ち込んでんのか？　早とちりなんて、いつものことだろ」

「落ち込んで……ない。でも、死ぬほど恥ずかしいかも」

「大袈裟なやつ。でも、そうだな。やっぱり死ぬほど恥ずかしいこと、ここでしてみる？」

意地悪を囁いた唇が耳たぶを甘噛みして、ふわっと吐息を吹きつける。

不意打ちのそれに肩を跳ね上がらせると、楽しげに笑う優生と目が合った。

「もうっ。からかわないで」

「悪い。でも、やっと顔上げた」

ふっと息をついた彼の瞳が、一瞬で優しいものに変わる。

思わず引き寄せられるそれを見つめ返すと、抱かれた体が彼の膝の上から少しだけ浮き、長い両足の間にすっぽり入り込む。

ちょうどバルコニーの正面に体が向いて、目の前に広がる光景に息を呑んだ。

朝焼けで朱に染められたビル群の背景にうっすらと、でも確かな存在感を放つ富士《ふじ》山《さん》の姿。

朝一番の澄んだ空気に包まれたそれは、実家の静岡から見る景色とは違った表情を見せてくれた。

　胸を突く感動が体全体に染み渡っていく。

　しばらく声をなくして目を奪われていると、後ろから抱き寄せる優生の腕にまた少し力が加わる。意外な本音が彼の唇から零れた。

「本当は、このシチュエーションであげるつもりだったんだけどな……」

「シチュエーション？」

　首を斜めに傾けると、一瞬の間を置いてからチッと舌打ちが聞こえてきた。

『しまった！』というようなそれに、珍しく女の勘がフル稼働する。

「もしかして、優生」

「なっ、なんだよ？」

　おっ、珍しく動揺してるっぽい！　やっぱりそういうこと⁉

　ごくりと息を呑んでから、思いきって聞いてみた。

「もしかして、朝焼けの富士山を見ながら指輪をくれる予定だったとか？」

　まさかの思いを言葉にすると、私を抱く腕がするりとほどける。

　その隙に優生を振り返ったら、のぼりきった朝日に負けないほどの真っ赤な顔があった。

「優生って、実はすごくロマンチッ――」

思わず本音が零れると、おでこにビシッと人差し指が飛んでくる。

「痛っ！　なんで⁉」

加減を知らないそれに瞳を潤ませたら、眉間に皺を刻んだ顔でポツリと返された。

「調子狂うんだよっ」

「は？」

「自分でもわかってる。俺は……無愛想な地蔵男だし。こんなバカップルみたいなことをするキャラじゃないってこと」

少しトーンの落ちた声に目を見張った。

地蔵って、会社で呼ばれてるの知ってたんだ。しかも、ちょっと落ち込んでる？

かわいいかも、とはおでこが痛いから言えないけど。

ツッコみたくなる気持ちをなんとか抑えると、一瞬の間を置いて静かな声が響いた。

「だけど愛といると、いつもの冷静な自分じゃいられなくなる。一生幸せにする……。こんなクサいセリフも言いたくなるんだよっ」

会社では一瞬の隙すら見せない切れ長の瞳が、柔らかい弧を描く。

彼の素顔を知るたび、愛しさが溢れてしまう。

もっと聞いていたいのに、彼の告白を止めるように唇を重ねていた。

不意打ちのキスに優生の瞳が驚いたように丸くなると、それを見ながらそっとまぶたを閉じる。

状況も忘れて長く触れあって、毛布がはだけそうになるところで、キスはようやく終わりを告げた。

「だから、そんなに煽るな。死ぬほど恥ずかしいこと、したくなるだろ？」

困り果てた顔で軽く触れるだけのキスを返される。

ねぇ、優生。それだけで私は、幸せで胸がいっぱいになっちゃうんだよ？

涙が零れそうで口にできなかった言葉。彼は簡単に見透かしてしまう。

「なんで、泣く？」

目頭で止めた熱に気づいた彼が顔を傾ける。

「だって……」

嬉しいから。でもそれは、まだ教えてあげない。

「どうした？」

心配している瞳が愛おしくて、どんどん欲張りになる。

「昨日の言葉、もう一度聞かせて？　そうじゃないと、まだわかんないよ」

それは、嘘。

『愛してる』という言葉でなくても、優生の気持ちは全部伝わっている。

でも、聞きたい。何度でも聞かせてほしい。

それで私は、もっと強くなれる気がするから……。

思いを乗せた瞳を優生に向けると、「ふっ」と口元を綻ばせた彼が意地悪に笑う。

膝の上の体が優しく抱かれ、コツンとぶつかりあう額。

「もう一度聞きたいなら……これからもずっと俺のそばにいること。約束な?」

幸せの笑みで綻んだ唇に、優しいキスが落ちてくる。

柔らかいキスを重ねながら、こんなことを思う。

私がたくさん回り道をして辿り着いた運命の人は、仕事に厳しく、時に冷徹で、自分の思いを押し殺す強さがあって。

言葉で伝えることが少し苦手だけど、何十年前の約束を忘れないロマンチストで。

そんな人、きっとどこにもいない。

出会ったときから、好きになるのは必然だったのかもしれない。

こうして私たちは、またひとつ深い繋がりを持つことができた。

今までがそうであったように、これから先も些細なことでぶつかることがあるかもしれない。だからこそ、思う。

わかりあってるつもりでも伝える努力を怠ったら、きっとふたりに未来はないから。

たとえば、こうして見つめあって、名前を呼びあえることを。

薬指にあるエンゲージリングの感触に、幸せを感じるように。

日常にあるささやかな幸せを感じながら、今を大切にして明日へと繋げていきたい。

特別書き下ろし番外編
未来へ続く道〔結婚編〕

「なんでだコラ、って仕方ないでしょー。優菜《ゆうな》はお泊まり保育なんだから」

電話越しの不満げな声に言い聞かせると、『仕方ねぇ。じゃあ、明日な』としぶしぶ父は電話を切った。

町内会の旅行で東京に出てきた父は、孫娘に会いたくて仕方ないらしい。

初孫で溺愛するのはわかるけど、幼稚園に押しかける勢いなんだから……。

去年、実家で営む定食屋を父に代わり大地が継いでからというもの、父の孫への溺愛っぷりは拍車がかかってしまい、『町内パトロールのついでだ。ついで！』となにかにつけて静岡から東京に出てくる始末だ。

そこまで愛情を注がれている優菜は、すっかりおじいちゃん子なんだけどね。

五歳の娘と同じ目線で真剣に遊ぶ父の姿を思い出しながら、スマホをタップして電話を切った。

優生と結婚してから六年の月日が流れていた。

『早すぎるなんて思わない。結婚しよう……』

あの日、彼がくれたエンゲージリングが今でも輝きを放つように、向けられる優しい眼差しも、包み込んでくれる腕の温かさも、あの日からずっと変わらないでいる。

ふと薬指のマリッジリングが視界に入り、自然と頬が綻んでしまう。

スマホをガラスのローテーブルに置き、スリッパの音をパタパタとたてながらリビングからキッチンに移動した。

「さて、優生が帰ってくる前に、晩ご飯の準備進めちゃおう」

対面式のシステムキッチンで彼が好きな肉じゃがを煮込みながら、リビングの壁掛け時計に視線を流す。

時刻は六時を少し過ぎたところだった。

そろそろ、メール来るかな？

約二週間のドイツ出張帰りの優生が乗った飛行機は、定刻通りであれば空港に下り立った頃だろう。

今では経営統括室の室長という肩書を持つようになった彼は、社長の仕事をサポートしつつ日本本社の経営を統括する立場にある。

数年後には重役になるとの噂もあるようで、相変わらず多忙な毎日を送っていた。

「お疲れだろうから、お風呂から上がったらマッサージでもしてあげようかな」

いい具合で煮込めた肉じゃがの鍋の火を止めると、リビングから軽やかなメロディーが流れてきた。

優菜が大好きな遊園地のキャラクターソングは、メール受信音だ。

まだ幼い彼女の興味を引くスマホは、いたずら防止のためにロックをかけていたから、それを解除してメールを開く。

新着メールが一件。差出人には、優生の名前があった。

【ただいま。空港に着いた】

タイトルなしのそっけないメールは、無駄を嫌う彼らしいなって思う。

【おかえりなさい、お疲れさま！　一昨日話したけど、優菜はお泊まり保育で今日はいないよ。それとお父さんが町内会の旅行で近くのホテルに泊まってるから、明日優菜に会いに来ると思う】

長文メールを打ち返すと、すぐにまたメールが届いた。

【わかった。久々にゆっくり浸《つ》かりたいから、風呂の準備をよろしく頼む】

【了解です】と今度は短く返信してから、メール画面を閉じた。

優生にも溺愛される優菜は、陣痛から八時間で生まれた。

彼女が日々成長していく姿は、『目に入れても痛くない』とはこのことで、どんな仕草でも愛おしくて癒されてしまう。

たとえば、ティッシュ箱の絵柄や、道に咲いている小さな花を見て喜んだり。

優菜が教えてくれる世界は、大人になっていつしか忘れてしまった純粋な気持ちを呼び起こしてくれる気がする。

健康な体で生まれてくれれば、それでいい。

妊娠中はそう願うだけだったのに、父や大地、それに優生を大切に思う人たちに愛される彼女を見ていたら、たくさんの人に愛される子になってほしいなって思うようになった。

そしていつか、かけがえのない大切な人と出会って、その彼と愛しあってほしい。

そんなことを思いながら、リビングへ足を向ける。

三人で暮らすマンションのリビングは、南側の壁にラックの飾り棚を置いていて、北欧系の雑貨店で購入した小物とデジタルフォトフレームを飾っている。

白いプラスチック製のフレームに、ワンポイントで緑色の四つ葉のクローバーを施したデジタルフォトフレームは、パネルのようにくるくると回りながらたくさんの笑顔を映し出している。

あっ。これ懐かしいなぁ。結婚式の写真だ。

次期社長候補である優生の立場から、結婚式を親しい人や身内だけで済ませることは対外的にできなかったので、披露宴は都内のホテルで執り行われた。

ウエディングドレス姿の私の隣には、光沢のある白いタキシードを着た優生がいる。

そこでまた写真が変わると、今度は優生と並んで映る松田課長の笑顔があった。

実家の隣町に住居を移していた松田課長には、婚約してすぐに報告を兼ねて会いに行っていて、そのときに私がまだ知らない〝優生の秘密〟を彼から聞くことができた。

それは思い出すたびに胸が温かくなる話で、嬉しそうに語る松田課長の笑顔がふと脳裏に蘇った。


セミの声が耳に痛いほど鳴り響く和風造りの縁側で、松田課長は首から下げたタオルで額の汗を拭う。

ビールの買い出しを頼んだ優生の背中が遠ざかるのを見て、彼は語り出した。

『前に話したと思うんだけど。優生の爪痕の話を覚えてるかな？』

『はい。覚えてます』

それは、父親が亡くなり仕事で家を留守がちにする母親との生活に、心がついていかなかった優生が、寂しさを押し殺すようにしてできた爪痕だ、と松田課長から聞いたことがあった。

『私も母を病気で亡くして寂しい思いはしたんですけど、弟もいましたし。実家が定食屋で父もそばにいてくれたので……』

小さな掌にできた爪痕は、寂しい気持ちを押し殺した彼の強さと、痛みの深さを表していた。まだ幼い彼の心の痛みを思うと、胸が締めつけられる。

それは彼を見守ってきた松田課長も同じなのだろう。深いため息が漏れた隣へ視線を向けると、夏の色濃い夕日が松田課長の横顔に影を作っていた。

でもすぐに、なにか吹っ切れたような穏やかな瞳で彼は続けた。

『でもね。そんな優生が、あるときを境に爪痕を作らなくなったんだ。それは、なんでだと思う？』

幼い子になぞなぞを教えるように、松田課長はいたずらっぽく笑う。

『えっと……』

なにかがあって変わったってことだよね？

しばらく視線を宙に泳がせて考えてみる。

『すみません。わかりません。なんでですか？』

降参とばかりに小さく頭を下げたら、松田課長は優しい笑みで教えてくれた。

『寂しかったり、堪えられない痛みがあると拳を作る癖は変わらない。でもね、ポケットの中で自分の手を庇うようにハンカチを握りしめるようになったんだ……』

ハンカチという言葉に胸が震える。

それって、もしかして……。

静かに心音を響かせていく胸に手を添えると、『そのハンカチには藤川さんの名前があったんだよ』と、胸を突く答えを返された。

『ふたりの間になにがあったのかまでは教えてはもらえなかったんだけどね。母親の仕事で日本を離れるときに、胸を張って教えてくれたよ。大きくなったら絶対にその子に会いに行って、ハンカチのお礼をするんだって。感謝の気持ちを倍にして返すんだって……』

松田課長の唇がそこで固く結ばれる。

きっとそれは、瞳を潤ませた私に気づいたから。

初めて出会ったあの場所で、優生にもう一度会いたいって思っていた。

そう願い続けて、あれから何度も通って。でも会えなくて。

あの子はもう私のことなんか忘れちゃったのかと寂しく思ったのに。

でも、もしかしたら私よりもずっと強い気持ちで、会いたいって思ってくれていたの？

ダメだって思うのに、目頭が熱くなる。すると、『よいしょっ』と声が届いた。

『さて。優生が戻ってくる前に、おもてなしの準備に取りかかるか』

松田課長はそう言って、俯いた私を気遣うように立ち上がる。

少し前方に丸まった背中を見つめながら、もしかして、と思う。

松田課長が優生との関係を教えてくれた夜。彼に託された願いを思い出した。

『……もしこの先、彼ひとりでは耐えきれない傷を負ったときには、支えになってあげてほしい』

あのとき、少しだけ不思議に思った。

まだ付きあい始めだというのに、松田課長はどうしてそんな願いを私に託したんだろう、って。

でも、あのときにはもう……。

ううん、きっと。私が松田課長の下で働き始めたときにはもう、優生が大事に持っていたハンカチの主は私だと、彼は気づいていたのだろう。

私たちを見守ってくれていた存在を嬉しく思いながら、オレンジの影を落とす山々へ視線を向けた。

あの夏の日を思い返していたら、次の思い出へ誘うように、デジタルフォトフレームはまたくるりと写真を回転させる。

今度は、披露宴での販売部のみんなの笑顔が映し出された。

そういえば。このときの披露宴で、優生のタキシードの色を当てる賭けを販売部のみんなでしてたって、美希ちゃんが言ってたな。

『やっぱり葛城さんは王子様系の白でしたね！　私、大当たりでした‼』

見事、白を言い当てた美希ちゃんの弾んだ声を懐かしく思う。

結婚式は緊張したけど、やっぱり楽しかったな。絶対無理だけど、もう一度したいとか思っちゃったし……。

その次に現れた写真は先月、愛美と優菜の三人で行った遊園地でのもの。

六年前。愛美に裏切られたことで、しばらくはふたりでいてもぎこちなくなることがあったけれど、六年という年月が私たちの関係をゆっくりと修復してくれた。

あれから人が変わったように物事をはっきり言うようになった愛美とは、ときどき口喧嘩をすることもあるけれど、前よりもいい関係になれた気がする。

愛美があんなに頑固だなんて、知らなかったし。でも、今の愛美のほうがずっと素敵だよね。

そんなふうにフレームの中のたくさんの笑顔を見始めたら止まらなくなって、近くのソファに座ってしばらく眺めていたら、いつしかうとうとと眠りに就いてしまった。

夢を見た——。

夢の中で私は大切な思い出がたくさん詰まったあの場所で、膝を抱えて待ち続けている。

泣きじゃくる幼い自分に教えてあげたい。

叶わぬ願いを叶えるのはいつだって神様ではなく、自分や誰かの強い意志だってことを。

あと少しでそこに現れる彼が、大人になってから教えてくれるんだってことを——。

「愛……」

聞き覚えのある低い声が頬に落ちる。

髪をさらりとすくう指先が耳を掠めて、薄く開いた瞳に明るい光を受けた。

あれ、朝？

まだぼんやりする頭でいると、なにかの背もたれに寄りかかっていた私の右手が強く引かれた。

「もう朝？　優生……。おはよう」

至近距離にある端正な顔にまばたきを返すと、「ふっ」と息をつかれる。

間髪を容れず、柔らかい感触に唇を塞がれた。

突然のキスに、「あっ」と驚いた唇に熱い舌先が入り込むと、彼の右手が後頭部を引き寄せ、空いている左手がわずかにある隙間を埋めるよう腰に添えられる。

まだ眠りと覚醒《かくせい》の間を彷徨《さまよ》っている頭を一瞬にして痺れさせるキスに、いつしか身を委ねるように酔いしれてしまうから。

口内の奥深くまで入り込む舌先を受け入れるよう、優生の首の裏に手を回して絡みあうキスを重ねていく。

荒い息で呼吸が乱れ始めると、抱きあいながらベッドより少し硬さのある場所に体を沈ませていった。

「愛。このまま……いいのか？」

体重がかからないように覆い被さった彼が耳元で囁く。

耳が感じると知っていて、わざと吹きつける挑発的な囁きにさえトクンと胸が震えてしまう。

でも、こんなふうに朝から抱きあうなんて、ずいぶん久しぶりな気がする。

もう少し、こうしてたいな……。

言葉ではなく首の裏に腕を回して彼の体を引き寄せると、含み笑いが耳に届いた。

「本当に……いいんだな？」

どうして、何度も確かめるんだろう？

少し引っかかりを感じながらも小さく頷き返すと、大きな掌がTシャツの上から優しく胸を包み込んだ。

「あっ……ん」

不意を突かれて乱れた吐息が漏れてしまい、唇を結ぼうとしたら荒いキスでこじ開けられる。

息継ぎのたびに高められていく熱にそっと瞳を開くと、至近距離にある瞳が意地悪に私を見ていた。

「あんまり声出すなよ？　隣にいる優菜が起きちゃうから……」

優生はキスで潤った唇に人差し指を添え、満足そうに笑う。

「声って、ダメだよ……」

『ママってペンギンさんみたいでかわいいね』って優菜によく言われるけど。きっとペンギンには出せないだろう、アダルトな声を聞かせていいわけがない！

上から組み敷く優生の体から逃れようとする。

「なに逃げようとしてんだよ？　いいって言っただろ」

「ふっ」と甘さを含んだ息を吐き出され、心臓が止まりそうになった。

ちょっと、どうしちゃったの、優生パパ⁉

『パパって絵本に出てくる王子様みたいにかっこいいね』って優菜に言われて喜んでるくせに。

こんなドSなパパの姿を見せちゃっていいの⁉　それにしてもペンギンと王子様って、ものすごい差がある気がするんですけど。子供って残酷なほどに正直だよね……。

愛娘の前では手を繋ぐくらいしか触れあうことはないのに。本当っ、どうしちゃったの？

「やっぱりよくないよ。ね？」

優生に向けて、首をカクンと斜めに折って腕を交差する。

それは、昨日見たドラマでやっていた〝男が落ちる女のおねだりポーズ〟。

ごくりと息を呑みながら、待つこと数秒。

「なんのつもりだ」

冷たく返されてしまった。

ええっ、まったく効いてない！　かわいくなかった⁉

軽くショックを受けていたら、ひどく疲れたような吐息をついた彼に左手首を掴まれる。

「だから、ダメッ……」

必死に抵抗を試みるも、そのまま手首ごと引かれてしまう。引かれるまま上半身を起こすと、手首を離れた彼の右手が私の頬をつねった。

「冗談だろ。いい加減気づけ」

「え……」

今、冗談って言った？

つねられた頬を手でさすると、寝起きでぼんやりしていた頭がクリーンになる。

離れたところの壁掛け時計が指す時刻は、夜の七時。

ぐるりと視線を部屋中に流して、ここが寝室ではなくリビングのソファの上だとようやく気づいた。

あぁ、なんだ。あのまま寝ちゃってたんだ……。

隣にいない愛娘を少し寂しく思いながら、教育上よくないであろう姿を見られなかったことに、ホッと安堵の息をつく。

すると、「はぁー」と、わざとらしいため息が耳に届いた。

「本当っ、寝起き悪いな。優菜はお泊まり保育だろ？」

タチの悪い寝起きドッキリを仕掛けてきたくせに……。

優生は悪びれる様子もなく、余裕たっぷりに顔を斜めに傾ける。

革張りのソファから長い足を下ろし、ネクタイを緩め始めた彼を見て、そっか、出張から帰ってきたんだなぁ、と思わず緩みそうになる頬に待ったをかけた。

「ちょっと！　優菜がいるとか、騙すなんてひどいよ。見られちゃった……と思って、本当っ、びっくりしたんだから！」

ソファから身を乗り出すように言い放つと、こんな開き直り万歳の声が返ってきた。

「俺は悪くない」

ネクタイを片手でしゅるっと外しながらの涼しげな顔に、反論する気力が一瞬で消え失せる。

呆れた。なんか叱られて拗《す》ねる子供みたいだし。男の子が生まれたら、こんな感じになるのかな……。

『男の子も欲しいよな』と出張前に、優生がポツリと漏らしていた言葉を思い出す。

そんな彼は、『ベタだけど、息子ができたら一緒にサッカーをやりたい』と言っていた。

娘は父親に似ることが多いと聞いたことがあるように、優菜の顔立ちは私よりも優生に似ていて、『将来は美人になるぞぅ』と父が実家の定食屋に来るお客さんに孫の写真を見せびらかすほどだ。

そうなると、男の子が生まれたら私に似るのかな？

自分そっくりな子供も、絶対かわいいと思う。でも、大好きな人にそっくりな子供が増えるのも幸せだろうな。

まだお腹にいない我が子を想像していたら、ついつい顔がニヤついていたのか。

「優菜が真似するから、寝起きに薄気味悪く笑うなよ」

幸せの笑みで緩んだ頬をピキッと硬直させる、失礼な呟きが飛んできた。

「薄気味悪いって、愛する奥さんに失礼だし……。それに、優菜が真似するっていうなら、騙すような寝起きドッキリとか仕掛けないでよねっ」

結婚して優菜が生まれてからも、付きあっていた頃と変わらず優生は優しい。

でも、こうして毒づいたり、いたずらを仕掛けてくることも変わらずだ。

やっぱり子供っぽいところがあるんだよねぇ。

優生につられるように優菜の名前を使ってしまい、彼女に申し訳ないなぁと思いながら、ジロリと睨みつけてやったら、「だから、俺は悪くないって言っただろ？」と顔を寄せてきた彼が、私の背中に腕を回す。

天井のダウンライトが視界に映ったかと思うと、一瞬でソファに組み敷かれていた。

「寝言で呼びすぎだから」

首に顔をうずめた優生が掠れた声を漏らす。

「え？　もしかして……」

昔から何度も見た幼い頃の夢。

あの日出会った男の子が優生だとわかってからは、あの夢を見ると寝言で彼の名前を呼ぶようになっていた。

また名前を呼んじゃってたのかな？　ちょっと恥ずかしい。

重なる体温とは違う意味で、体が火照り始める。すると、耳を疑う言葉が低く囁かれた。

「とんかつ大盛りおかわりって」

「嘘!?」

そんな色気のないこと言ってたの!?

心の叫びを喉に押し込めると、「ふっ」と嘲笑うような吐息が頬に触れる。見つめあう、一瞬。

「嘘。俺の名前呼んでた……」と甘く囁いた唇に優しいキスを落とされた。

あまりにも不意打ちすぎて、目を閉じるのが遅れてしまう。

長いまつ毛を伏せながらキスを求める優生の顔は、思わず目を奪われるほど色気を纏っていて、心臓がうるさい音を響かせていく。

唇の感触を味わうように何度か柔らかく啄まれ、熱い舌先がするりと口内に滑り込んだ。

荒々しく絡め取るようなキスは強引で、でも深い愛情を感じることができるから、何年経っても変わらない愛を捧げてくれる彼を愛おしく思う。体の芯から熱くなるようなキスにいつしか夢中になると、ふっと唇を引き離される。

吐息を感じる距離からそっと囁かれた。

「寝言であんなふうに呼ばれたら止められなくなる。だから、俺は悪くない。だろ?」

そういう意味だったんだ……。

上から組み敷く彼に納得するように笑みを返すと、艶っぽく瞳を細めた優生が体を預けてくる。

今度はまつ毛を伏せながら彼を待つと、音もなく静かに唇が重なりあって、Tシャツの下に入り込んだ指先にブラのホックを外された。

素肌を滑らす指先は、電流を流すように体を痺れさせ、首筋をゆっくり伝い落ちる唇は、いとも簡単に思考を停止させようとする。

だから、酔いしれそうになる前に、胸の膨らみに触れた彼の手を掴んだ。

「ちょっと、待って。ここじゃあ……」

明るいところで肌が晒されるなんて、恥ずかしくてたまらない。

目で訴えたら、息をついた彼の腕が背中と膝の下に入り、体を持ち上げられる。

結婚前にも何度かされたお姫様抱っこは、『思ったよりも重くない』と彼は言う。

思ったよりも、ってひとことが余計だけどね……。

やはり腕が痛くて大変だと思うのに、優生はいつものように涼しげな顔で私を抱きかかえたまま、リビングを離れる。

もう数えきれないほど抱きあっているのに、この先のことを思うと体が熱くなる。

ついさっき重なりあった唇も、優しく触れられた胸の膨らみも、彼が触れたところすべてが、じんっと幸せの熱を放つようで嬉しくなる。

今さらだけど、幸せだな。

硬い胸板にそっと顔を預けたら、優生がポツリと呟いた。

「優菜のこと、任せっきりで悪いな」

最近、出張で留守がちだから、それを気にしてるんだよね。

優菜が生まれたばかりの頃は、慣れない育児で疲れを溜めることもあった。

でも、彼女の無垢《むく》な笑顔はなによりも日々の癒しで、少しずつ優菜も自分でできることが増えてきた今は、『いつまで無条件に抱きしめさせてもらえるのかな？』なんて、少し寂しく思うときもあるほどだから。

「そんなことないって。優生も休みの日は優菜の面倒をよく見てくれるから、『パパ大好き』っていつも言ってるでしょ？」

「そう……か？」

ホッと安堵の息をつかれ、「そうだよ」と念を押す。

そんなやり取りをしていたら、幸せがまたひとつ積もっていく。

「私もね、優菜と同じくらい優生パパが好きだから……」

幸せの熱に浮かされるよう、するりと口から零れたセリフに顔が熱くなった。

わわっ。流れでさらりと言っちゃって、恥ずかしすぎる！

じっと見下ろされる視線が痛くて、うろうろと目を泳がせたらボソッと呟かれた。

「まったく。いつからそんなに、キザになったんだか」

呆れたような息をつかれて、恥ずかしさに「うっ」と息を呑む。

でも、キザっていうならあのときだよね？

「それはっ。優生にプロポーズされたときから……って！　痛っ‼」

廊下を進む足を止めた優生の頭が、ガツンッと私の額に落ちてきた。

なんで頭突き⁉

強めに落とされたおでこに訴えたら、ふんっと鼻を鳴らした彼は、私に見られないように顔を横に逸らす。

でもすぐに、少し照れくさそうな優生と笑いあったあと、スラリと長い足が寝室のベッドの前で止まる。

いつもは優菜と三人で寝ているベッドへ優しく体が下ろされ、着ているワイシャツのボタンに手をかけた優生がゆっくりと覆い被さる。

私を見下ろす瞳が柔らかく弧を描くと、息遣いを感じる距離から甘く囁かれた。

「今は優生パパじゃないから……」

掠れた声を漏らした唇が私の頬に優しいキスを落として、Ｔシャツをたくし上げた指先が素肌をゆっくり滑り出す。

柔らかく揉《も》みほぐす指先が胸の頂に触れて、声にもならない吐息が零れた。

鎖骨から胸の膨らみをなぞるように滑る唇に、時折熱を残すように肌を吸われる。

絶え間なく与えられる愛撫に体が弓のようにしなり、堪えられない吐息が恥ずかしくてたまらない。

でも、触れあう肌の温かさが心地よくて、ここが一番安心できる場所だと教えてくれるから。

「ありがっ……とう」

思わず漏れた声に、彼の愛撫が止まる。

上から組み敷く優生の瞳に『どうした?』と語られて、素直な想いを口にした。

「なんか幸せで……」

満たされている気持ちを届けたら、至近距離にある瞳が照れくさそうに細まる。

「愛してる」

愛しさに胸が震えるような囁きが鼓膜まで流れ込み、触れあうだけのキスを重ねる。

唇が名残惜しそうに離れていくと、両ももに手を添えられて彼と深く繋がった。

強弱をつけて混ざりあう熱に、頭が白く染まっていく。

「愛っ……」

少し息の上がった低い声に呼ばれるだけで、内壁が収縮して高みにのぼりそうになるから、強く腰を引きかけた優生の手首をそっと掴んだ。

「待ってっ。もうしばらく、このままで……」

甘い吐息で満たされた寝室に、消え入りそうな声が漏れる。

恥ずかしくて消えてしまいたい。

でもそれより、こうして抱きあえている時間が、なによりも贅沢《ぜいたく》に思えてしまったから。

もう少しだけ、このままでいたい。

私を見下ろす瞳にそんな想いを訴えたら、ふっと柔らかい笑みを零した優生は長く息をついた。

「今日は、優菜に負けじとおねだり上手だな」

なんだか、ものすごいわがままを言ってしまったみたいだ。

「ごっ、ごめんね！」とチラリと視線を流すと、深く体を沈めてきた彼と静かに唇を合わせる。

触れるだけですぐに離れた唇が、「別にいい」と短く呟く。

「今日は俺も、時間をかけて愛したい気分だから……」

優しい色を含んだ眼差しに、トクンッと胸が音を刻むと、ゆっくりと快楽の波に呑まれていった。

木目調のデジタル表示の時計が、ピピピッと軽やかな音をたてながら、目覚めの時刻を教えてくれる。

ベッドから手を伸ばして、目覚まし機能をオフにする。

時刻は七時。曜日は週の真ん中の水曜日を表示していた。

「ん……。優生？」

時計をサイドテーブルに戻したあと、ぼんやりした頭を隣に向けると、彼の姿がなかった。

普段なら起きるのには遅い時間だ。

でも、優菜はお泊まり保育だし。ドイツから帰国したばかりの優生は、今日は有休扱いだと言っていた。

あれから何度か果てを見たあと、食事をしてお風呂に一緒に入り、また時間をかけて抱きあって、そのまま寝てしまっていた。

七月の照りつける強い陽光をカーテン越しに感じて、襟に花模様のラインストーンをあしらえた白いシャツとブルージーンズに着替える。

トイレと洗面所に立ち寄り、顔を軽く洗ってからリビングに足を運んだ。

「おはよう。愛もコーヒー飲むだろ？」

対面式のキッチンのカウンターから声がかかる。

「おはよう……。ありがとう」

豆から挽《ひ》けるコーヒーメーカーのポットを手にしていた優生が、お揃いの白いマグカップにコーヒーを注ぐ。湯気と共に香ばしい香りが立ちのぼった。

「せっかくだから、これ飲んだあとにご飯の用意するね」

「もう少しゆっくりしてもいいぞ。昨日はいろいろ無理させたからな」

「無理って……」

昨夜の甘い抱擁を思い出させるセリフに、カップを持つ手が震えてコーヒーが零れそうになった。

側面にワンポイントで四つ葉のクローバーがあるカップは、まだふたりが付きあっていた頃にお揃いで購入したものだ。

熱湯を注ぐとカップの底に文字が浮き出る仕掛けがあり、それぞれのカップに相手を想いながら文字を入れあった。

優生のカップには私から、愛を意味する〝ＬＯＶＥ〟の文字。

私のカップには『〝豚〟文字を入れてやった』と彼は意地悪に言っていたけれど、コーヒーを飲み干し、現れた文字は〝愛〟の字だった。

好きな人から初めてもらうプレゼントが〝豚〟文字入りのマグカップなんて悲しくなるから、名前を入れてくれてよかった。

本当っ。外ではクールで地蔵キャラなくせに、ときどき優菜に負けじと子供っぽいところがあるんだよねぇ……。

「あーぁ。あのときは本当に〝豚〟文字を入れられたかと思ったよ」

初めてカップにお湯を注いだときのドキドキ感を思い出して、少し恨めしい視線を流してやる。

「俺が、そんな子供じみたことするか」

ダイニングテーブル越しの涼しげな顔に、どの口が言ってるのと返そうとしたら、ピーンポーンと訪問者を告げるチャイムがリビングに響いた。

「えっ。こんな時間に……」

誰だろう、とはあえて口にしない。

顔を見あわせてから立ち上がった私に、「朝飯食ったかな？」と優生も訪問者が誰だかわかっているようにポツリと言う。

インターフォンのモニターに映し出された浅黒い笑顔に、やっぱりかとオートロックを解除した。

しばらくして玄関に現れたのは、予想通り私の父だった。

「なんだぁ、優菜はまだ帰ってねぇのか！」

「まだ早いって。七時だよ？　お迎えは午後からだし」

朝食はホテル近くにあった定食屋で済ませてきたという父に、お茶を淹れながら口を尖らせる。

「愛っ。お前、一日の始まりはなぁ……」

「はいはい。お天道様がお空で微笑みかけてくれたら始まるんだよね」

幼い頃から耳にタコなセリフに、「はいって返事も、一回だよね」と付け足してやったら、父は少し悔しそうに開きかけた口を横に結んだ。

ふふっ。勝った！

わざと挑発するように仕掛けた私は、優生に負けじと子供っぽいのかもしれない。

でも、出張帰りの優生は少しゆっくりしたいよねって思っていたから、父を少しいじめてしまった。

でも、優生は朝早くの来客を気にするそぶりも見せず、父とプロ野球の話で盛り上がり始める。

キャラが正反対なのに、意外と気が合うんだよね。

笑いあうふたりにチラリと視線を流しながら、朝食の準備に取りかかった。


朝食を済ませたあとは、大地が実家に連れてきた彼女の話や、優菜の運動会の話で盛り上がり、午後になるとそろそろお迎えの時間になった。

「優菜のお迎えなら俺も行くぞ」

ソファから父が立ち上がるタイミングで、優生のスマホが着信音を奏で始める。

スマホを耳に押し当てた彼に、『行ってくるね』と目で合図を送ってから、父とリビングをあとにした。

「まったく、お泊まりとかなぁー。まだ五歳なのに早すぎやしねぇか？」

マンションを出てしばらく歩くと、父がぶつぶつと言う。

「そういった経験も成長させてくれるって言うしね」

そんな話をしていたら明るいオレンジ色の屋根が見え、いい先生が多いと評判の幼稚園に着いた。

お泊まり保育の様子を先生に聞き終えてから、優菜と手を繋いで教室をあとにする。

幼稚園の外に出ると、近くにある電柱の前をうろうろしていた父を見つけた優菜が、「じいじ！」と私の手を引きながら駆け出した。

「おぉっ。優菜、重くなったなぁ！」

顔を綻ばせた父が優菜を抱きかかえると、「えー」と不満げな声が漏れる。

「優菜、太ってないもんっ」

「えっ。いや、そういう意味じゃねぇよ？　でもっ、ぷっくぷくの豚みたいに太ってもなっ、じいじは優菜が大好きだぞ！」

「豚さんじゃないもん！」

頬を膨らませた優菜がイヤイヤと顔を左右に振り、困り果てた様子の父の腕から逃れる。

「もうっ、豚さんとか言ってぇ。ケンちゃんと結婚できなかったら、じいじのせいだからね！」

「へっ。ケッ……ケンコン⁉」

おませなセリフを突きつけられた父が絶句する。

ケンコンって、ケンちゃんと結婚が混ざっちゃってるし。あのふたり仲よしだからなぁ。

ふと、優菜と同じクラスの男の子の顔が頭に浮かんだ。

「おいっ！　ちょっと待て優菜。ケンコンってどういう意味だ、そりゃー‼」

ぷいっと顔を背けた優菜がスタスタと歩き出し、父は慌てた様子で追いかける。

広い背中に追いつくと、「ケンコンなんて、まだ早いじゃねぇか」と父が暗い顔でぶつぶつと漏らしていた。

「お父さん。本気にしすぎだって」

「でもよぉ」

「ねぇ、ママ。本気ってなに？」

「あぁ、うん。本気っていうのはね……」

知らない言葉に興味津々な優菜と手を繋ぎながら、ゆっくり足を進める。

好きな人といつか幸せになってほしいとは思うけど、そのときが来たら寂しいんだろうな。お父さんは絶対泣いちゃうよね。

私の結婚式で、『目から鼻水が出やがった』と鼻をすすっていた父の顔がぼんやり頭に浮かぶ。

角を曲がったところで、繋がった手を強く下に引かれた。

「ねぇ、ママ。じいじとお参りしてもいい？」

優菜が足を止めて顔を向ける先には、都会のささやかな新緑に囲まれた神社がある。

「いいよ。お参りしてから帰ろうか？」

「やった！　じいじ行こ！」

嬉しそうに笑った優菜が、父の手を引きながら歩いていく。

そんなふたりの背中を見つめていたら、ふと幼き日の記憶が頭をよぎった。


遠くに連なる山々に重い影を含ませた夕日が沈んでいく。

神社でかくれんぼをして、遊び疲れて寝てしまった大地を背中におぶった父の隣を歩く。

『そうか。算数のテストは満点か。さすが俺の娘だな！』

夕日に照らされた父の笑顔に、国語も満点を取ろうと思った。

勉強なんてちっとも面白くないし、好きじゃなかった。満点を取るのは、父の喜ぶ顔を見たかったからだ。

母が亡くなったばかりの頃。まだ手がかかる幼い私と大地を思って、父は実家から少し距離のある料亭を辞め、家を改装して定食屋を始めた。

名店と言われる料亭の料理長を務めていた父の腕は確かで、舌を唸らす料理が安く食べられることもあり、店は連日満席だった。

常連のお客さんは私と大地をかわいがってたくさん遊んでくれたし、父の料理で笑顔になるお客さんを見ていたら、母を亡くした寂しさが少しだけ和らいだ。

『定食屋なんて、その腕が泣くぞ』

訪ねてきた元職場の人たちに、『腕の見せどころの間違いだろ！』と笑い飛ばしていた父は、自分の地位よりも私と大地のそばにできるだけ長くいることと、私たちの笑顔を一番に考えてくれたのだろう。

そんな父の思いを私が理解できるようになったのは、いつだったろう？

知らなかった思いに気づかされるたびに胸が温かくなって、父との思い出はいつも涙腺を緩ませるものばかりだった——。

不意に熱くなった目頭を指で押さえつけると、後ろからそっと肩を叩かれる。

振り返ると、マンションにいるはずの優生の姿があった。

「優生……。どうしてここが？」

「あぁ。優菜がこの神社好きだから寄り道してるかなって。それより、どうした？」

心配げに顔を覗かれ、「目から鼻水出ちゃった」と父を真似して鼻をすする。

「器用だな」

真顔でツッコまれたあと、柔らかく笑われた。

常に誰かのことを気遣う優しい性格の彼は、やっぱり父に似ているのかもしれない。

目の奥に熱を引っ込めてから笑顔を向けると、「あーっ。パパおかえりなさい！」と言って、優生に気づいた優菜が、石段をのぼったところから大きく手を振ってくる。

優生は笑顔で手を振り返したあと、私の右手をそっと握った。

「行こうか」

指先を絡みあわせると、骨張った薬指にはめられたマリッジリングに気づく。

ふと、優生が松田課長と交わした『感謝の気持ちを倍にして返す』の約束を思い出し、胸に温かいものが過ぎていった。

もう何十倍にもなって返されてる気がするなぁ。

優生の優しさや、愛情に触れた瞬間に、約束は果たされていたのだと思う。

いつだって、見つめあって触れあうたびに、幸せを感じることができるから。

私も一生をかけて、松田課長と交わした『彼を見守っていく』という約束を果たしていきたい。

心に芽生えた決意を伝えたくなって、「あのね、優生」と開いた口をそこで結ぶ。

やっぱり言わないほうがいいかも。ちょっと恥ずかしいし……。

言いかけた言葉を呑み込み、「やっぱりいいや」と笑って返したら、ふんっと意地悪に鼻を鳴らされた。

「愛の『いいや』はあとで大事になりそうだな。いや、なる。確実に」

確実とまで言われてしまい、「ひどいなぁ」と口を尖らせ、繋がった指を振りほどこうとする。

でも、そうはさせない、とばかりに指先に力を込められた。

「でもまぁ、なにかあっても俺がそばにいるから……」

声のトーンが少し落ちたのは、照れているときの癖。

高いところにある横顔が朱に染まって見えるのは気のせいではないから、まったく素直じゃないんだから、と少し呆れながらも、胸はトクンッと幸せの音を響かせる。

愛を誓いあった日からなにも変わらないことが嬉しくて、夕焼けに染められた石畳を優生と歩いていった。

たとえば、こんなふうに温かい指先と触れあうたびに思う。

そばにある優しい眼差しも、こうして触れあえる喜びも。

今あるすべてはふたりだけで築いたものではなく、たくさんの人に支えられてあるのだと。

でも、ふと感じる幸せを当たり前みたいに思ってしまう瞬間がある。

そんなときは、強く心に言い聞かせる。

変わらない想いなんて、きっとないのだから。

形ないものだからこそ、これからも大切にしていきたい——。


【fin】

あとがき

こんにちは、逢咲《おうさき》みさきです。

このたびは、『薬指の約束は社内秘で』をお手に取っていただき、ありがとうございます。

〝自分にとって都合のいい奇跡や偶然は、大切な誰かが繋げてくれたものなのかもしれない。もしそうだとしたら、すべての出来事に感謝したい気持ちになった〟

奇跡や偶然という言葉で片づけられる出来事が、誰かの強い思いから生み出されたものだとしたら？　それが自分にとって大切な人だとしたら素敵だな……。

そんなふうに誕生したこの作品は、ありがたいことに『素顔のキスは残業後に』に続いて二冊目の書籍化作品となりますが、二〇〇九年の春から夏まで連載していた処女作がベースとなっています。

私生活の事情により執筆活動を休止していたとき、処女作を読み返してくださっているとのお言葉や嬉しい感想をいただき、「より楽しんでもらえるように」と改稿して昨年「Berry's Cafe」で公開したところ、書籍化の話をいただけました。

処女作との違いになりますが、初恋の彼である葛城に婚活バーで助けられる、愛美の裏切り、これら以外のエピソードは、処女作と大幅に変更していて、瑞樹、松田課長、祭りで出会う男の子たち、大地は、処女作にはいなかった登場人物です。婚活バーに葛城がいたというシーンは、第一章にこっそりありますので、もし気になられたら読み返してみてくださいね（笑）。

このように生まれ変わった作品の書籍化は、昔から応援してくださっている読者の皆様と、再連載中に応援してくださった読者の皆様が繋げてくださったものですので、心より感謝しております。

最後になりますが、今作から担当してくださった説話社の三好様、矢郷様。改稿作業では細かいところまで相談に乗っていただき、満足のいく内容に仕上げることができましたこと、とても感謝しております。

そして、うっとりするほど素敵で幸せいっぱいのふたりをカバーイラストに描いてくださった涼河マコト様。出版に携わってくださった皆様。この作品をお手に取ってくださった皆様。本当にありがとうございました。

逢咲みさき

逢咲みさき先生への
ファンレターのあて先

〒104-0031
東京都中央区京橋1-3-1
八重洲口大栄ビル7F
スターツ出版株式会社　書籍編集部　気付

逢咲みさき先生

本書へのご意見をお聞かせください

お買い上げいただき、ありがとうございます。
今後の編集の参考にさせていただきますので、
アンケートにお答えいただければ幸いです。

下記URLまたはQRコードから
アンケートページへお入りください。
http://www.berrys-cafe.jp/static/etc/bb

ベリーズ文庫

薬指の約束は社内秘で

2015年6月10日　初版第1刷発行

著　　者　逢咲みさき

発 行 人　松島 滋
デザイン　hive&co.,ltd.
D T P　説話社
校　　正　株式会社　文字工房燦光
編　　集　矢郷真裕子　三好技知（説話社）
発 行 所　スターツ出版株式会社
〒104-0031
東京都中央区京橋1-3-1　八重洲口大栄ビル7F
TEL　販売部　03-6202-0386（ご注文等に関するお問い合わせ）
URL　http://starts-pub.jp/
印 刷 所　大日本印刷株式会社

Printed in Japan

ISBN 978-4-88381-977-5　C0193

ベリーズ文庫 好評の既刊

『恋の神様はどこにいる?』 日向野《ひなたの》ジュン・著

普通のOL・小町は、とある理由で、いつも彼氏に振られてしまう。素敵な男性に出会えますように…その願いを叶えるべく神社にお参りしていると、モデルのようなイケメン・志貴に願いを聞かれてしまう。実はこの神社の神主だった彼は、強引にも小町を見習い巫女に任命!? ベリーズ文庫大賞 優秀賞受賞作!

ISBN978-4-88381-922-5／定価：本体650円＋税

『誤解から始まる恋もある?』 若菜《わかな》モモ・著

憧れの一流ホテルに就職が決まった夕樹菜はある夜、副支配人と一緒のところをイケメンビジネスマン・須藤に見られ、不倫していると誤解されてしまった。しかも入社式で彼が本社の専務だと発覚。驚いていると、須藤に「ちょっと付き合え」と車に乗せられ…。WEB未公開の完全書き下ろし作!

ISBN978-4-88381-923-2／定価：本体640円＋税

『極上の他人』 惣領《そうりょう》莉沙《りさ》・著

「恋愛よりも今は仕事」な新入社員の史郁は、ある日、無理矢理お見合いを設定されてしまう。キッパリ断るつもりが、お見合い相手であるバーのオーナー・輝の強引なアプローチとおいしい料理に餌付けされ、うっかり彼のバーの常連に。輝に惹かれていく史郁だけど、彼には実は秘密があって…!?

ISBN978-4-88381-924-9／定価：本体650円＋税

『史上最悪!?な常務と!』 冬野《ふゆの》椿《つばき》・著

念願の秘書課への異動が叶った、地味で真面目なOL・亜矢。喜んだのもつかの間、上司の常務・嵯峨野はイケメン御曹司で仕事もデキるのに、嫌味で高圧的な態度で接してくる。思わず感情を爆発させてしまう亜矢に、彼は意外な表情を見せる。大嫌い!と思っていたのに、なぜか胸が高鳴って…。

ISBN978-4-88381-925-6／定価：本体640円＋税

書店店頭にご希望の本がない場合は、書店にてご注文いただけます。

ベリーズ文庫　好評の既刊

『じゃあなんでキスしたんですか？』　はづきこおり・著

恋愛経験ゼロの都は広報課に異動してきたばかり。慣れない仕事に奮闘しつつ、優しく指導してくれる森崎課長のことが気になっていく。この気持ちは恋なの…？　そんなある日、酔った森崎からいきなりキスされた！　でも、「全部忘れてくれ」と急に冷たい態度をとられて…。課長、どういうつもりなの!?

ISBN978-4-88381-932-4／定価：本体640円＋税

『呉服屋の若旦那に恋しました』　春田《はるた》モカ・著

就活に失敗し彼氏にも振られた衣都は、地元京都に呼び戻される。そこに待っていたのは、老舗呉服屋の跡取りで八歳年上の幼なじみとの婚約。1年のお試し同居を始めた衣都は、意地悪を言いながらも昔と変わらずどこまでも甘い志貴にドキドキ。しかし、彼には秘密が…。ベリーズ文庫大賞　優秀賞受賞作。

ISBN978-4-88381-933-1／定価：本体650円＋税

『秘密が始まっちゃいました。』　砂川雨路《すながわあめみち》・著

総務部OLの日冴は、営業部エースの荒神が苦手。彼はエロカッコよくて社内の“抱かれたい男”ランキング5年間不動のナンバーワンだけど、規則を破ってばかりの問題社員なのだ。しかし日冴はある夜、彼の意外な秘密を知ることに。「秘密を守るため協力してほしい」と頼まれ、ふたりの距離は急接近!?

ISBN978-4-88381-934-8／定価：本体650円＋税

『蜜色オフィス』　pinori《ピノリ》・著

OLの芽衣は“お試し”で交際中の会社の先輩と、酔った勢いで蜂蜜みたいに甘い夜を過ごした。しかし翌朝、目覚めて隣にいたのは同期のクールなイケメン、宮坂だった！　しかも「昨日お前を抱いたのは俺だから」と言われてしまう。冗談だと思いつつも、それ以来、今までと違う顔を見せる彼に翻弄されて…。

ISBN978-4-88381-935-5／定価：本体650円＋税

書店店頭にご希望の本がない場合は、書店にてご注文いただけます。

ベリーズ文庫　好評の既刊

『シンデレラを捕まえて』　苑水真芽《そのみまち》・著

社内恋愛中の彼氏の浮気が発覚し、まさかの破局！　恋も仕事も一気に失った美羽の前に現れたのは、イケメン家具職人の穂波。恋に自信をなくし逃げていた美羽は、ちょっぴり強引に愛情を注ぐ穂波に次第に惹かれ、ようやく幸せを感じ始める。しかし穂波の深い愛情には何か理由があるみたいで…。

ISBN978-4-88381-943-0／定価：本体650円＋税

『エリートなあなた』　星乃《ほしの》さり・著

28歳OLの真帆は5歳上の修平と出会い、彼のサポートのもと、仕事にやりがいを感じ、彼の優しさに心惹かれる。ふたりはやがて付き合うことになるが、もちろんそれは周囲には秘密の恋で…。ある日修平は米国転勤となってしまう。離れ離れになってしまったエリートな彼との恋はどうなる!?

ISBN978-4-88381-944-7／定価：本体670円＋税

『私たち、政略結婚しています。』　鳴瀬菜々子《なるせななこ》・著

通販会社で働く佐奈は、経営難に陥った両親の店を救うため、同期で菓子メーカーの御曹司である克哉と会社には内緒で政略結婚をすることに。本当は佐奈は克哉を好きだけど、彼には愛がないと思うと素直になれずぶつかり合ってばかり。そこへ克哉の元カノが現れ、不器用なふたりの関係は変わり始めて…!?

ISBN978-4-88381-945-4／定価：本体640円＋税

『ルージュのキスは恋の始まり』　滝井《たきい》みらん・著

化粧品会社の研究所で働く美優は、過去のトラウマのせいでいつもスッピン。ある日、イケメン社長・玲王の前で新作口紅のプレゼンをしたところ「本当に落ちないかお前が証明しろ」と口紅を塗られ、強引にキスされる。あまりの暴挙に怒り心頭の美優だったが、彼が時折見せる優しさに心溶かされていき…。

ISBN978-4-88381-946-1／定価：本体650円＋税

書店店頭にご希望の本がない場合は、書店にてご注文いただけます。

ベリーズ文庫 好評の既刊

『ガラスの靴じゃないけれど』 円花《まどか》うる・著

再開発プロジェクトのため商店街を訪れた若葉は、パンプスが壊れ、靴職人の響に助けられる。「黙って俺に抱かれろ」ぶっきらぼうだが男らしい彼に惹かれる若葉。しかし自分は彼とは敵対関係であると、複雑な想いを抱く。パンプスが引き寄せたふたりの運命は？　第2回ベリーズ文庫大賞　新人賞受賞作。

ISBN978-4-88381-954-6／定価：本体640円＋税

『素顔の彼は御曹司!?』 花音莉亜《かのんりあ》・著

婚約中の彼に浮気され失望していたOLの亜美。そんな中、洸輝が上司として赴任してくる。初めは冷たくて嫌な奴と思ったが、実は優しく頼もしい洸輝に惹かれ、ふたりは付き合うがなんと、彼は社長だった。「住む世界に違いはない」変わらぬ愛を注ぐ洸輝だが、彼の政略結婚の話が持ち上がり？

ISBN978-4-88381-955-3／定価：本体650円＋税

『イジワル上司に恋をして』 宇佐木《うさぎ》・著

ブライダルサロンの部長・黒川は、イケメンで誰にでも優しく人気だけど、たまにサロンを手伝う"なの花"の前でだけは豹変！なの花がドSな"本物の彼"を偶然知ってしまったからだ。彼女が恋愛経験ほぼゼロだと見抜いた黒川は「俺の本性バラしたらこれじゃ済まないぞ」とキスで口止めしてきて…!?

ISBN978-4-88381-956-0／定価：本体680円＋税

『ここでキスして。』 立花実咲《たちばなみさき》・著

25歳の花梨は、とある食品会社への転職を機に上京してきた。入社当日、イケメンで切れ者の上司として姿を現したのは、姉の元カレであり、ずっと忘れられなかった片想いの相手、悠斗だった！　他人のように冷たくしてきたかと思えば、ふいに優しさを見せる彼に振り回されて…。どっちの態度が本心なの!?

ISBN978-4-88381-957-7／定価：本体670円＋税

書店店頭にご希望の本がない場合は、書店にてご注文いただけます。

ベリーズ文庫　好評の既刊

『溺愛結婚!?　～7つの甘いレッスン～』　惣領莉沙《そうりょうりさ》・著

イケメンホテルマンの濠と交際10年になる透子は、強引な彼の溺愛に振り回されっぱなし。しかし、本当は自分の持病が濠を縛りつけていると感じ、気持ちを抑え身を引こうとする…。そんな透子の想いを見抜いた濠は結婚するための「7つの宿題」を出し、透子を幸せへと導いていくが…!?

ISBN978-4-88381-964-5／定価：本体660円＋税

『俺様常務とシンデレラ』　ふじさわさほ・著

就職活動に失敗した絵未は、バイト先のラーメン屋で、イケメン・大和に彼の会社の秘書にならないかとスカウトされる。しかも彼は、以前転んだ絵未を助けてくれた一目ぼれの相手だった！　舞い上がる絵未だったが、いざ彼の元で働くと優しい王子様だった大和は、超イジワル俺様に豹変して…!?

ISBN978-4-88381-965-2／定価：本体620円＋税

『秘密の片思い』　若菜《わかな》モモ・著

雑誌編集者の愛は、海外リーグで人気のサッカー選手・朝倉郁斗の取材をすることに。実は彼は高校の同級生で、ずっと片思いしていた相手。６年ぶりに会った郁斗は魅力的な大人の男になっていて恋心が再燃！　しかも昔は相手にしてくれなかった郁斗だったのに、再会の夜に「帰したくない」と甘く囁かれ…!!

ISBN978-4-88381-966-9／定価：本体670円＋税

『完璧上司は激甘主義!?』　田崎《たさき》くるみ・著

22歳のOLの麻帆は、掃除が大の苦手なズボラ女。憧れの"イケメン潔癖上司"こと南課長に嫌われまいと会社では清潔女子を装っていた。でも酔って帰った翌朝、なぜか南課長が自分の汚部屋を掃除していた！　混乱する麻帆に彼は「掃除の仕方を教えてやる」と告げ…ふたりだけの掃除レッスンがスタート!?

ISBN978-4-88381-967-6／定価：本体660円＋税

書店店頭にご希望の本がない場合は、書店にてご注文いただけます。

ベリーズ文庫 2015年6月発売

『オフィスで始まる恋人契約』 望月《もちづき》いく・著

男性が苦手なOL紗耶香は、突然「別れることを前提に付き合ってほしい」と憧れの課長から頼まれる。課長が海外転勤するまでを条件に“期間限定の恋人契約”を結んだ紗耶香だが、契約書のルールを破る度に、過激なお仕置きをされてしまう。
しかし、恋人契約の裏には課長の秘密が隠されていて…!?

ISBN978-4-88381-974-4／定価：本体640円＋税

『この恋、永遠に。』 咲良《さくら》みり・著

入社早々“リストラ部”と言われる部署に配属された美緒。ある日、会社の御曹司・柊二と知り合い、交際することに。高級レストランでの食事、指輪やドレスなどのプレゼント。彼の溺愛を受け、幸せに過ごす美緒だが人生の転機が訪れる…？　第3回ベリーズ文庫大賞大賞受賞作。

ISBN978-4-88381-975-1／定価：本体640円＋税

『現状報告、黒ネコ王子にもてあそばれてます！』 春奈真実《はるなまみ》・著

OLの和紗は、同期の元カレに社内で復縁を迫られ、困っていたところをイタリア支社から来たばかりのエース社員、黒原に助けられる。ほっとした瞬間、「キミをオトす」といたずらっぽく宣言されて…！　以来、からかうように迫ってくる彼にムッとしたりドキドキしたり、四六時中、振り回されっぱなしで…。

ISBN978-4-88381-976-8／定価：本体価650円＋税

『薬指の約束は社内秘で』 逢咲《おうさき》みさき・著

真面目で人のいい愛は、付き合っていた彼に突然フラれてしまう。そんな愛を救ってくれたのは、イケメンで仕事もデキるが、冷徹と恐れられている上司・葛城。彼は毒舌だけど、自分にだけ見せる不器用な優しさに、愛は徐々に惹かれていく。その矢先葛城から正式にデートの申し込みをされ…!?

ISBN978-4-88381-977-5／定価：本体660円＋税

書店店頭にご希望の本がない場合は、書店にてご注文いただけます。

ベリーズ文庫 2015年7月発売予定

『冷たい上司の温め方』 佐倉《さくら》伊織《いおり》・著

Now Printing

就活難航中の美帆乃は、面接へ向かう途中ケガを負い、大手企業のイケメン人事課長・楠に助けられて雇われることに。そこはなんとリストラ専門の課だった！　彼は社内で"冷酷な首切り屋"と恐れられていた。しかし、彼が美帆乃の前だけでふいに見せる優しさや情熱的な一面に、恋心が膨らんでいって…。

ISBN 978-4-88381-984-3／予価600円＋税

『キミとの距離は1センチ』 春川《はるかわ》メル・著

Now Printing

大手飲料メーカーに勤めるOLの珠綺。エース社員で同僚の伊瀬の恋心に気づかない鈍感な珠綺は、先輩の宇野と付き合っている。しかし突然、宇野から別れを切り出され、傷心の中、伊瀬と体を重ねてしまうが、気づけば男気のある優しい伊瀬に惹かれていって…第3回ベリーズ文庫大賞優秀賞受賞作。

ISBN 978-4-88381-985-0／予価600円＋税

『裏腹な彼とのレンアイ設計図』 葉月《はづき》りゅう・著

Now Printing

建築設計事務所で働く紗羽は、仕事がデキてドSな、先輩イケメンプランナー・柊に冷たくあしらわれてばかり。けれど、さり気なく助けてくれていたと気づき、毒舌の裏に潜む優しさにキュンとする。そんな中、社内の花火大会でふたりきりに。恋愛対象外にされていると思っていた柊に突然キスされて!?

ISBN 978-4-88381-986-7／予価600円＋税

『セクシィエンジニアX』 麻生《あそう》ミカリ・著

Now Printing

26歳のOLの沙智は、クールでドSなイケメン上司、七瀬のことが好き。ある日、想いを告げようとした途端、彼からの逆告白を受けて…!?　喜んだのも束の間、なぜか「両想いと付き合うことは別」と言われ、"付き合うための条件"を突きつけられる！　彼の本心がわからず、戸惑う沙智の恋の行方は…？

ISBN 978-4-88381-987-4／予価600円＋税

タイトル、価格等は変更になることがございますのでご了承ください。